# 食罪者 5

宇尘 著

SIN EATER

北京时代华文书局

**图书在版编目(CIP)数据**

食罪者.5/宇尘著.--北京:北京时代华文书局,2020.1

ISBN 978-7-5699-3550-9

Ⅰ.①食… Ⅱ.①宇… Ⅲ.①长篇小说-中国-当代 Ⅳ.①I247.5

中国版本图书馆CIP数据核字(2020)第008973号

**食罪者5**

SHI ZUI ZHE 5

著　　者 | 宇　尘

出 版 人 | 陈　涛
责任编辑 | 张彦翔　周连杰
装帧设计 | 仙　境
责任印制 | 刘　银
出版发行 | 北京时代华文书局 http://www.bjsdsj.com.cn
北京市东城区安定门外大街136号皇城国际大厦A座8楼
邮编:100011　电话:010-64267955　64267677
印　　刷 | 河北照利印刷有限公司　13031030811
(如发现印装质量问题,请与印刷厂联系调换)
开　　本 | 700mm×990mm　1/16　印　　张 | 20　字　　数 | 218千字
版　　次 | 2020年3月第1版　印　　次 | 2020年3月第1次印刷
书　　号 | ISBN 978-7-5699-3550-9
定　　价 | 45.00元

这本来是一起根本不应该发生的血案。它拷问着站在这个法庭审判席上和没站在审判席上的每一个人的心灵。一个人的冷漠自私似乎不可怕，一群人的冷漠自私却足以演变成最凶残、最扭曲的凶手……

# 目录

# 第一章　红衣女孩儿

## 1

2016 年，平江市发生了一起少女失踪案。

这件看似普通的失踪案可能在每一座城市，甚至每一天都在发生着，但谁也不会想到，后来会演变成那么恐怖的事件。

这个失踪少女只有十三岁，她辍学在家，跟妈妈靠卖手抓饼为生，她有一个刚上小学的弟弟，还有一个得了肺尘病卧床在家的父亲。女孩儿是在某天傍晚失踪的，当时她穿着一条红裙子跟她妈妈在一起，但市场环境很乱，谁也没注意她是什么时候不见的。

这个女孩儿性格泼辣，甚至敢跟抢她家东西的城管打架，所以刚开始大家都没太当回事，后来一连过去了三天，女孩儿依旧音讯皆无，这时女孩儿的母亲才着急起来，那些一起出摊认识他们的小商小贩也都跟着四处打听。结果没过几天，听到了更不好的消息，就在女孩儿失踪一周后，有人听说附近有别的女孩儿也失踪了。

大家基本上认为有两种可能，女孩儿要么是被人贩子绑架了，要么是遇到色狼了。

在女孩儿失踪一个多月后的一天晚上，几个住在附近的小商贩收摊后聚在一起聊起了这件事。有一个菜农忽然想到了一个找小女孩儿的办法，其他人问他什么办法。

他说："请碟仙。"

大多数人只是听说过碟仙，好像是能请来某种神灵回答各种问题，但具体怎么请，谁也不知道。

菜农说："我听别人说，算命的刘瞎子知道怎么请。"

于是他们找到正摸摸索索收摊准备回家的刘瞎子，说明来意后，刘瞎子立刻就答应了。他家住得不远，回家拿了几样东西就回来了。

一个白色的小瓷碟、一支毛笔、一瓶红墨水、一根蜡烛和一张画着黑色大圆圈的白纸。

几个人找了一个盒饭摊的小棚子，里面正好有张桌子，刘瞎子把白纸平铺在桌上，让人点燃蜡烛。众人凑近了仔细看，才发现那个黑色的大圆圈其实是由密密麻麻的字组成的。

刘瞎子把小瓷碟倒扣在白纸上，摸索着放在圆圈中心，他用毛笔蘸着红墨水在小碟子上画了一个箭头。

算上刘瞎子一共五个人，三男二女，众人各找凳子，围坐在四周。

开始前，刘瞎子强调了几点注意事项：

1. 所有人都要问问题。

2. 不能问和碟仙本身有关的事情。

3. 在问问题时千万不能睁眼。

4.不能心生杂念。

菜农忍不住问："如果心生杂念会怎样？"

刘瞎子翻了一下浑浊的白眼珠："那可能请到的不是神仙，而是鬼魂。"

刘瞎子说完这句话，其余几个人都感觉背后发凉，心生怯意，但事已至此，也不好拒绝，只能硬着头皮来。

在刘瞎子的指挥下，几个人把各自的右手中指放在倒扣的碟子上，口中默念三遍："碟仙，碟仙，请出来……"

过了几分钟后，纸上的碟子忽然仿佛受到了一股外力，众人的指尖明显感觉碟子在纸面上缓缓转圈。

这就说明，碟仙已经请来了。

刘瞎子首先开口问："大仙，您知道我们这儿丢了一个女孩儿吗？"

当他开口问的时候，碟子就不动了。问完问题，碟子又开始缓慢移动，然后静止在纸上某个地方。

众人睁开眼，看见碟子上的红箭头所指的是一个"知"字。

大家又闭上眼睛，坐在刘瞎子左手边的人紧张地问："大仙，您知道这个女孩儿现在在哪儿吗？"

碟子又开始缓缓移动，走到一个位置，停住了。

众人缓缓睁眼，看见红箭头指着的地方写着"阴"字。

大家的心一下子都揪起来了，这个"阴"是代表阴间吗？

就在众人惊疑不已时，那个菜农忽然大叫一声，坐翻了凳子跌在地上，大家都被他吓了一跳，连忙问他怎么了。

他哆哆嗦嗦地说："我刚才抬头……看见一个穿着红裙子的小女孩儿站在老槐树那儿……跟王姐丢的女儿长得一个样……"

大家急忙往街边的歪脖槐树下看，哪有什么穿红裙子的小女孩儿，连个人影儿都没有。大家都说菜贩子看花眼了，菜贩子却一口咬定刚才确实有个红衣小女孩儿站在树下。

这时候刘瞎子发火了，捶打着桌子骂道："我告诉你们的都忘了吗？请碟仙万万不能分心，问完了还要送走呢。现在完了，碟仙没送走，咱们要倒大霉了……"

众人不欢而散。

当天晚上，菜贩子睡觉的时候做了一个梦，梦见自己上初中的女儿被一个穿红裙子的小女孩儿领走了。

他在梦中吓醒了，此后几天坚持送女儿上学放学，寸步不离地跟在女儿身边。没想到第四天，女儿还是离奇地失踪了。

这件事不胫而走，附近的人都议论纷纷，说菜农看见的那个红衣女孩儿就是没送走的碟仙，是她把菜农的女儿领走了。

"是丁先生吗？我是物业的，您家上星期有一个快递，可家里没人，快递员打您手机也没人接，就暂时放在物业这儿保管了，您什么时候方便来取一下吧。"

早上 8 点多钟，丁潜正在给自己做早餐，接到了物业打来的电话。

上个月他家没人。本来蒋雨馨邀请他去燕京玩儿，没想到卷入了一桩诡异的密室杀人案中，从燕京折腾到上海，又从上海折腾到新疆。案子完事儿后，他在燕京简单休息了两天，昨天晚上 9 点才坐飞机回来，刚在家住了一晚上。

丁潜不记得自己最近在网上买过什么，也没跟什么亲戚或是朋友联系过。

他翻了翻手机上的未接电话，并没有快递员给他打过电话，他的手机卡可是全国漫游的，怎么可能接不到电话？这个疑惑在脑子里一闪而过。之后丁潜换好衣服快速下楼，打算先去物业那儿拿快递，再开车去医院。

来到物业后，发现是一个 EMS 的快递文件夹，里面鼓鼓囊囊的摸不出来是什么。

他看了一眼寄件人，写的是“倪明”。

他不认识这个人。

## 2

“倪明……匿名？”他暗自琢磨这个名字，又看了一眼寄件地址，地址倒是写得很清楚。

塔西区黄河大街天河路 135 号。

还是从本市寄出来的。

但是，当丁潜的目光落在收件人的名字上时，心里却一震，收件人那栏上填着“温欣”。

温欣！

这封邮件竟然是寄给温欣的，这个叫倪明的人到底是什么人？他不知道温欣已经去世了吗？

丁潜拿着邮件匆匆离开物业办公楼，钻进自己的车里，迫不及待地拆开邮件，想看看里面到底装着一些什么东西。

邮件里装着一沓照片、一封手写短信，还有一个牛皮纸包，裹了好几层，又用胶带缠绕粘好，拿着沉甸甸的，摸不出里面是什么东西。

丁潜先拿起那几张照片看，前几张照片上都是同一个男人，大约四十岁上下，剃着短头，长得很精神，目光深邃有神，眼角带着一点儿鱼尾纹。他穿得很普通，一件发旧的灰毛衣，怎么看都感觉跟他的气质有点儿不相称。

他坐在一张棕色方桌后面，目光沉稳老练，透着几分沧桑。背景好像是一间不算大但很空荡的房间，雪白的墙壁看得很刺眼。

男人的目光看着镜头的方向，有些心不在焉。

这个人是谁，难道就是寄件人倪明？

第四张照片，是这个男人和一个女人的合照。

一看到这个女人，丁潜的心头就顿起波澜。

这个女人就是温欣。

她穿着过去上班时经常穿的蓝色小风衣，垂肩的梨花头，大眼睛弯成月牙形，带着淡淡的笑意站在这个男人身旁。

另外还有两张合照都大致相似。

他们两人的身体并没有紧贴在一起，始终保持着一点儿距离，说明他们还没有那么熟。

丁潜又往下看，后两张照片是这个男人站在一扇黑色的大铁门外，面容似乎比前几张照片更苍白、消瘦。

可是丁潜一看到他身后的背景，心头又是一震。

虽然大门上没写什么字，但看着好像是监狱或是看守所那种风格的。丁潜跟宋玉林合作的时候，没少进这种地方跟嫌疑人见面，再仔细看这个男人的神情和穿戴，确实很像一个在押的犯人。确切地说，应该是在看守所门外，真正在监狱被判刑的犯人必须穿囚服，在看守所的一般都是嫌疑人，对服装要求没有那么严。

可是温欣跑到看守所见嫌疑人干什么？丁潜从来没听她跟自己提过这件事。

温欣是那种多重性格的女孩儿，平时温顺起来像只猫，偶尔又带点儿小狡猾，喜欢偷偷摸摸鼓捣出点儿出人意料的事。这可能跟她的工作有关，她是《蓝京都市快讯》的名记者，性子好强，平时没事就惦记着挖新闻，搞点儿新鲜课题什么的。一般来说，她干什么都会跟丁潜说一嘴，但是这件事她却守口如瓶，一点儿信息都没透露过。

她现在人已经不在了，却有个自称倪明的犯人莫名其妙地给她寄来一个邮包，倪明十有八九就是“匿名”的谐音。这个人到底是什么用意？温欣当初找他又是去干什么？

丁潜当然没办法去问温欣。

他又拿起了那封信。信很短，是这样写的——

温小姐你好：

自从上次一别已有两年未见。不知你近况可好？

前几日忽然想起当初与温小姐的承诺，本想当面把东西奉送，却想数年未见，故人生疏，温小姐可能有所不便，我就改成了邮寄。如果温小姐收到，还算满意，也欢迎来鄙舍做客。

骨洞居士

一封文绉绉的信，落款自称“骨洞居士”。丁潜倒是知道，自古以来文化人为了显示自己有多么超凡脱俗，总喜欢给自己起个别号，就跟演员的艺名一样，什么青莲居士、九华山人、半山老人、苦瓜和尚，但“骨洞居士”这么古怪的别号他还是头一次听说。

他拿起了那个包裹了里三层外三层的牛皮纸包，里面好像装着很重要的东西，掂量了掂量感觉还有点儿分量。

他费了很大劲儿才把外面的胶带撕开。

打开牛皮纸包，里面居然是一串手珠。

象牙白的串珠整齐地排列在一起，可以在手腕上绕两三圈，拿在掌中，手感温润滑腻。

难道是温欣当初跟这个骨洞居士要了一副手串？丁潜翻来覆去地看着，他对古玩一类的东西略知一二，不是特别在行，弄不清这东西到底值多少钱。不过摸着既不像玉石玛瑙，也不是珍珠翡翠，怎么觉得有点儿……

一个毫无征兆的念头落进丁潜的脑海中。

难不成这是……

“你要送我东西？”柳菲本来是一张半死不活的冷脸，听说丁潜要送她东西，惊讶得眼睛一下就睁大了。

看来这世上只有矫情的女人，没有不能收买的女人。

丁潜把那串手珠递给了柳菲。

柳菲接过来看了一眼，眼睛瞪得更大了，之后又仔仔细细地用手摸了一遍，才问丁潜：“这东西你是从哪儿弄来的？”

“你先别管，你喜欢不？”

“别开玩笑了，你知道这东西是什么吗？这是骨头做的。”

“真是骨头做的？”丁潜心中一惊，他本来是有点儿怀疑，但不确定，所以才拿给法医柳菲瞧瞧，“那你能不能看出来这是什么骨头？”

“这个我也说不好。它的质地肯定是骨头没错，但是这些骨串上都有切割打磨的痕迹，我不知道这些骨头原先的大小。你要想知道具体是什么骨头，我得鉴定一下。”

“那就麻烦你了。”

柳菲妙目流转，瞥了他一眼。

“我就知道你不会平白无故送我东西，果然就是来麻烦我的。”

丁潜与人为善地笑了笑。

柳菲拿着那串手珠来到实验室，放在电子显微镜下观察了一番，又取了一些骨渣做了化验。

忙活了一阵儿后，她把丁潜叫进化验室，面色凝重地说：“现在我可以百分之百地确定，这是人骨。”

## 3

“人骨……”尽管丁潜有过这方面的猜疑，但得到柳菲的证实后，还是暗自吃惊，“那这些珠子都是哪个部位的骨头？”

“这些骨珠的厚度将近一厘米，坚硬度也非常高，应该是头盖骨。人的骨头中，头盖骨是最坚硬最厚的。如果用人骨来做手珠，头盖骨无疑是最理想的材料。还有一些骨珠是眉骨，这块骨头的硬度也非常高……你这串珠子到底是从什么地方弄来的？”

面对柳菲的疑问，丁潜随口说道：“哦，是一个喜欢古玩收藏的朋友从古玩市场淘来的，借我玩儿两天。”

“古玩？什么年代的古玩？”柳菲追问。

“这个我还真不清楚，怎么了？”

“包括人在内，所有动物一旦死后没有了养分供应，骨质就会逐渐疏松，骨密度降低，哪怕是去世十年二十年的人，也会比正常标准值低很多。不过，你手里这串骨珠没有多少损失，骨头的所有人也就是最近几年死的。”

“哦，是吗，那可能是他淘来的假货。我现在赶紧去告诉他。”丁潜不敢待在这里了，就柳菲那股聪明劲儿，再问几句他就露馅了。

他从试验台上一把拿起那串手珠，扭头就走，也不提给柳菲的事儿了。

出了公安局，回到车里，他把那串手珠扔在副驾驶座位上，这才能喘口气，静下心仔细思索。

事关温欣，要不然他也不会有这么多顾虑。他现在还搞不懂这件事的背后是否隐藏着什么利害关系。

那个自称骨洞居士的人，到底是什么人？

温欣当初找他干什么？

他们之间又是什么关系？

他为什么要给温欣寄来一串人骨手珠？

他的人骨手珠是从什么地方弄来的？

一连串的疑问一股脑儿地涌进脑海中，让丁潜百思不得其解。

最后，他决定去会会这个骨洞居士。在没弄清楚整个事情之前，他不打算惊动警方。

按照寄件人的地址，丁潜驱车回到平江市，用GPS导航找到了塔西区黄河大街天河路。这是一条背临公园的老街，附近都是一些稀稀落落的老房子。

135号，是一处街角的小店。两扇大玻璃窗夹着一个小门脸，门前还有两棵树。

店面装饰极简，却带着异域风格，玻璃窗上挂着花纹独特的布幔。正门上悬挂着一个巨大的水牛头骨，两只牛角就悬挂在门楣上。玻璃窗后面的多宝架上摆放着一些奇形怪状的装饰品，牛角壶、缅刀、日式人偶面具、水晶头骨，还有食人鱼标本等。看着有些瘆人，搞不懂这家店到底是干什么的。

在门楣上，牛头骨的上方，镶着几个字体古怪的汉字——极乐圣境。

单是这名字一般人也看不懂，地方又这么偏，丁潜很怀疑是不是真有客人会光顾这里。

他把车停在路边，下车走到门口，挑开万字图挂帘走进小店。

店面有六十平方米左右，里面没人，朝门方向的墙角里有张桌子，上面干干净净的，只有两摞书。旁边有扇关着的小门，两边靠墙都是陈列架，上面放着各种稀奇古怪的东西，有的状如铃铛，表面上还镶嵌着珍珠金箔，有的好像银叶子又好像银花，还有盘成一圈圈的蛇骨，千奇百怪，也不知道都是干什么用的。

丁潜凭着敏锐的直觉，越来越觉得这个房间里透着一股说不出来的诡异。

他对这个骨洞居士更加好奇了。

他的目光随意游走，看到头顶的架子上有一个斜立着的大碗，碗里彩绘着精美的菩萨像，十分引人注目。

他伸手把大碗拿下来，捧在手里好奇地打量。

“那是嘎布拉碗，您需要这个吗？”

一个男人的声音冷不防地在丁潜身后响起，把丁潜惊了一下，他回头看见一个消瘦高大的中年男人，也不知他是什么时候出现在自己身后的。

丁潜稍一愣神，认出这个男人就是跟温欣一起照相的男人，自称骨洞居士。

“这个碗什么价？”丁潜问。

“那得看您用来干什么。”

“拿来……”丁潜本来想说当汤碗，忽然觉得碗里的彩绘不像是烤瓷，万一溶进汤里会不会不卫生，便改口道，“拿来当艺术品。”

“二十六万。”

“二十六万？”丁潜怎么也没想到，这么个画了一幅画，看着旧了吧唧的破碗值这么多钱。

骨洞居士打量了他两眼，似乎看出了他是个菜鸟。

“你可知道这个大碗是用什么做的？”

“什么做的？”

“古代人的头盖骨。”

丁潜把大碗翻过来看，果然是隆起的头盖骨形状，他差点儿就给撇地上了。一想到用它来盛汤喝，丁潜胃里就泛起阵阵恶心。

紧跟着，他心里充满震惊，这家伙居然敢大张旗鼓地把人的头盖骨摆在店里卖。

骨洞居士看出来了，似笑非笑道：“您不用惊讶，这不是违法的东西。这是古董，是古代人祭祀用的器具。我在塞浦路斯生活时好不容易淘来的。您不是道中人，所以不理解罢了。”

“会有人收藏这种东西？”

“在收藏界，这样的古玩价值不菲，你看到的还算是便宜的。”

“原来你这里是卖古玩的啊。”

“倒也不全是，我还能制作，我是个匠人……”

丁潜刚想接着问，骨洞居士就有点儿不耐烦了，“您如果只是闲逛，还是请便吧。我这里不适合您。”

这个店主的脾气倒也很怪，开店的都是想方设法留住客人，他倒好，没说两句话就想把客人撵走。

“我不是来闲逛的，我是受骨洞居士的邀请来做客的。”丁潜说。

骨洞居士的目光在丁潜的脸上凝视了片刻。

“你说的人就是我，我不认识你，我也没邀请过你。”

“我是代表温欣来的。”

提到温欣，骨洞居士的脸色微微有了变化。

“你是她什么人？”

“我是她未婚夫，你给她寄的包裹寄到我家了。”

“是这样啊。温小姐还好吧，她怎么没有来？”

## 4

难道他不知道温欣已经死了？

丁潜暗中观察这个男人，结果他发现自己完全看不透这个男人。在他脸上根本找不到那些能反映人内心活动的细微表情，他真正做到了喜怒不形于色。

“温欣她去外地出差了，邮包是我签收的。我看了你给她写的信，还有你寄给她的礼物，所以我就替她来拜访一下您。”

丁潜的解释并没有让骨洞居士的态度有任何变化，他依然不阴不阳地看着丁潜。

丁潜并不想藏着掖着浪费时间，他从衣兜里掏出那串手珠，说：“我很好奇，想问问你为什么忽然想起来给温欣寄这个？”

骨洞居士迟疑了一下，“这是我跟她之间的约定，我当初答应过她要送她一份礼物。”

“可你送的礼物是人骨，而且是人的头盖骨。这个温欣也知道吗？”

“你做什么的？警察？”骨洞居士反问道。

“你想多了，我是医生。”

“心理医生？”

丁潜一愣，这家伙居然能看出来。

“你看人的眼神跟一般医生不一样，普通医生没你这么犀利。”

丁潜跟人打交道一般都是他保持主动，极少遇到今天这样被动的情况。几句话就能看出，这个男人城府极深，不可捉摸，他的洞察力甚至不在丁潜之下。

他对这个男人充满了警惕，“你还没回答我呢，呃，该怎么称呼你？”

“巫云飞。”

巫云飞，好奇怪的名字。

“那么巫先生，我很好奇，你能不能给我解释一下，你送我女友的这串珠子到底是什么来头？也是古董吗？如果我想卖的话，能卖多少钱？”

巫云飞沉默了几秒钟，漆黑的眼睛在深陷的眼窝中叵测地盯着丁潜，没有显示出任何表情。

他毫无征兆地开口，带着几分嘲讽：“你又何必拐弯抹角呢，你在意的并不是它值多少钱，你是想知道这串骨珠是从什么人身上取来的……或许，你已经找人鉴定过，知道这串珠子并不是什么古董，所以你急于了解这串珠子的主人到底是什么时候死的，又是怎么死的。甚至……你还想知道我跟你未婚妻温小姐之间到底是什么关系，为什么我会送她这种东西……”

这正是丁潜此次来的目的，他原本想打算暗中刺探一下，再决定下一步如何处置，没想到在敌我未明的情况下被对方突然掀了底。

空气骤然紧张。

两个男人近在咫尺。丁潜并不擅长打斗，他对面前这家伙的底细也不了解，万一对方想要动手怎么办？

用催眠术，还是逃？

两样他都没有把握。

丁潜的脑门冒汗了，但他外表看上去却十分松弛，好像胸有成竹一般，甚至嘴角还带着一点点笑意。

“你不是警察，不是来抓我的。”巫云飞忽然冒出一句。

这算什么话？丁潜想问，但没吭声。

巫云飞接着说：“你说你是医生，我刚才也不确定，万一是温欣怀疑我，报了警，派你这个便衣来调查我呢。你身上有攻击性，虽然你刻意隐藏，但我还是能感受得到。老实说，我很讨厌警察，他们就像你生活中的苍蝇一样，一旦和他们纠缠上，你就会烦得要死。如果你真是警察，那咱们的谈话到此为止，我就得请你出去了。”

“你怎么知道我不是？”

巫云飞嘴角咧开一条缝，露出一颗银色的假牙，算作是友善的笑容，“警察怎么说都会点儿擒拿格斗，一个人要动手进攻之前，肩膀都会微微下倾的。可你站得笔直，一眼就能看出完全没有功夫，这我就放心了……对了，你可不可以先把我的骨碗还给我，我怕你一激动用那东西砸我，那可是二十六万哪。这个店开业时间不长，我还指着它卖钱呢。”

丁潜低头一瞅，这才看到自己左手拿着头盖骨，右手拿着骨珠，看着是有点儿吓人。

他把古碗还给巫云飞，巫云飞一边把古碗小心地放回原位，一边说道：“你大可放心，我与温欣也算朋友，不会害她，送她的这串人骨手珠的来路光明正大，是我在塞浦路斯时，从古玩市场淘来的。”

听巫云飞这样说，丁潜的猜忌消除了不少，不过他还是有些疑惑，“在国外，有这种爱好的人有很多吗？”

“对于你们圈外人可能很难理解，但对于崇拜骨雕的神秘力量的人来说，这不奇怪。”

“那你是……”

“你可以称呼我为雕骨师。我是塞浦路斯籍华人，即便在国内，雕骨师也是正当职业。”

雕骨师？

丁潜还是头一次听到有这种职业。他想起巫云飞那个奇怪的别号“骨洞居士”，似乎与雕骨师这个身份暗合。

“那么你为什么非要雕刻人骨呢，动物骨头不是也可以吗？”

“动物骨头也有，比如你头顶的那些，都是我用动物骨头雕成的。”

丁潜顺着巫云飞的目光抬头往上看，上面挂着很多骨雕艺术品，各个都栩栩如生。

“不过，人类是万物之灵，人骨所承载的寓意与力量远远不是普通动物骨头所能相提并论的。雕动物骨头只能算作雕工，雕得再好也雕不了人骨。所以像我这样的人才是凤毛麟角。”

丁潜心念一动，问道：“难道温欣当初采访过你？”

“温欣没跟你说起过我？”

“没有。”

巫云飞若有所思，没有追问，他转身望着陈列架上那些千奇百怪的东西，娓娓道来：“你或许看不出来，这些东西其实有一多半都是人骨骨雕。如果我说出它们的价值可能会让你咂舌。如果拿到苏富比拍卖会上拍卖，那我早就是常人心目中的成功人士了。不过鉴于取材于人骨，存在着一些人伦方面的禁忌，通常在公开场合极少能看到人骨骨雕，只是进行地下买卖。但我不是说它违法，只是大多数人还不能接受。而对于我们这些追求艺术的人来说，艺术是没有边界的。”

巫云飞说，两年前，不知道温欣从哪里打听到了他，主动来找他，说想写一篇关于人骨雕刻这方面的报道。他那时刚刚回国，因为从国外带来的这些人骨，被怀疑杀人，所以在看守所里接受警方调查，闲得无聊就答应了她。

## 5

在巫云飞看来，温欣是个既有能力又很有亲和力的女人。她说服了看守所的警察，以记者的身份对巫云飞进行了采访。巫云飞平时极少跟外人谈及自己是做什么的，也是为了避免被别人当作异类。温欣对他表现出了足够的尊重，详细询问了他的生活圈子以及人骨雕刻方面的知识。

温欣一共来看守所采访过他三次，两个人交流得很愉快。临走时，巫云飞答应温欣将来出去后赠给她自己亲手制作的骨雕作品。

听完巫云飞的讲述，丁潜心头的疑团彻底解开了，他不知道温欣还有这段不寻常的经历。如果她还活着，或许这篇雕骨师的报道早就刊登了，没准儿还能引起社会上的重大反响呢。

该了解的已经了解了，丁潜向巫云飞告辞，这一篇也就翻了过去，他不想对温欣的过去作太多干涉。

临走前，巫云飞叫住他，问道："丁医生，你最近是不是很长一段时间都身体不适。"

"你能看出来？"丁潜有点儿好奇。

"精神恍惚、焦虑多疑、情绪压抑、气血亏虚……从你的面相上能看出来。我虽然不知道你经历过什么事情，但还是应该引起关注。你我素昧平生，不过既然你是温欣的男友，我也以朋友待你。"

他走到桌旁，拉开抽屉，从里面拿出一个黑色的圆形小罐，又拿出一个小香炉，然后他从罐子里倒出一粒药丸放在香炉里，又划了一根火柴扔进香炉，招呼丁潜过来。

香炉里升起袅袅青烟。

丁潜闻到一股杏仁的清甜和微焦树脂混合在一起的香味，并不浓烈，绵软悠长，吸进身体里有一种说不出来的舒适轻松感。

"这是什么香？"

"安魂香。"

这名字听上去有点儿吓人，丁潜刚有些迟疑，巫云飞就说："它对治疗神经衰弱，缓解压力很有效，会让你有点儿嗜睡，不过对身体无碍。"

他找来一个布兜，把那个黑色小罐装进去，递给丁潜，“觉得精神压力大的时候就可以点一小块儿，没有什么特别的忌讳。”

丁潜闻着这香味感觉确实很舒服，也没推迟就接了过来。他飘飘忽忽地走出巫云飞的店，感觉得脚底有点儿发软，好像踩着棉花一样。

这种感觉还真是奇妙。

丁潜站在店门口看了看手表，不知不觉聊了快两个小时了，他竟然还觉得有点儿意犹未尽。

车停在路边，他想早点儿赶回医院，看看最近科里有没有什么情况。但不知为什么，他心里猝然生出一种奇怪的感觉，好像哪里不太对劲儿。

他下意识地扭头往身边看了一眼，赫然发现身旁的小树后面站着一个身穿红色连衣裙的小女孩儿。女孩儿低着头，倚靠着树干，身体似乎正在发抖。

“你怎么了，小姑娘，要帮忙吗？”丁潜问。

“救……救救我……”

“你说什么？”

“救救我……”

大白天的，忽然出现一个奇怪的小女孩儿向自己求救，丁潜一时也没反应过来这是怎么回事。

他正想追问，忽然听到身后有人问：“你怎么了，丁医生？”

丁潜回头看见巫云飞正站在店门口，便说：“那个红衣小女孩儿好像遇到麻烦了……”

“哪个红衣小女孩儿？”巫云飞现出了疑惑。

“就在……”

丁潜往树那边一指，一下愣住了。只有一棵孤零零的树在那儿，根本没有什么红衣小女孩儿。

他左看右看，也没有发现那个红衣女孩儿的影子。他不甘心，又绕过街角看了看另外一条街，还是什么都没看到。

这可有点儿邪门儿。

巫云飞跟在他身旁，也一起四处看了看。

“你确定真看到了一个红衣女孩儿？”

丁潜想说，刚才他明明亲眼看到了那个红衣女孩儿就靠在那棵小树上，还很惊恐地向他求救呢。可就在这一转身的工夫人就不见了，他说的话谁能相信，还不被当成精神病吗？

巫云飞也没有继续问，而是好言忠告：“丁医生回去以后最好还是多注意休息，如果觉得不适，可以试试我给你的安魂香。但归根到底，这东西只能治标，治本还要靠你自己。”

恐怕在这位雕骨师的眼里，丁潜已经有点儿精神恍惚，幻听幻视了吧。

丁潜心里也有点儿拿不准了，难道真是自己脑子出了问题，根本没有什么红衣小女孩儿，而是他出现幻觉了？

那可不是好征兆。

出现幻听幻视，就预示着他正在一步步滑入精神分裂。

巫云飞已经转身回到店里了，丁潜站在原地发了一会儿呆，之后走到那棵树前，感慨地拍了拍粗糙的树干。即使那个红衣女孩儿只是他幻想出来的，他也很好奇，她为什么要向自己求救？

他无意中往地下看了一眼，一个东西忽然映入眼帘。

丁潜伸手捡起来一看，发现是个蓝皮的学生证。封皮烫金字印着“平江第三初级中学”。

翻开学生证，个人信息写着——

姓名：姚佳悦

性别：女

年龄：13

入学日期：2015 年 9 月 1 日

左上角配着一寸照片，是个扎着马尾辫，带着甜甜的笑容的小姑娘，一双大眼睛十分明亮。

丁潜心头一震，脑海中立刻浮现出刚才看到的那个站在树下的红衣小女孩儿。虽然他没看清楚，但依稀就是十二三岁的样子。这么说，她就是学生证上这个叫姚佳悦的小女孩儿了。

看来自己刚才不是幻觉，那个红衣小女孩儿确实是存在的，学生证就是她离开时不小心掉落的。

知道这个真相后，丁潜更不能平静了。

她刚才为什么会那么惊恐？这个女孩儿到底遭遇了什么？她为什么会出现在这里？为什么会向自己求救？一转身的工夫她为什么又消失了，她去了哪里？她遇到危险了吗？

一瞬间，所有的问题同时出现在脑海里，让丁潜无法平静。

# 第二章　异梦

## 1

丁潜今天本来是要调查那串来历不明的人骨手珠的，现在已经得到了比较满意的解释，没想到又突然碰到了这么离奇的事情，一下就把他的心绪彻底打乱了。

就算他不是一个扶危济困的人，可那个小女孩儿无助哀求的声音也深深触动了他。

他不能坐视不管，当作什么都没发生过。

他临时改变主意，又驱车回到了蓝京市，直接把车开到了省刑事调查局。

特案组在二楼，有一个专门的套间办公室。

他走进办公室，发现屋里只有两个人。在里屋办公的杜志勋也不在，只有钟开新和郭蓉蓉坐在各自的格子里，聚精会神地干着自己的工作，都没看到丁潜进来。

丁潜绕到郭蓉蓉身后，见她戴着一个超大号的耳麦，正全神贯注地瞅着电脑屏幕，两只小手跟猫爪子似的在键盘上扒拉。

她是有多闲，居然在玩儿《拳皇 14》，屏幕上的中国小老头儿镇元斋正在和妖精安琪儿对决。丁潜走到她身后的时候，镇元斋正好一口火把安琪儿 KO。

郭蓉蓉惨叫一声，不满地嚷嚷："用这么阴损的招儿对付女人，有没有点儿风度啊！"

坐在另一个格子里的钟开新懒洋洋又自鸣得意地说："说你不行，就是不行。学了没两天就想赢师父，我用一只手都能稳赢你。"

"吹牛，再来。这次不许喷火！下三滥的招数。"

"行，我必杀技全不用，一拳一脚地照样收拾你。"

"好，说话算数，看我一招'闷胸杀'闷死你这个糟老头儿……来呀，来呀，别躲呀，我闷死你，闷死你，闷死你……"

丁潜实在看不下去了，咳嗽两声。

郭蓉蓉戴着大耳麦，根本没听到。

丁潜陡然抬高嗓音："郭蓉蓉！"

郭蓉蓉一激灵，猛地从座位上窜起来，立正站好，结结巴巴地说："组……组长……我就是劳逸结合，稍微歇息一小会儿，马上就以饱满的热情投入到工作当中……"

丁潜没吭声。

郭蓉蓉更慌了，"我下次再也不敢了，都是钟开新教唆我的，您就给我一次立功赎罪、改过自新的机会吧。您要是一怒之下把我撵出特案组，冷静之后肯定会后悔的。我要是被赶回学校，也会失去自信，自暴自弃，未来人生一片惨淡，没有了希望，呜呜呜……”

她在那儿呜呜了半天，一滴眼泪都没掉。

钟开新早就看见了丁潜，故意没吭声。郭蓉蓉心里还在犯嘀咕，没看出来这个“总开心”跟“杜严肃”还是铁磁啊，上班玩游戏让组长抓住了，一点儿都不当回事儿。

丁潜终于开口了：“放心吧，小郭同志，我是不会开除你的。”

“谢谢组……”郭蓉蓉刚要欢呼，忽然觉得这也不是“杜严肃”的声音啊。

她偷偷扭脸，用余光悄悄观测了一下，一眼看见了丁潜，差点儿没气炸了。她蹦起来指着丁潜大叫：“大叔你干什么，开玩笑也不能这么没底线啊，活活吓死人！”

“我也没跟你开玩笑啊，我就是喊了你名字一声，也没说我是组长……不过，你工作时间玩游戏，还玩得这么烂，实在是说不过去！”

郭蓉蓉急忙强制关机销毁罪证，然后理直气壮地叉着腰问：“这位大叔，你到底要干什么？”

“杜志勋不在吗？”

“嚯，你还真是没完了，你这老头儿是铁定要欺负我这无辜单纯的小萝莉呗！”

估计郭蓉蓉是刚才玩游戏的火气，连带又吓又气，现在一股脑儿都向丁潜发作了。

丁潜实在不想废话，他今天来有重要的事。

他从兜里掏出捡到的学生证，放在郭蓉蓉桌上，“你帮我查查这个女孩子。”

郭蓉蓉拿起学生证看了一眼，摸着下巴狐疑地上下打量着丁潜。

“你看什么？”

“我看你跟这个小女孩儿长得像不像，是你女儿？”

“别扯了，赶紧帮我查。我想知道这女孩儿的近况。”

“这种事儿还是找我吧。”钟开新插嘴道。

郭蓉蓉把学生证扔给他，钟开新接过来，看了看女孩儿的名字，又看了看所在学校，然后登上公安网，查找了一番。他忽然“咦”了一声：“不对啊，我在平江市第三中学的学生资料库里，没查到这个名字啊。按照学生证上的入学日期，这个女孩儿现在应该是初中二年级吧，可是初中二年级的学生里根本没有这个女孩儿。再说，学生证上应该盖着钢印，可这个学生证上根本没有，这不会是一个假学生证吧。丁医生，这个学生证你是从哪儿弄到的？”

丁潜没想到事情比他想象得复杂。尤其是听说根本没有叫姚佳悦的女生，他心里也没底了。难道说，这个学生证跟那个红衣女孩儿没有任何关系？那红衣女孩儿又是谁，难不成真是自己的幻觉？

他正焦虑不安，琢磨该怎么办时，忽然看见杜志勋从门外走进来。

两个人打了个照面，神情都不太自然。

丁潜也不想在这里久待了，对钟开新和郭蓉蓉说了句“那就先这样吧，麻烦你们了”就匆匆离开了。

他离开时，感觉到杜志勋回头瞅了他一眼。

出了刑事调查局，他冷静下来想了想。按理说这件事查到这里也就算了，也许他就是捡到了一个假学生证，也许根本就没有那个红衣女孩儿。何况他跟这个姚佳悦素不相识，索性就此打住，查下去也是费力不讨好。

上了车，他又回到了平江。

今天来来回回折腾了三趟，看时间都下午 3 点多了。

他来到心理咨询科，跟科员们简单问候了下，回到了自己的办公室。

助理许婉把他休假这些天来看病的病人资料都整理了出来，放在文件夹里交给他。

他浏览了一遍，有几个重要病人是点名要找他的，他让许婉去安排预约，忙完了这些差不多就到了下班时间。

## 2

丁潜开车回家，路上他顺道买了一份快餐，回到家吃完后洗了个澡。然后他躺在床上，打开电脑看了一会儿美剧，感觉有些困意了就睡觉。自从温欣死后，他就一个人周而复始地过着这样的生活。

但是今天他想起了骨洞居士送给温欣的那串人骨手珠，现在就等于是他的了，他从兜里掏出来，拿在手里把玩。他一想到手里的东西几年前还存在于一个活生生的人的身体里，就有一种说不出来的感觉。

他学着老和尚念经时数念珠那样，一颗颗地盘着骨珠玩儿，不知不觉就有了困意。

最近这段时间，他很少梦见温欣。老师张洪冰给他开的镇定剂还是很有效果的，再加上他去燕京玩了一趟，虽然卷进了一个大案子，但与他无关，他完全是一个旁观者，就像参与了一场真人 CS 一样，身心放松地玩了一场。

今天晚上他又做梦了。

梦到的就是今天白天经历过的事情。

他戴着那串人骨手珠，开车寻找寄件人的地址，找到了塔西区黄河大街天河路 135 号，那间装潢奇特的小店。

他掀起万字图拉帘，走进小店，看见了满墙陈列架上摆放着很多千奇百怪的东西，他还拿起那个人头碗摆弄了一会儿。

之后，他注意到了墙脚桌子旁边的那扇木门，毫不起眼。

不知为什么，他心生好奇，走了过去，轻轻一拉，木门就开了。

他穿过木门，门后是一条逼仄幽暗的走廊，没有窗，连个灯泡都没有。他摸索着前行了七八步，拐了个小弯儿，里面又出现了一扇门。

门半掩着，透出了灯光。

里面隐约传来说话的声音。

他走到门口，悄悄往屋里看了一眼，迟疑了一下，忽然想起邮包里的那几张照片，其中有几张就是巫云飞在一间白色空荡的房间里拍的。他原以为是在看守所，原来就是这间隐蔽的小屋子。

巫云飞剃着短发，穿着一件发旧的灰毛衣坐在那里，神情依稀就是照片里的模样。

在他对面还坐着一个人，背对着门口，从背影看是个女人，当她开口说话的时候，把躲在门外的丁潜吓了一跳。

这是温欣的声音。

温欣说："巫老师，您看您跟我讲了这么多，有一样我还是有点儿不以为然。"

"哪一样？"

"您一直自称是雕骨师，想必您的手艺应该相当不错了。但我怎么在您的店里看到的都是成品，从来没有看见半成品呢？您店里卖的这些东西，莫不是都是从其他地方淘来的吧？您真的能亲手雕刻人骨吗？"

"咱们聊了这么多，原来你根本不相信我。"巫云飞面无表情，看不出是生气还是不屑。

"至少，巫老师应该小露一下身手让我瞧瞧。"

"你知道我是干什么的，我只雕人骨，其他东西我是不可能碰的。"

"雕人骨也行啊。"

"那你说我雕谁的骨头？你的？"

"巫老师真会开玩笑，您拿走我的骨头去雕刻，就算雕得再好，我都死了谁来报道您，岂不是没有意义了？"

"那你说如何？"

"最好是能找到一些材料，你说男人的骨头好，还是女人的骨头好？"

"男人的骨头坚硬，便于雕刻。女人的骨头柔韧，色泽好。"

“那孩子的骨头呢？”

“孩子的骨头……”巫云飞停顿了片刻，“为什么问我这个？”

“我就是好奇。”

“孩子的骨骼还没有完全发育成熟，很柔软，雕刻难度最大。”

“你雕过？”

“没有。因为孩子的骨头原料很稀少，不容易弄到。”

“作为一个资深的雕骨师，居然还有没雕过的骨头，实在是很遗憾。”

“你在暗示我什么？”

“我有吗？”

“我提醒过你，我们这一行在国内一直处于明暗之间的灰色地带，我也有我不敢触及的范围，一旦逾越了，后果不堪设想。”

“我刚才的话吓到您了？”

“不，是你吓到他了。”巫云飞抬手一指门口。

温欣猛然回头。

她和巫云飞两个人一同看向了丁潜。两人此刻的眼神无比森冷、诡谲。

丁潜双腿僵木，钉在原地一动不能动。

就在这时，丁潜身后慢吞吞地走过来一个人。

那个红衣小女孩儿！

丁潜根本没听到她是什么时候走到自己身后的。

红衣女孩儿一声不吭地走向巫云飞，他和温欣的目光一直关注在她身上。丁潜这才意识到，巫云飞说的人不是自己，而是这个小女孩儿。自己似乎就是空气，他们都看不到。

小女孩儿走到巫云飞面前站住了，巫云飞冷漠的脸上露出罕见的笑意，他用手轻轻地抚摸她，仿佛是在抚摸一件艺术品。

“你从哪儿弄来的这孩子？”温欣问。

“你不是想知道孩子的骨雕是什么样的吗？”巫云飞脸上的笑意变得阴森起来。

“难道你雕刻过？”

巫云飞没说话，慢慢解开了女孩儿红裙子的肩带，女孩儿的身体轻轻摇晃，仿佛一个傀儡。他从她满是缝线的身体里小心翼翼地取出了一根肋骨。

在灯光的照耀下，上面精美的花纹图案历历在目，飞鸟走兽，祥云花卉，让人啧啧称奇。

“真是艺术品啊。”温欣由衷地称赞道。

巫云飞不以为然地一笑，他抓住肋骨两端，稍稍一拽，伴随着一阵清脆的响声，整根肋骨顿时化作均匀的数截，之间连缀着银丝线。巫云飞把肋骨两端搭扣对上，咔哒一声，形成了一条闭合的圆环。

原来是一条精美绝伦的骨雕玉带。

## 3

骨质细腻，雕工精湛，构思奇巧，世所罕见。

屋里的温欣和屋外的丁潜都目瞪口呆，说不出话。

过了好半晌，温欣在震惊之余才问道："你有这么好的东西，能送给我一件吗？"

"抱歉，我不能。"

"可是我太想要了。"此时的温欣似乎已经着了魔，还伸手去摸那根玉带。

巫云飞快速将玉带收回来，重新拼接成一根肋骨，幽幽地对温欣说道："如果你真那么想要，我也可以送你一件，但我需要一样东西来交换。"

"什么东西？"

"你和他的命！"巫云飞一指站在门口的丁潜。

与此同时，红衣小女孩儿也扭头看向他。

一张面无血色的娃娃脸！

两只眼睛凝视着丁潜。

丁潜打了一个冷战，从梦中惊醒。

他躺在床上，大汗淋漓，气喘吁吁。

刚才的梦如此真实，以至于他好半天都不能从噩梦中恢复过来。

他本以为他已经把今天的事情都解决了，可实际上，其在不知不觉中已经开始深深地影响他了。之前种种被隐藏在表面之下的疑点经过他潜意识的梳理，以梦的形式呈现了出来。

丁潜静躺在床上，望着昏黑的天花板，回忆着梦境里发生的一切。

那些看似夸张又惊悚的片段，都是他内心的猜疑。

他其实并不完全相信那个雕骨师所说的一切。或许，真相并不像丁潜看到的那么简单。

尤其是那个奇怪的红衣女孩儿，她为什么会突然出现在那里，又突然消失了？

难道那真是自己的幻觉？

即便她就是自己的幻觉产生的，也肯定有某种原因。丁潜自己就是研究心理学的，他清楚真实与幻觉之间的不同，没有凭空生出的幻听幻视，它多多少少都会受到外界的影响或者暗示，在病人的意识中经过了过分放大，才呈现出离奇的一面。

她是真是假暂且放在一边，这个女孩儿当时在向他求救。

丁潜一直搞不懂她为什么求救，当时附近并没有发生任何可怕的事情。

他本来是想问女孩儿的，可是被巫云飞打断了，在他分心的工夫，女孩儿就不见了。

难道……

巫云飞是故意打断自己的?

他跟那个红衣小女孩儿之间，莫非有什么牵连?

想到这里丁潜彻底清醒了。

他从床上爬起来，去卫生间冲了个淋浴，之后又看看表，深夜 4 点。

他给自己简单弄了一份三明治、一杯牛奶，纯粹的西餐吃法。温欣在的时候，每天早上都喜欢这么吃，简单又营养，久而久之，丁潜现在也养成了这个习惯。

吃了早餐，换衣服的时候，他看到衣橱旁边放着一个塑料袋，里面有个黑不溜秋的圆东西。他弯腰从里面拿出一个圆溜溜的泥罐子，这才想起来，这是昨天从巫云飞那临走的时候，他送给自己的安魂香。

安魂香……

丁潜心里一动，难不成是闻了这个东西才产生的幻觉，让自己看到了那个红衣小女孩儿？他之前不是没着过这种道儿。

但不管他怎么想，一切都只是猜测，他现在手里没有任何证据。

丁潜打算今天亲自去查查。经过了那个离奇的噩梦，丁潜似乎嗅到了一点儿不寻常的味道，但他现在还无法描述出来。

平江第三中学。

丁潜下了车，看看时间，8 点 10 分，再看校园里已经空无一人了，这个时候学生们都已经上课了。

他算错了时间，没想到现在的学生这么早上学。

丁潜走到校门口，不等传达室老头儿问他，就板着脸问："你们彭校长在吗？”

彭校长是第三中学的校长，网上就能查到。

“彭校长……我给你打电话问问啊……”老头儿立马肃然起敬，找电话去汇报。

“不用了，怪麻烦的。”丁潜显得很不耐烦，“我自己去找老彭吧，他不在我就等他一会儿，没关系。”

说着就一步三晃地走进了大门。

老头儿点头哈腰，都没想起来问问他是干什么的。

丁潜漫无目的地在校园里溜达，插在衣兜里的手紧攥着那个学生证。这是他最后一点儿线索了，学生证是平江第三中学的，这至少说明那个红衣女孩儿与这所学校有点儿关系。名字是假的，那照片呢？

他想找个人问问，正在琢磨是找老师，还是找学生，忽然就听到身后有人经过，他转过身，看见一个穿着红色连衣裙的小女孩儿，正慢悠悠地朝教学楼走去。

红衣女孩儿！

这个身影出现得太突然。

丁潜愣然片刻，两步撵上去，一把拉住那个女孩儿的胳膊说：“你等等。”

“干什么，你谁呀？”红衣女孩儿不满地叫了起来。

她转过身，是一个十三四岁的小姑娘，长得白白净净的，大眼睛，小嘴，粉脸蛋儿，好像一个瓷娃娃。

不过这个娃娃的脾气可不太好，“喂，你拽我干什么，大叔！”

丁潜昨天闻了安魂香，是在晕晕乎乎中看见的红衣女孩儿，现在仔细回忆，很多细节他都记不住了。

他从头到脚仔细打量着这个小姑娘，不太确定是不是昨天看到的那个。

“小姑娘，你叫姚佳悦吗？”

“姚佳悦？什么土名字啊，我叫安琪，英文名 Angela。”

女孩儿说完，又用狐疑的眼神瞧着丁潜，“大叔，你是故意跟我套近乎的吧。你是不是觉得我长得好看，觉得我家有钱，想绑架我呀！”

丁潜没想到会遇到这么个孩子，他伸手想往她大苹果似的脸蛋儿上掐一把，没想到手指头刚一碰到女孩儿的脸蛋儿，她就扯着脖子，用拉警报一样的高分贝发出刺耳的尖叫：“啊——救命啊——色狼——”

# 第三章　封杀

## 1

这下可麻烦了。闻讯赶来的学校保安把丁潜团团围住，一个个都虎视眈眈地盯着他，就好像他真做了什么一样。

小女孩儿得意扬扬地整理了一下自己的头发和裙子，对保安们说："这个不长眼的色狼敢调戏本小姐，交给你们处置了。"

她说着从随身的小挎包里掏出一沓钱，随便放在其中一个保安手里，"给你们的小费。"

说完后，她转身大摇大摆地走了。

这小东西实在够嚣张，几个保安面面相觑，又看看手里的钱，至少得有一千块。平分到个人头上快赶上他们两天的工资了。

丁潜一看形势不妙，也赶紧翻兜，除了银行卡之外，还有五百零三块钱。

安琪推开教室门，老师正在上课，全班鸦雀无声，她旁若无人地走进去，像个骄傲的小公主一样走到自己的座位上坐下。

老师暗暗运气，当没看见，继续上课。

安琪这小丫头在全校赫赫有名，爸爸是医院院长，妈妈是开公司的，刚给学校赞助了一百万。校长见了安琪都满面堆笑，一般老师也犯不上跟她过不去。再说，人家初中毕业就要去美国读高中了，现在纯粹就是过来拿一个毕业证。

安琪一坐到座位上就抑制不住兴奋，叽叽喳喳地跟周围的同学说，自己碰到了一个猥琐大叔，要非礼她什么什么的。

老师听不下去了，咳嗽两声，叫了一个跟安琪搭话的女生起来回答问题，女生答不出来，挨了一顿训斥。

安琪看着好笑，掏出一盒日本进口的马卡龙小点心，优哉游哉地往嘴里塞。

“你今天的衣服真漂亮。”隔着过道坐在她旁边的男生说。

“是吗？”安琪得意地挺挺腰杆。

“所以你还是少吃点儿，吃太胖就挤不进去了。”

“呸呸，乌鸦嘴！”安琪白了他一眼。

可是她又把小脑袋转过来，羡慕地瞅着男生的手，他正在抄写老师在黑板上写的板书，手腕上那串洁白莹润，精雕细琢的手珠散发出迷人的光晕。

“你总看我干什么？”男孩儿生硬地冒出一句。

他一点儿也不讨好安琪，可是安琪也不在乎。她故意撇撇嘴说：“谁稀罕看你，我在看你的手珠，真漂亮啊！到底是从哪儿买的，你就告诉我吧。”

“我都说过这不是买的。”

“是你家祖传的吗？那你就送我吧，好不好？你开个价，我买还不行吗？”安琪说着忍不住伸手去摸。她实在是喜欢得不得了，她没有的东西她都想要，越得不到的越想要。

男生把手缩了回去，“小孩子别碰。这是我的，不卖！”

“真小气。”

安琪气鼓鼓的，她不甘心，一抬头发现男孩儿脖子上还戴着一串项链，“哇，你还有一个啊。我能看看吗？”

男生不耐烦地把项链从衣服里完全拽出来，挂在身前。

安琪抻着脖子仔细端详了半天，啧啧称奇道：“好别致啊，我从来没见过样式这么奇特的项链，项链坠两旁的是牙齿吗？好尖啊。”

“是狼牙，货真价实的。”男生得意地说。

“那项链坠是什么做的？好像白蝴蝶一样，真精致。”

“那是骶骨。”

“‘底骨’是什么？”

“小孩子没见识，跟你说了也不懂。”

“你说了我不就懂了吗？”安琪很恼火，还没有人敢这么说她呢。

她生了会儿闷气，下课铃响了，男生准备去上厕所，安琪伸胳膊伸腿把他拦住，“不许走。”

“你到底要干什么？”男生皱眉道。

“你肯定不止这两样吧，你还有是不是？送我一样吧，好不好？你说吧，你有什么要求我都答应你……”安琪几乎是在哀求了。她实在是太喜欢了，要不然打死她也不会这么低声下气。

有其他男生冒坏水，偷偷在那男生身后提醒："让她跟你 KISS，一天一次，亲满一百天为止。"

其他人都跟着起哄。

安琪毫不示弱地瞅着那个男生，大有孤注一掷的架势。

男生说："我不是小气不想给你，只是这东西不吉利，我怕给你带来厄运。"

"切，我不信。什么麻烦还有用钱摆不平的？就算有人绑架了我，我爸妈也拿得出钱赎我。"

男生默不作声地看了她一会儿，忽然露出了古怪的笑容，"你真想要？"

"当然。"

男生把脖子上的骶骨项链取下来，放在安琪手里，笑意阴沉地看着她，什么也没说，转身走了。

"喂，你还没说你要多少钱呢？"安琪喊他。

男生没回头，也没吭声。

郭蓉蓉来到派出所，出示了证件，跟民警说明来意，一个民警把她带到临时羁押室。

丁潜正抱着肩膀，满脸郁闷地坐在长凳子上。

郭蓉蓉忍着笑，上上下下打量了丁潜好几眼，阴阳怪气地说："我还真是没想到大叔你原来口味这么重，喜欢幼齿啊，竟然在光天化日之下跑到初中去抓小女生，你得有多饥渴啊！"

"少胡说八道，那都是误会！"丁潜难得也涨红了脸，气哼哼地辩解。

“人家好几个保安都看见了，你对一个漂亮小女生动手动脚，意图非礼，把人家吓得直喊救命，要不是几个保安及时出现把你制服了，后果不堪设想啊。虽说老牛都爱嫩草，你也不能不等人家发芽就往地里拱啊？”

“那几个保安都是大老粗，昏头闷愣的什么都听不明白，让个小女孩儿一忽悠就信以为真了。”

“可毕竟是你主动抓的人家小女生，人赃俱获，就算把我找来也没办法给你开脱啊。”

“行了，别闹了。”丁潜一瞅郭蓉蓉的两颗大眼珠在咕噜噜乱转，就知道她这是成心拿自己解闷儿呢，“我是为昨天的事情来的，那个学生证就是这所中学的。我想亲自来看看，到底有没有一个叫姚佳悦的女孩儿在这里上学。”

## 2

“听不明白。你昨天也没说明白呀，就拿了一个学生证让我们查，这个姚佳悦是谁，她怎么了？”

于是，丁潜就把昨天意外看到的那个神秘的红衣小女孩儿的事讲了一遍，但略去了跟雕骨师巫云飞打交道那段儿。毕竟他还没有把握证明巫云飞跟红衣女孩儿之间有联系，而且牵涉温欣，他必须小心。

听完后，郭蓉蓉陷入了深思，一手托着下巴，另一只手抱着腰，有模有样地跟个大侦探似的在屋里一步三晃地转悠。转悠了两圈，她语重心长地推测道：“大叔，是不是你看花了眼啊，根本就不存在什么红裙小女孩儿。可能是你很久之前无意中看过关于小女孩儿的恐怖片，后来又听说了关于红裙子女孩儿的传说，事后你就忘了。当昨天偶然看见某个与你记忆中相似的环境，而这个环境恰好与红裙子或者小女孩儿有点关系，你的大脑就虚构出了一个红裙子的小女孩儿，其实你根本没见过。这种现象叫什么来着……”

“即视现象。”丁潜替她回答了。这是心理学知识，郭蓉蓉还叭叭地给他讲呢，“但我经历的不是即视现象。而且我还很清晰地听到了她向我求救。”

“可是你说你一转身她就不见了，如果你看到的都是真的，那她为什么求救完后就跑了啊，这说不通吧？哎呀……”郭蓉蓉一拍大腿，“我想到了，你这是撞见鬼了。”

“这就是你推理出来的结果？”丁潜翻了一个白眼。

“这个结果怎么了，要有发散性思维，敢于接受新鲜事物。像你这种过时守旧的老人家是不会明白的。”

“大白天的撞鬼？那我还真够倒霉的。”

“那可说不好，俗话说破裤子缠腿，该着倒霉的时候喝凉水都塞牙。大叔，我看你印堂发黑，最近有点儿背……”

丁潜正想骂她，郭蓉蓉的手机响了。

她接了电话一听，马上神色肃穆，“组长，有新案子了吗……嗯，我马上回去……什么？”

郭蓉蓉表情变得有点儿奇怪，“组长，我现在就在平江呢，我还要不要先回去啊……哦。”

挂了电话，丁潜问她是不是平江这边出了案子。郭蓉蓉说：“是啊，组里刚刚接到命令让接手这个案子，好像这个案子还挺离奇的，当地公安局从来没遇见过，上报给省厅了。组长马上带人赶过来，正巧我在这儿，就让我直接去案发现场。”

“死人了吗？”

“嗯，今天早上发现的尸体，具体什么情况我也不清楚。对了，你知道平江北站怎么走吧？”

“知道啊，在那儿发现的尸体？”

“好像是北站扩建的工地那里。”

“我知道在哪儿，我带你去。”

平江市有两个火车站，北站是平江市的老火车站，始建于清末，距今有一百多年了。

由于原先车站容量太小，之后又扩建了两次。最近这一年多，政府拨款又在原来的基础上扩建了一个客运大厅和一个货运楼。

客运大厅建成了一半，货运楼刚开始打地基。

案发现场就在货运楼的地基上。

郭蓉蓉是开车来的，在丁潜的指引下，他们开车驶到货运楼工地。

这个地方距离原先的火车站有段距离，周围是一大片荒地，不远处有一条条铁路经过。

工地上钢筋林立，正在浇筑钢筋混凝土的楼基。周围停着吊车、卡车、水泥车、水泥管泵车。戴着安全帽的工人们站在四周窃窃私语，有五六个警察分散地站在楼基和四周，保护现场。

郭蓉蓉把车开进工地，和丁潜下了车，迎面就看见一个瘦黑脸，豹子眼，嘴巴有点儿歪的男警官走过来。他们都认识，这是平江市公安局刑警队长孙建洲。

“郭警官，你来啦，杜组长呢？”孙建洲首先打了招呼。

“他一会儿就到。”

“这么巧，丁医生也在。”孙建洲又特意向丁潜打招呼，态度很和气。

在侦破封口女连环绑架杀人案中，丁潜在关键时刻给他帮了大忙，不但帮他找出了凶手，还把功劳都让给了他。为此孙建洲还受到了公安部的嘉奖，他对丁潜的看法也从最初的怀疑发生了一百八十度的转变，他知道这个心理医生暗怀奇能，所以连省厅的宋局长都对他格外看重。有他在，孙建洲自然高兴。

“听说死人了，到底是什么案子啊？孙队长……”郭蓉蓉的言外之意是想问这个案子到底有什么特殊，还把特案组找来。

“老实说，我现在也不太敢断定。”孙建洲露出为难之色，“尸体跟正常的不太一样，我就没让法医碰，想找明白人看看。”

听孙建洲的意思，似乎这个尸体本身有什么问题，郭蓉蓉也等不及组长来了，直接说：“那先带我们去看看尸体吧。”

随后，孙建洲就带着两个人沿着土坡下到了打地基的大坑里，小心翼翼地在水泥钢筋的结构里穿梭，走了大约十几米，来到一处围起了一圈钢筋柱还未浇灌水泥的地方。

有两个警察守在那里，还有两个穿白大褂的法医。

孙建洲指了指钢筋围拢的柱体，说："尸体就在那下面。"

郭蓉蓉和丁潜探头往下一看，在二米多深不到三米见方的柱体下面，蜷缩着一具半裸露的尸体。尸体上似乎只套了一件单衣，但被灰土盖了一身，也看不太清楚。

尸体的双臂弯曲在背后，捆绑着跪卧在地上。因为低着头，看不见脸，从头发的长度判断，应该是女性。

不过，单凭这些还算不上多奇特。对于郭蓉蓉和孙建洲这种整天跟刑事案件打交道的人来说，残忍、暴力的杀人场面也没少见。一具这样的尸体就把孙建洲吓得没了主张，似乎有点儿难以置信。

## 3

"孙队长，这尸体上盖了一层泥灰啊，都看不太清了，你们来的时候就是这样的？"郭蓉蓉问得还算委婉。

"是啊，我想是凶手弃尸后，故意往尸体上撒了一层泥灰，看起来就不那么显眼了。我听工人们说，他们今天早上正准备往里面灌水泥，要不是有个工人师傅闻到了异味儿偶然往下面看了一眼，不然根本发现不了，这具尸体就得被浇筑到水泥里了。那这个人可就彻底消失了，或许几十年后拆楼的时候才可能被发现。这个凶手可真是够狠的。”

“那你们靠近尸体看了吗？”

“我正要跟你们说这件事呢。两个法医下去了，本来想把尸体拉上来，但是发现她被捆绑得很特别，好像是特意把她固定成那个姿势蜷在坑里的，而且眼睛、鼻子、嘴全都被胶水黏上了。”

“你说什么，全黏上了？”郭蓉蓉吃惊道。

“是啊，法医说的，我还没看到，不过肯定不止这些……我从来没见过用这么奇特的手段杀人的，说凶手是泄愤吧，又跟一般的不太一样，说他变态吧，又太笼统。我现在也拿不准这个案子到底该怎么定性。”

他说得郭蓉蓉似懂非懂，她现在站在坑外面，只能从上往下看，看不真切。

这时候就听丁潜问那两个法医：“你们已经拍过照片了吧？”

“拍过了。”一个法医说。

“你们能不能找些木板、绳子什么的，把这个尸体按照原样拉上来。”

在工地上这些东西并不难找，而且有几个胆子大的工人愿意帮忙。有个工人先拿来电锯，把钢筋锯断两根，方便运送尸体。两个法医下到坑底，拿了一块临时拼凑的长方形木头板子，两个人小心地把女尸移到木板上，又在木板两边各绑了四根绳子，坑外四个人一起使劲儿，将尸体水平地从坑底拽了上来。

等尸体完全暴露在众人眼中时，有个工人吓得手一抖，绳子就松了，尸体立刻随着木板倾斜。幸亏孙建洲手疾眼快，抢过绳子重新拉起来，这才没让尸体掉下去。

众人帮着法医一起把木板和女尸搬到一处平坦的水泥地上，那个帮忙的工人马上逃出很远，都不敢往前凑了。

这具尸体确实看着够瘆人的。

此刻她已经清晰地呈现在郭蓉蓉和丁潜眼中了。

她的整个身体呈跪趴的姿势，双手倒剪绑在身后，上身几乎贴在大腿上，双膝并拢，大腿和脚腕上也都绑着绳子。手腕和脚腕都被割伤了，伤口很深，里面的骨头清晰可见。

最瘆人的还是死者的脸，乍一看好像一个古怪的生物，却长了人的身体。

被害人的五官全部都被胶黏了起来，没有一处有缝隙的，就连耳朵也扣在脸上黏住了。可以看出，凶手来来回回黏了好几遍，五官都被揪得有些变形了。

凶手的手法极度恶劣。

你可以运用想象力，尝试在脑海中勾勒一下这张凄惨诡谲的脸。

这简单、粗暴，又神经质般的耐心，凶手究竟出于什么样的心理？

郭蓉蓉本来就胆小，吓得一把就抱住了丁潜的胳膊。

武功再高强的女人，也希望惊吓时有一个高大的肩膀来保护自己。

丁潜的个头儿确实不矮，几乎能像堵墙一样把郭蓉蓉遮住。但是他把胳膊从郭蓉蓉手里抽了出来，走向了尸体。

刚才尸体在深坑里，身上盖着一层泥灰，看不清楚她身上穿的是什么衣服。现在能清楚地看见，是一件红色的连衣裙。

事实上，被害人的身上只穿了这一件衣服，里面什么都没有。

丁潜心头一凛。

他第一时间想到了，今天早上在第三中学见到的那个叫安琪的女孩儿。

随即，他就否认了这种可能。

首先，裙子的样式不一样。尽管都是红裙子，安琪那条裙子明显高档得多，而死者的裙子就比较普通了。何况凶手也不可能在这么短的时间里从学校里把女孩儿抓出来，杀害后再弃尸到这里。

丁潜隐约觉得这个凶手不是那种单纯的发泄式杀人，他似乎有某种深层次的原因。

正在琢磨时，一阵嘈杂的声音打扰了他。

杜志勋他们赶到了。

走在最前面的是法医柳菲，她拎着勘验箱，身穿一件灰色立领风衣，冷若冰霜，惊若天人。

她看见尸体的同时也看见了蹲在尸体前面的丁潜，柳眉微蹙，也不知道是因为尸体，还是因为丁潜。

她打量了一下尸体，火气就上来了，“这不是弃尸的地方，你们怎么能随便移动尸体？”

郭蓉蓉马上澄清自己：“可不是我要求的啊，是……”

她的目光刚落在丁潜身上，丁潜扭头对孙建洲带来的那两个法医说：“你看看你们，毛毛愣愣的，我就说等柳法医来了以后再挪尸体，你们偏不听，非要弄上来瞧瞧，现在看不明白了吧，还得等权威来了才行。”

这马屁拍得也说不上是个什么滋味，柳菲白了丁潜一眼。

两个法医面面相觑，憋了一肚子气。

柳菲打开勘验箱，拿出乳胶手套戴上，先绕着尸体走了一圈，然后从女尸的面部开始检查。

她目不转睛地盯着死者的脸，看不出丝毫紧张和不适，那张精致的瓜子脸上保持着异样的柔和与专注，与死者形成强烈的反差。

柳菲最先注意到的就是黏合女尸五官的手法。

她用手指扒着女尸紧紧黏合的眼睑观察了一会儿，又尝试着拽了拽死者紧闭的嘴巴，对杜志勋说："这种胶不同于普通的胶水，黏合得非常牢固，手法很特别，凶手黏了不只一遍，从胶的凝固程度来看，他是在不同的时间里反反复复黏了好多次。"

周围的人无不动容。

## 4

郭蓉蓉道："用胶水粘的，这么说凶手很有可能是街边修鞋修包的，手里常备各种胶水，用起来也顺手，所以……"

"你家里从来不买胶水吗？"柳菲问她。

"我家呀……"郭蓉蓉挠着脑袋说，"我家会买两管备用。"

"我也是。"柳菲说，"胶水这种东西随便什么地方都可以买到，这就不分职业了。"

柳菲的一番话把郭蓉蓉的推理热情直接扼杀在了萌芽里。

柳菲继续检查，检查到被害人被割伤的手腕、脚腕时，她从勘验箱里拿出放大镜，仔细观察创面，然后又检查了死者的创口，思索了一下，对杜志勋说："凶手用的工具应该是刀具，伤口很深，已经伤到了骨头。

骨头上有很多道划痕，看样子好像是凶手想割断她的手脚。”

“既然这样，他为什么不用斧头或者锯呢？”杜志勋发现了一个疑点。

“也许是凶手手边没有斧头和锯，只有刀子吧。”孙建洲猜测道。

杜志勋微微摇头，“凶手并不是突发性作案，从对待被害人的手段上就能看出来，捆绑被害人的姿势和黏合被害人的五官都是属于‘过度犯罪’。切割被害人的手脚也算一种‘过度犯罪’。这说明他早有作案的预谋，他不可能想不到准备合手的工具。所以问题就来了，他为什么偏要用自己不合手的凶器来作案呢……”

杜志勋说到这里看了丁潜一眼，他从刚才到现在，这是第一次看丁潜。

丁潜知道，杜志勋这是在向他挑战呢。这个家伙的好胜心太强了。

不过此时的丁潜，脑子也并不比杜志勋和孙建洲清醒，尤其是看到被害人身上穿着的红裙子，他就有一种不祥的预感。

那个向自己求救的红裙女孩儿的身影总是时不时地在眼前晃动。

他忽然问柳菲：“你现在能看出这个被害人的年龄吗？”

“可以。”柳菲的目光重新落在了被害人的手脚伤口处。通常情况下，需要拍骨关节的X光，但由于被害人伤口较深，正好把骨头关节露了出来。手肘处露出尺骨小头，脚踝处露出胫骨的下端骨节。

看了一会儿后，她叹口气说：“尺骨小头和胫骨下端刚出现了骨化中心，骨垢还没有愈合的迹象，人通常在十五岁到二十岁之间会出现骨垢愈合。女性骨垢愈合的时间要早于男性。综合起来看，被害人也就在十三四岁。她还是个孩子。”

所有人的表情都凝结了。

因为被害人的五官变形严重，他们刚才都没看出她的年纪。

凶手的手段已经够残忍了，现在大家才知道，他竟然对一个小女孩儿做了这些事。

他的犯罪手段已经到了灭绝人性的程度。

“平江怎么出了这么个变态，怎么能狠心把一个小女孩儿弄成这样。让我捉到他，非扒了他的皮不可！”连一向沉稳的孙建洲都忍无可忍了。

杜志勋倒是依然保持冷静，他说：“凶手脱光了被害人的衣服，只给她穿了一条红色的裙子。有可能是红裙子能给他带来刺激，这倒有点儿像恋童癖。如果凶手真是恋童癖的话，他的症状已经发展到了最严重的程度。他之前很可能就有过侵犯女童的经历，倒是可以从这方面查查……”

孙建洲听着有理，刚想说话，柳菲就说：“凶手可能不是恋童癖。”

她说话的口气很奇怪。

此时，她已经检查到了尸体身后，被害人跪伏在木板上，全身只穿了一件红色连衣裙。

“你发现了什么？”杜志勋问。

“死者的下体也被黏起来了，就像脸上的五官一样。可是在她的下体上没有发现性侵常见的青肿和瘀伤。凶手可能只是残害了被害人的身体，并没有性侵行为。”

柳菲的话让所有人都陷入了沉默。

凶手对被害人实施的残害完全超出了他们能想象的范畴。

凶手的古怪作风更让他们百思不得其解。

郭蓉蓉又惊又怕，问杜志勋：“组长，这个凶手到底想干什么啊，你见过那么多案子，有没有类似的案子？”

郭蓉蓉的话也说出了其他人的疑惑。

杜志勋摇摇头，“我没见过类似的案子，通常来说，对尸体的处理方式能反映出凶手的心理倾向。但这个凶手的做法实在是与众不同。他除了割伤被害人的手脚，对被害人的其他部位没有进一步伤害，包括他捆绑被害人的姿势，给我的感觉又好像是他在故意保护被害人的尸体。”

“故意保护被害人的尸体？”郭蓉蓉完全听不懂杜志勋的意思。

在她看来，凶手已经把被害人的尸体蹂躏成这个样子了，组长怎么还这么说？

不过她当然不敢质疑杜志勋，于是扭头又问丁潜：“你觉得呢，大叔？”

“你们组长说得对。”丁潜若有所思道。

“那你说说凶手到底想干什么？”郭蓉蓉故意刁难丁潜。

丁潜盯着尸体，冥思了一会儿，脱口道：“他想把她的身体密封起来。”

“什么？密封？”

“在中医上讲，人体一共有九窍，双眼、双耳、双鼻孔、口、前后阴（指尿道和肛门），一共有九个孔。凶手想把被害人的九窍都封起来。至于为什么还要割伤被害人的双手、双脚，可能具有象征意义吧。”

“把九窍封起来又能怎样？”

# 第四章　灰烬中的咒语

## *1*

“这个我就不知道了。也许对于凶手来说，有某种特殊的含义。”

丁潜的话听着似乎有些道理，但还是不够透彻。

大家都陷入了沉思，默不作声地看着柳菲围着尸体忙碌。测了肝温，拍完照片，过了大约半个小时，柳菲停下手，初步尸检算是完成了。

她对杜志勋说：“死因暂时还无法确定，我需要在解剖的时候详细检查。死亡时间能从死者的腐败程度推算出来。尸体暴露在露天，皮肤下出现了腐败的静脉网，已经有了巨人观的迹象，估计死亡时间在三天到四天左右。如果做了详细尸检，死亡时间还能更精确一些。”

杜志勋想到了什么，招呼几个工人过来，那几个工人还有点儿不敢，从警察外面绕着尸体走过来。

杜志勋指指发现尸体的水泥坑问他们：“这个要灌水泥桩子的坑是什么时候做好的？”

“昨天下午。”有一个长得五大三粗的工人说。

“那个时候有没有注意，坑里有人没有？”

“肯定没有，我们好几个人都看着呢。要是有人放尸体也只能是昨天晚上，白天这里都有人。”

其他几个工人也跟着附和。

他们的回答证实了杜志勋的怀疑。

杜志勋对组员和孙建洲说：“现在又出了一个疑点。这个女孩儿是三四天前遇害的，假如这些工人没撒谎的话，那就是说，凶手并没有马上弃尸，这又是为什么呢？”

众人默然不语，这个案子离奇的地方太多了，处处都透着诡异。

“这里——”

一声女人的尖叫把众人的思路拉了回来。

是柳菲的声音，而且是从远处传来的。

大家这才发现她不在人群里，不知道什么时候走开了。

众人顺着声音走到发现尸体的水泥坑，柳菲已经跳进坑里，她抬头对众人说：“我在这下面的土里发现了一些火烧过的东西，好像是纸片，不知道是不是凶手留下的。给我找一个干净的塑料袋来，我要把这些烧完纸片的泥灰带回去化验……”

发现女童尸体的四个小时后。

平江刑警队又成了特案组的临时办公地点。

案情分析会上，特案组组员和本地警员互相交流调查结果。

孙建洲负责排查现场工人，他们是目击者，但凶手也最有可能隐藏在他们当中。在很多凶杀案里，凶手都躲藏在案发现场最近的地方浑水摸鱼。

孙建洲动员了警队里的所有人，对工地的工人作了一通调查。

“火车站扩建工程的全部工人有七百五十二个，案发现场货运楼工地有六十七个。我们现在只来得及给货运楼工地的工人作笔录。目前还没有发现特别可疑的人。不过，所有人的身份证已经都在我们手里了，不担心凶手逃跑，不过排查还需要时间。我个人觉得凶手很可能就隐藏在这些工人当中，凶手选择在工地作案，就是因为熟悉作案环境。”

孙建洲首先作了一番说明，表达了自己的看法。

之后说话的是钟开新，他负责审查工地现场附近的监控摄像头，但也没什么收获。动车站地区客流多，地形复杂，弃尸地点又是个巨大的露天工地，附近几乎没有监控，搜查起来实在有难度，即便凶手就隐藏在人群里也很难被认出来。

这样的结果杜志勋有心理准备，他现在统筹全局，不能轻易断定凶手就一定隐藏在工人中间，即使真在，他也需要足够的证据把他找出来，仅仅靠排查和口供远远不够。

分析会很快就结束了，会后他直接来到法医室，想知道柳菲有没有从那具尸体上发现更多的线索。他觉得这个案子的关键还是要从尸体入手，只要能弄清楚凶手为什么要选择如此奇特的杀人手法，就有可能发现凶手的某些重要特征。

当他走进法医室，发现有个人比他来得更早。

丁潜。

他正站在解剖室门外低头发呆，不知在想些什么，都没看见杜志勋进来。

这家伙嘴巴上一直拒绝加入特案组，可是一有大案却总能看见他，也不知道这家伙是点儿太背，还是口是心非。

不过，他这一次明显沉默多了，看来这个案子把他也难住了。

老熟人见面肯定要打声招呼，杜志勋这次对丁潜还算态度友好，点下头说："丁医生骚扰初中女生被扭送派出所的事儿我已经听说了，虽说是个误会，但以后做事还是要谨慎为好。听说那女孩儿恰好也穿着一件红裙子。幸亏郭蓉蓉把你保出来了，要不然现在没准儿就把你当成嫌疑犯了，岂不是冤枉。"

丁潜挨了一顿奚落，暗骂郭蓉蓉没立场，为了向杜志勋表忠心，连大叔都卖了。现在这帮年轻人也太势利了吧。

杜志勋推开解剖室的门，走进房间，丁潜随后跟进，他也想知道柳菲进展到什么程度了。

此刻，柳菲穿着一身蓝色的法医袍，戴着口罩，长发束成马尾，正俯身解剖台前，拿着解剖刀和镊子，在尸体被切伤的脚腕处挖着什么东西。

那具跪伏的女孩儿尸体已经被解开了绳子，四肢舒展，平躺在解剖台上。不知出于什么原因，柳菲并没有把黏合的胶弄开，看着既古怪又凄惨。

在柳菲身旁站着平江市公安局的钱法医，给她做助手。

看到杜志勋和丁潜进来了，柳菲停下手头的工作，对杜志勋说：“你来得正好，正想跟你说说死者的死因。她是窒息而死的，肺膜和心包脏层都有典型的窒息出血点。在死者的胳膊和腿上被捆绑的部位也出现了挣扎磨损的痕迹。推测杀人经过应该是，凶手先把这个女孩儿捆绑起来，然后用胶水把她黏起来，被害人经过了一番挣扎后被活活闷死。之后，凶手用刀子割伤了她的手脚。”

## 2

尽管之前已经见到了死者的惨状，但是听完详细的杀人过程后，连杜志勋都不禁动容。

这个凶手在想尽一切办法来折磨被害人，似乎生怕她死得太容易了。

“具体的死亡时间呢？”杜志勋问。

“通过肝酶活性检测和血清钠、氯离子含量的测量，能够确定死亡时间是在八十个小时左右，差不多三天半……哦，对了，我还有个发现要告诉你，是刚刚发现的。”

柳菲说着走到解剖台的中间位置，停在了尸体的胸前。杜志勋和丁潜走过去，看到死者的胸腔中心出现了一个圆孔，有五分钱硬币的一半大，看不出有多深。

“我在工地的时候并没有发现，这处伤口藏在衣服里，非常隐蔽，而且是被堵上的。”

“这伤口是怎么形成的？”杜志勋问。

“我也说不好到底是什么东西，发现时它就插在死者的胸腔中间。”柳菲走到试验台那里，拿起一根细长的东西。

这东西的形状像一根筷子，比普通筷子粗，长约十几厘米，通体灰白，上面雕刻着花纹和一些奇怪的符号，一端是圆头，另外一端是三棱锥。

柳菲托在手里让杜志勋和丁潜看。两个人谁都没见过。

“这东西是竖直插在被害人胸腔里的。”柳菲拿着那个细长的东西向死者胸骨板上的圆孔比量了一下。

死者还是一个孩子，身体单薄，这个东西竖直插进胸腔几乎会贯穿整个身体。

凶手又给他们留下了一样恐怖又令人费解的凶器。

杜志勋看了看这个古怪的凶器，又比较了一下死者胸骨板上的圆孔，对柳菲说：“这个锥子一样的东西也可以杀人啊。你确定死者是窒息死的？”

“可以确定。”柳菲很肯定地说，“至于这个东西，是凶手在杀死被害人之后钉在她胸腔里的。我在死者的伤口边缘发现了生锈的铁屑，所以我推测，凶手先用一根我猜是长钉一类的东西，钉穿了被害人的胸骨板，然后才把这个东西插进孔洞，钉进被害人胸腔里的。我想可能是因为这东西的硬度不够，不足以钉穿胸骨板吧。”

站在杜志勋身旁的丁潜，忽然伸手从柳菲手里把那根东西抢过去，仔细打量。

“喂，你……”柳菲刚想教训他不要乱碰法医的东西，丁潜就问她，“这东西是什么做的，你检查过吗？”

柳菲愣了一下，“是动物的骨头。”

“动物骨头……”丁潜脸上闪过一丝异样。

“马的胫骨。”柳菲说着一把从丁潜手里把自己的东西夺了回来，她的领地意识还是蛮强的。

“胫骨……”

“就是这个部分。”柳菲以为他不知道，就用脚尖踢了踢他的小腿里侧。

“除了这些，还有什么发现没有？”杜志勋问，“你不是在遗弃尸体的水泥坑里发现了一些焚烧过的碎纸片吗，那是什么东西，检查出来了没有？”

“还没有，现在钱法医正在带回来的沙土里收集那些烧过的碎纸片呢，等他收集得差不多了，我们再一起拼凑。眼下我还有一个发现，不知道算不算有用。”

柳菲走到尸体双腿的地方，她刚才在尸体的左脚腕露出骨头的创口下面放了一个浅口的玻璃皿，杜志勋和丁潜进来的时候，她正用镊子往外夹东西。

“在死者被割伤手脚的伤口处，我发现了一些碎渣，正要检查。”她拿起玻璃皿走到显微镜前，观察了一会儿，抬起头，说了一声，“奇怪。”

“是什么？”杜志勋问。

“是骨头渣。”

“是被害人的吧，凶手在切割的时候，刀子划烂了骨头……”

柳菲没有马上回答，起身回到解剖台，从器械盘里拿起解剖刀和镊子，先从胳膊开始……她小心翼翼，手法娴熟。

柳菲把死者四肢伤口的附近都剥开了一些，里面白森森的骨棒清晰地露了出来。她用放大镜仔细检查完之后说：“被害人的骨头上倒是有些刮痕，不过并没有掉落明显的碎片。我找到的那些骨渣碎片应该是从别的地方掉落的。但我也说不好其他地方的骨渣怎么会出现在被害人的伤口里。”

“有一种可能。”丁潜若有所思，“假如是骨头做的刀呢？”

“骨刀？”柳菲愣怔了一下，看了看杜志勋，杜志勋跟她的反应差不多。

柳菲略一思索道：“我不知道骨头是不是能做成刀子，但它的硬度和韧性肯定比不上金属刀具。我想切割起来肯定很容易损坏吧，碰到同样坚硬的骨头，更是如此。假如真是这样，倒是可以解释这些骨渣碎片是怎么来的。”

“为什么凶手一定要用骨刀呢？”杜志勋觉得有点儿不可思议，“他完全可以选择更好用的切割工具。”

丁潜开玩笑地分析道：“这个凶手看起来特别喜欢用骨头做的东西，没准儿他是个原始人，还过着茹毛饮血的生活呢。他跑到城里觉得饿了，看到个小姑娘，就想抓来吃了。书上记录，食人族最喜欢吃人的手脚，那地方的肉味道最好，他就想把手脚砍了带走。也许凶手砍着砍着觉得太费劲儿了，于是就放弃了。”

他的玩笑一点儿都不好笑。

柳菲和杜志勋都拉长了脸。

气氛有点儿冷场。

这时候，隔壁化验室里的钱法医探进头来说：“柳医生，那些灰烬我已经收集出来了。你过来看看还有没有用……”

“好，我现在就过去。钱法医，你也来帮我们吧。”

火是刑事鉴识科学的大忌。

在高温下，绝大部分的东西都会发生氧化反应，面目全非。有些狡猾的罪犯在作案后，往往会一把大火把犯罪现场付之一炬，不留下任何线索。

## 3

这个案子的凶手同样用了火，但没有焚烧被害人的尸体，只是烧光了一些类似纸片的东西。纤维素及大部分有机物转变成了二氧化碳和水蒸气，剩下一些未完全燃烧的就是黑色的碳物质。

钱法医从泥土中找出了大大小小百十块完全碳化的纸片，放在玻璃片上。

接下来最麻烦的一道程序就是，把这些稍不小心就能化成粉末的东西尽可能完整地拼凑起来。

柳菲用镊子从马鬃刷上拽下三根刷毛，三个人一人一根刷毛，围在玻璃片周围一点一点把黑色碎片往一起拼凑。

柳菲还给刑事调查局的李想打了个电话，让他带一样重要仪器赶过来。

李想从蓝京市赶到平江公安局法医室，柳菲这边的工作才完成了不到一半，随后他也加入战斗，几个人忙活了大半天，天都黑了才算勉强把这些碎片完整地拼在一起。其实也只是拼了三分之二，巴掌大小，还有些细碎的部分太零散了，实在拼不上。

柳菲把李想带来的仪器拿过来，这是一台红外线鉴别仪。

工作原理是利用红外线穿透某些物质或被某些物质吸收、反射的特点来照射物体。即使是被火焚烧过的纸张，只要未完全燃烧的，在红外线的照射下，纸张和上面的字迹就能显示出差别。

柳菲连接电源打开红外鉴别仪，把扫描器对准了那些碳化的纸片，显示器上呈现出了一个奇怪的图形。说不上来究竟是字还是图画，而且这块图形明显不完整，更增加了辨识的难度。

几个法医看了半天也认不出这到底是什么符号，柳菲对杜志勋说：“看着好像不是随便乱画的，但又说不出来这到底是什么，你见过这种符号吗？”

这把杜志勋也难住了，觉得像字吧，字又没有那么多笔画，而且也不是横平竖直，还有很多圈圈转转的笔画。

“好像写的是斩头的‘斩’字。”丁潜站在最后边，端详了一会儿说。

所有人的目光立刻转到他身上。

“这是‘斩’字？”柳菲又重新看了看屏幕，怎么看都没看出这个乱七八糟的笔画写的是“斩”字。

“这像是道教写咒符的笔法。”

“你还懂咒符？”

“略知一二。‘斩’字在咒符中也经常被用到，有六种写法，这是其中一种。”

柳菲瞅了瞅丁潜，没说什么。这家伙的脑子里到底装了多少东西啊，她真想用解剖刀给他开个瓢儿，看看他的脑子跟别人的有什么不一样。

“那下面写的是什么？”柳菲指指“斩”字下面的另外一个符号。

这个符号写的要比那个小，好像两个圈连在一起，带着很多凌乱的笔画，但不完整……

丁潜端详了一阵，“姚……佳……”

“两个字吗？哪两个字体？”柳菲从抽屉里拿出一个记事本，掏出一支笔递给丁潜。

丁潜在把这两个字写上。

大家端详着这两个字，柳菲念道：“姚……佳……这好像是个人名啊。”

她不禁回头看向解剖间，其他人也不约而同地想到了一处。

难道姚佳就是那个惨死的小女孩儿的名字？

丁潜动动嘴唇想说话，但是忍住了。

因为他想到了一个名字，“姚佳悦”。

他捡到的那个学生证上写的名字，平江第三中学的初二女生。可是实际一查，三中根本没有这个女生。要么照片是假的，要么名字是假的。

就在丁潜准备放弃追查的时候，这个名字突然跟着一具遇害的女孩儿尸体一起出现了。

姚佳。

姚佳悦。

红裙子。

把这些相似之处放在一起比较。丁潜几乎毫不怀疑地相信，这个遇害的女孩儿就是那个向他求救的红衣女孩儿。

否则，怎么会那么巧，同样穿红裙子，同样姓姚，同样名字里有一个“佳”字的小女孩儿遇到了危险。

只有一点有出入。丁潜是在昨天早上看见的那个红衣女孩儿，而遇害女孩儿的死亡时间是在三天前。如果真是同一个人，那么他当时遇见的是鬼。

这事儿想想就有些邪气，丁潜话到嘴边忍住没说。有些事儿连他自己都没弄明白，还是先不要声张，搞不好自找麻烦。

丁潜正在暗自琢磨，忽然发现柳菲正在瞅自己，目光中还带着一点儿审视的味道，似乎已经觉察到了什么。他赶紧打了个哈欠，装模作样地掩盖过去。

这个女人聪明得有点儿吓人，虽然她不懂心理学，但她那双剔透的眼睛就像能穿透你的心灵一样。

杜志勋这时候已经思索了一番，说出了自己的看法："凶手在弃尸现场焚烧咒符，又黏合了被害人的身体，还在她胸腔内穿进了一根我们不认识的东西，这些古怪的行为说明，这个人有可能迷信什么邪教。表面上他的犯罪好像一个心理极度扭曲的恋童癖，但本质上，他很可能对被害人并没有什么性欲，他是在对她施行一种惩罚，或者是一种祭祀行为……"

丁潜在一旁默默听着，杜志勋的分析他完全赞同，这也让他想到了更多的事情。

柳菲随后弄开了黏合被害人九窍的胶状物，对被害人的下体检查过之后证明杜志勋的推测是正确的。女孩儿还是完好之身，没有遭受过任何性侵的痕迹。

杜志勋随后召集特案组员和平江刑警队参与办案的警员，把最新的侦破进展告诉大家。让他们在排查嫌疑人的时候，尤其关注那些有参与过邪教背景的人。

会议结束后已经 11 点多了，郭蓉蓉打着哈欠走出会议室。

她这两天心血来潮，正在追《吸血鬼日记》，发现里面的男演员一个比一个帅。她不喜欢小鲜肉，一把能捏死，一脚能踹死，没劲。她喜欢外形硬朗，最好还带点儿胸肌的，穿着卡通睡衣趴在电脑前看着帅哥们调戏女主，那感觉就像在和她谈恋爱一样，结果搞得她最近都有点儿睡眠不足。今天是深夜 3 点才睡的，本打算在单位偷偷摸摸补补觉，结果被丁大叔给鼓捣到了平江，然后就卷进了凶杀案。开会的时候，她的眼皮都快粘一起了，恨不得拿火柴棍给支上。

# 第五章　骨瓷酒壶

## 1

好容易熬到会议结束，她正琢磨找个不显眼的犄角旮旯眯一会儿，谁知道刚走出会议室，就被一个人抓着胳膊拖走了，她迷迷糊糊地走了好几步才发现是丁潜。

“你干什么，大叔？”郭蓉蓉怒道。

“你帮我个忙呗。”

“这种事儿可别再找我了，我今天都让你折腾死了，我得休息一会儿。”郭蓉蓉连摇脑袋带摆手，一口回绝。

丁潜叹口气说：“我本来叫了一份肯德基全家桶，外带十个金缕虾，叫多了吃不了，扔了可惜，正想找人帮忙解决呢……既然你不愿意，那就好好休息吧……哎，柳菲来了，我问问她吧……”

郭蓉蓉一对大眼珠立马光芒四射，连忙拦住他，“别找她，别找她，柳菲现在正减肥呢。这种重活儿还是交给我来做吧。”

“你确定？”丁潜眯缝起眼睛。

“放心吧，肯定帮你圆满完成任务。”

两分钟后……

郭蓉蓉抱着全家桶，一边往嘴里塞着金缕虾，一边坐在电脑前吐字不清地问丁潜：“巫云飞是谁呀，你查他干什么，还得用公安网？”

“我只知道他在看守所待过，什么原因我不知道，我现在想知道这个人的详细信息，想知道他都干过什么。”

郭蓉蓉现在心情愉悦，丁潜说什么就是什么，她把“巫云飞”三个字输进系统，过了一会儿，出现了这个人的完整信息和证件照片。

资料上显示，巫云飞，1973 年生人，塞浦路斯籍华人，医科大学硕士毕业，做过两年医生，后来辞职。2013 年回国，2014 年他因为涉嫌杀人在川州市被捕，在川州第二看守所待了几天，最后因证据不足被释放了。之后他就到了同省的平江市，在工商局注册了一个古玩店。

丁潜问郭蓉蓉：“你能不能给我查查，这个人当年具体是因为什么事情涉嫌杀人？”

“这个我可查不出来，得联系当地的看守所和逮捕他的公安局，他们那儿可能还有当时调查他的资料。”

“你能不能想办法给我搞到？”

郭蓉蓉吃了一只虾，又拿了一个正要往嘴里送，怀疑地看了丁潜一眼，说：“大叔，你这么着急打听这个人，这个巫云飞到底是什么人呀？”

郭蓉蓉可不傻，不是一顿肯德基就能把脑子撑坏的人。

“他啊……”丁潜想了想，“我也不知道。”

“你不知道？”

丁潜说的是实话，他只跟这个人接触过一次，表面上看他还算坦诚，但事后回过头来想想，依然知之甚少。

他唯一知道的就是，这个人自称自己是雕骨师。

但在警方掌握的资料里，却没有关于这方面的任何记录，只是笼统地说他是个体经营者。

次日中午，发现女孩儿尸体的第二天。

平江北站的扩建工地在照常工作，唯有货运楼那边已经停工了。始终能看到穿警服的人在工地上转悠，有些人还带着仪器在搜索什么。

由于警方严密封锁消息，这起离奇的杀人弃尸案件没有被任何媒体报道，但在与案件相关的小范围里，也是人心惶惶，暗流涌动。工人们口口相传，通过各种渠道打听案子，议论纷纷，互相猜疑。

特案组和平江刑警队的警员们全部调动起来，各有分工，全方位地寻找线索。一份份的调查报告汇集起来，等着杜志勋和孙建洲他们筛查甄别。

柳菲那边负责恢复被害人的容貌；还要请画像师为死者重新描绘生前的肖像，以便分发给各地派出所，与失踪人口进行匹配；还让警员们特别留意叫“姚佳”的失踪女孩儿。

丁潜在这个时候悄然离开。他原本也不是警察，来去自如，根本没人注意。

他也有自己的事情要做。

塔西区黄河大街天河路135号。

这个地址他已经忘不掉了。

他把车停在路边，隔着马路看着街角那个古里古怪的小店，挂着水牛头骨的牌匾上写着“极乐圣境”。

这个小店神秘而偏僻，无论是谁都很难把它同城市另一端的恐怖杀人案联系起来。

巧得很，偏偏丁潜刚拜访过这里，知道这里住着一个玩儿骨头的人。

更巧的是，他昨天目睹了那个遇害的红裙女孩儿的尸体。

凶手在杀害她时用了很多令人发指的手段，他用马的胫骨制作的长钉钉入女孩儿的胸腔里，用骨头制作的刀切伤了女孩儿的手脚。他似乎尤其热衷于骨头制成的凶器。

杜志勋认为，凶手迷信邪教，采用这种神秘的杀人手段可能是出于惩罚或者祭祀的目的。

丁潜首先想到了雕骨师巫云飞。

没有人再比他更了解骨头了，这个人尤其对人骨感兴趣。

就在今早丁潜来之前，郭蓉蓉那边查到了巫云飞当年涉嫌杀人罪被捕的经过——

2014 年，警方接到群众举报，查封了巫云飞在川州市经营的古玩店，在他的店里发现了很多疑似骨制品的商品。经鉴定，其中有相当一部分为人骨，当地公安机关遂以故意杀人罪立案侦查。嫌疑人巫云飞坚称这些人骨来源合法，并提供了国外的鉴定证书，证明这些人骨确实是年代已久的。警方找来专家鉴定，并与国外核查，证实确有此事。警方以携带违禁品入境为由，关押了他几天，最终将其释放。但禁止其继续从事相关经营。

丁潜现在进一步了解了巫云飞这个人，而且猜到了他与温欣之间的关系。

## 2

温欣大概就是在两年前了解到巫云飞的事情，还以记者的身份去了川州第二看守所，对巫云飞进行单独采访。那些照片应该就是在看守所里拍的，可能当时巫云飞承诺过，等他出去后要赠送温欣自己亲手制作的骨雕，就是自己收到的这串人骨手珠。

想清楚了这些，丁潜的心情倒是舒畅了不少，只要这件事与温欣无关，他就没有那么多顾虑了。

下了车，穿过马路，走到“极乐圣境”的门口，隐隐听到店里传来一阵幽咽婉转的笛声，如泣如诉，透着几分鬼气。

他心下好奇，从店铺窗外往屋里望去，逆着光，看得有些不太清楚。他透过多宝架上那些古怪的展览品，模模糊糊地看见了店里有人影。好像是巫云飞正坐在椅子上吹笛子。

但不只他一个人，还有一个瘦弱的身影坐在他的膝盖上，完全沉浸在他的笛声中。

等丁潜看清楚那个人后，后脊背突然冒出一阵寒意。

红衣女孩儿!

那个红衣女孩儿竟然就坐在巫云飞膝上!

突如其来的发现让丁潜僵了几秒才清醒过来，他几乎是冲进了店里。

巫云飞笛声哑然，抬起头看见他，微微露出惊讶之色，“你来了？”

丁潜此时比他还吃惊。

坐在巫云飞膝盖上的红衣女孩儿不见了。

店里只有巫云飞一个人在，他手里拿着一支金箔包衣，珍珠镶嵌的短笛。

丁潜都有点儿不相信自己的眼睛了，这也太邪门了。上一次，他在店门前的树下看见那个红衣小女孩儿，一转身她就不见了，这一次他又眼睁睁地看着一个红衣女孩儿在巫云飞身边消失。

难不成这个店里真有什么不干净的东西？

他不由得想起了巫云飞刚才吹奏的鬼气森森的笛声。

“就你一个人在？”丁潜试探着问。

“是啊。”巫云飞露出一丝微笑，“你觉得像我这个年纪，还应该有个女朋友吗？”

“你没有？”

“我的性取向没有问题，只可惜像我这样身份的人，没有几个女人敢接近我。我曾经试图交往过几个女人，可是当我告诉她们，送给她们的礼物是人的骨头后，没有一个女人不被吓跑的。说起来，温欣反而是最了解我的女人。”巫云飞言语中透出一丝无奈。

“温欣没来吗？”巫云飞问。

“哦，她去外地出差，还没回来。”丁潜随口编了个瞎话。

他今天不是来讨论温欣的。

刚才有些慌乱，他需要平静一下心情，重新占据主动。

人与人之间的交往是一门很深的学问。

占据主动的人可以在谈判中赚取利益，在争论中赢得支持，在表白中收获爱情。

对于丁潜来说，他今天要与巫云飞进行一场不见血的交锋。

占据主动，抓住对方的弱点，他就能全身而退，撕碎对方的伪装，如果不能，那就不知道局势会向着什么方向发展了。

他索性打量起陈列架上的那些艺术品来，现在他知道这些东西有很多都是人骨雕刻的，不免感觉有些阴气森森的。

丁潜虽然是心理医生，但他还从来没有接触过自愿捐赠自己骨头的人，即便是外国人，这些人死前究竟是抱着一种什么样的心态呢？如果有幸，丁潜倒想见识见识。

他不停地打量陈列架上的骨雕艺术品，时不时地估计一下价格。

“我手里这块骨雕多少钱呢？”

“你要买？”

“你开个价，我考虑考虑。”

巫云飞打量了丁潜两眼，忽然脸色一沉道：“你不是来买东西的。说吧，你今天来找我有什么事？”

丁潜暗自吃惊。

他觉得自己隐藏得够深了，甚至连脸上的表情都控制得恰到好处。

他想不通这家伙是怎么看穿自己的。

“你怎么看出来的？”丁潜问。

“在你的眼中看不到那种充满灵性的狂喜。”

这算是什么解释？

拿着一块古人的骨头，爱如珍宝，兴高采烈吗？

丁潜再有学识，也无法体会这种感受。

“别浪费时间了，丁医生。如果你现在不肯坦诚，我就拒绝回答了。”巫云飞的神情似乎并没有多大变化，看不出他有多生气。但他已经要往里屋走了。

## 3

“好吧，我想向你打听一件事。”丁潜感觉自己又落入了被动。

他不想这么快就亮底牌，太危险了，但事已至此，他也没办法再隐瞒。

“打听什么？”

丁潜从怀里掏出一张照片，“这个东西你见过吗？”

巫云飞停住脚步，接过丁潜递来的照片，看了一眼说：“这东西你是在哪儿拍到的？”

照片上就是钉进被害女孩儿胸腔里那根细长的东西。一端圆润，一端呈三棱锥，中间还雕刻着花纹和符号。

这是丁潜离开法医室的时候，从柳菲的尸检照片里随手顺来的。

“医院里。”丁潜没说实话，“它被钉在了一个女孩儿的胸腔里。我们化验之后发现它是人骨做的。但谁都没见过这种东西，不知道它到底是做什么用的。我就想起了你，你不是最擅长人骨雕刻吗？”

“你怀疑这是我雕刻的？”巫云飞问道。

“我对骨雕不甚了解，但我想能制作出这样精致的骨雕，肯定需要高超的技术吧。”

“所以，能雕刻出这个东西的人就是凶手，是吗？”

巫云飞突然把气氛弄得紧张，但他的神情异常镇静，让人猜不透他下一步想干什么。

“你认为我会这么想？”丁潜反问。

“我并不了解你，但如果我是你，面对着一个可能是杀人犯的人，我也许会报警。”

“很遗憾，我并不喜欢警察，而且我知道，你也不太喜欢。”

“你调查过我？”巫云飞深陷的眼窝中闪过一道寒芒。

“任何一个女友收到人骨礼物的男人都会调查一下吧。”

巫云飞注视了他一会儿，目光慢慢缓和下来，“是啊，有理。”

他拿起手里的照片重新看看，说道：“我不确定是不是从我这里卖出去的，这个东西是仿品，不是原创，其他地方也能买到。”

“这么说你知道它是什么？”

“普巴金刚。”

“这是什么东西？”

“普巴金刚，我们称它金刚橛，是一种法器，可以用铜、银、木、骨头等各种材料制成，外形大同小异，都是有一个三棱锥的尖头，它的外观与三棱匕首相似。但手柄因用途不同而有不同的装饰。照片里这个金刚橛的端头就是骷髅冠加马头，因为这个东西比较细小，骨头材质又脆，所以只用花纹和符号来替代了，看得不是特别清晰，但它的用途都是一样的。金刚橛是指非常锐利的东西，可以穿刺任何物品，但没有东西能刺伤它。”

“它能做什么？”

“据说有愤怒、震摄之意，能破除一切魔障，降伏魔怨。”

“把这个东西钉进人的胸腔里，又是什么意思？”

“如果方便的话，你能不能告诉我，那具尸体是什么情形的？”巫云飞没有马上回答丁潜的问题。

丁潜稍微迟疑，说道：“那个女孩儿的眼、鼻、耳、嘴，以及下体都被胶黏合起来了。手脚被骨刀割伤，伤口深至骨头。”

巫云飞听完之后，把照片还给丁潜，用一种缓慢而平静的语气说道：“在科技不太发达的古代，人们相信，人的肉体和灵魂是可以分离的。肉体可灭，灵魂永恒，不断地进入轮回。封住人体九窍就是封闭了灵魂与外界接触的通道。天灵盖的百会穴是人体经脉交汇之所，在此打入金刚橛可阻断周身运转，破除轮回，压服死者的忿怨，这叫拘魂术。也有传说可将其插进胸腔中间用来镇魂，但是这些说法都不过是道听途说罢了。”

“拘魂术？”丁潜头一次听说。

“说得直白一些，就是将死者的灵魂拘禁在身体里，再用法器镇住，让她永无转世的可能。”

“发现那个女孩儿的时候，她的尸体成跪卧状被捆绑着，放在工地的地基下面，差一点儿就被水泥封在地基里了，这是不是与拘魂术有相同的含义？”

“有这种可能，深埋在地下，尤其是建筑物下面，也有永世拘押之意，是配合法器使用的……还有别的吗？”

丁潜又从怀里掏出一张照片，照片中是一堆烧焦发黑的纸片拼凑而成的，纸上隐隐有残损的字迹。

巫云飞拿过照片，仔细端详了一下，“这是什么东西？”

“这是在女孩儿的尸体旁发现的一些被火烧过的碎纸。”

巫云飞深深地看了他一眼，“你真是医生？”

“我看着不像吗？”

巫云飞不置可否，拿起照片重新看了一眼说：“像是道士的咒符，但是残破不全，还有其他部分吗？”

“没有了，只收集到这些。”

“好吧，那我姑且猜猜。这张符上写着一个‘斩’字，下面好像是写的人名。我猜测这张符上应该还有被害人的生辰八字。这是一张茅山道士的五雷符，在这个‘斩’字之上应该还有五个‘雷’字，用来斩妖除魔。不过这种五雷符对活人无用，只能对付妖魔鬼魅。”巫云飞侃侃而谈，对于神秘主义的领域还真是博学。

“一个是拘魂术，一个是五雷符。”丁潜有点儿疑惑，“难道杀害这个女孩儿的人把她当成了妖怪？”

“我想这个人应该是迷信的，他担心女孩儿复活，或是变成厉鬼找他报复吧。所以采取了这些法术施加在她的尸体上。这个人应该是通晓一些法术的……”

丁潜倒是知道，不少杀人犯在杀人之后心怀恐惧，担心被害人化作鬼魂找自己麻烦，但是像这个凶手这样大费周章的，还真不多见。除了因为他通晓法术，会不会这里还有别的原因呢？

“不过，这里有点儿问题。”巫云飞忽然说。

“什么问题？”

“是凶手的问题……拘魂术是古代的一种秘术，五雷符是茅山道士的法术。这二者法理完全不同，不可混淆，凶手却把它们用在了一起。这只能说明一个原因——凶手只是略知皮毛，并不精通，所以才会把自己知道的东西全部用上。”

“我现在大致明白了，多谢指教。”

丁潜嘴上说得客气，却在暗中观察巫云飞。

## 4

巫云飞的解释听上去无懈可击，还主动帮自己推测凶手只是一个略知法术的门外汉。

但反过来一想，他分明也在暗示自己，他不是凶手。

丁潜并不清楚精通法术和略知皮毛之间的差距有多大。就目前看来，唯一能对这起古怪杀人案给出合理解释的，只有面前这位神秘的雕骨师。

丁潜暗中观察了他半天，巫云飞说话时神色始终保持平静，看不出一点儿破绽。

如果谈话到此为止，他还有些不甘心，他问巫云飞：“我刚才听你说，你好像也在卖金刚橛，你最近有卖过吗？”

巫云飞似笑非笑地望着丁潜说：“丁医生，你有时候不像医生，更像个警察。”

丁潜刚想解释，巫云飞又说：“是什么都无所谓了，都是虚空，都是捕风。”说着他站起身，拉开身旁那扇木门，对丁潜说，“你跟我进来吧。”

丁潜心头立刻缩紧了。

他在梦里曾经走进过这扇门。

他听到了温欣和巫云飞那段诡异的谈话，还看见了巫云飞从红衣小女孩儿身体里取出了一根做成玉带的肋骨。

那个梦把他惊醒了，虽然明知道那个梦无比荒诞，不可相信，但他还是对巫云飞的小店，对那扇神秘的门，以及门后所隐藏的东西充满了好奇。

他没想到巫云飞会主动邀请他走进他的禁地。

巫云飞在前面带路，丁潜跟着他走进了那扇小门。

门后是一条逼仄幽暗的走廊，没有窗，连个灯泡都没有。他只能看见巫云飞模糊的背影，前行了七八步，向右拐，里面又出现了一扇门。

此时，丁潜简直惊讶得想喊出来。

他眼前所看到的一切，几乎与他梦里见到的一般无二。

他知道这不可能是即视现象。

他确定他从来没有到过这里，他的脑子无论将多少记忆碎片重组到一起，也不可能预感到还未发生的事情。

他是一个严谨的学者，但有时候他也不得不承认，这个世界上还有很多未知的领域是无法用现有的科学解释的。

那扇门半开半掩，门后透出了灯光。

房中鸦雀无声。

但丁潜却有一种强烈的预感，在巫云飞开门的一刹那，他能看见那个红裙小女孩儿安安静静地坐在房间里。

巫云飞推开门，丁潜看到——

房间里没有人。

更没有那个红衣小女孩儿。

而且比他梦里的房间大了好几倍，几乎与前堂差不多大。这倒让他松了口气。

这个房间大概是在后院，与前堂有窄道相连。

四面墙靠墙矗立着高大的陈列架，房里有两扇窗，半挡着窗帘，显得房中有些昏暗。架子上堆放的几乎都是骨雕作品，各式各样，琳琅满目，有一些颜色灰黄，看似年代久远，还有一些新鲜白皙，犹如在前堂看见的那些艺术品。

架子前面堆着一些大大小小的箱子，显得很乱。

房间中央有一张大圆桌，放了几张画着铅笔草图的白纸，有木头盒，打开的盖子放在桌上，盒子里放着两排奇形怪状的雕刻刀，清一色棕色木柄，但刀尖形状各异，有的尖细如针，有的弯曲如蛇，有的弧形平头，有的倾斜锋利，少说也有二十余种刀具。

想必这里就是巫云飞的工作室。

巫云飞从一个架子下面捧出几个又宽又扁的大纸盒，放在桌子上，打开盒盖，里面整齐摆放着一个个小巧的骨雕，其中就有类似金刚橛的骨雕。

“这些都是各种法器，或者供人供奉的神物，不是我制作的，都是从印度那边进的。可以送给那些对骨雕要求不高，纯粹追求法力和保佑的人。”

丁潜拿起一个形状跟钉入女孩胸腔里的凶器相似的金刚橛，一边打量一边问：“你最近卖过这东西吗？”

“应该是有过，但不只这一件，这些东西我都卖过。”

“你有销售记录吧？”

巫云飞笑了，笑意令人费解，“我从来都不做人骨买卖的记录。我只是一个雕刻师，不是商人。别人给我钱只是他们的心意，不代表买卖，否则会招来报应。”

“那如果人家故意戏耍你，你岂不是赔了？”丁潜有点儿不太相信。

“所以我才没有发达啊，要是按照世俗的角度的来评定我的技艺，那我早就家财万贯了。当然，一般能找到我的人也都心怀虔诚，量力而行地施舍我一些钱，很少有在这方面欺骗的。”

这个家伙又头头是道地把一条关键的线索给否认了。

“那么最近从你这买过金刚橛的人你还有印象吧？”丁潜抓住这个问题追问。

巫云飞回忆了一下说：“我记得应该是个男的。”

“那个人叫什么？是做什么的？”

“他没说。之前也没有跟我打招呼，只是偶然来我店里求了三个金刚橛。”

一下买了三个？

丁潜忽然意识到了什么，追问："他要这么多干什么？"

"他说家里招惹了不干净的东西，要供奉起来镇妖。"

"那也没必要一下买三个吧。"

## 5

"那得看他用来干什么，我的职业很特殊，是游走在鬼神之间的人，所以我不能干涉别人的生活，这是我们这行的规矩。"

"如果他用这个杀人呢？"

丁潜目光灼灼地注视着巫云飞，突然迸发出惊人的能量。

巫云飞措手不及，在丁潜充满压迫的目光下瞬间迷失，但他很快就惊醒了，避开了丁潜的目光，喃喃道："万事皆空，万物皆无，一切顺其自然，与你何干，与我何干？"

丁潜并没有继续逼问他。

他现在孤身一人，在一个满是骨头的房间里，面对一个内心难以揣测的雕骨师。

明智的办法还是不要激怒他比较好。

他提高警惕，暗中留意巫云飞的一举一动，猛然发现巫云飞伸手够向桌上的雕刻刀！

丁潜的心一下子提到了嗓子眼儿。

刹那间全身绷紧。

脑子里飞速想着对策，他看到那个臂骨烛台离自己最近，于是暗中准备，一旦巫云飞抓起雕刻刀，他就一把抢过烛台刺向他。屋门在丁潜身后，他可以趁机转身逃走，只要一击命中，他就有机会逃出去。

就在巫云飞的手几乎快要碰到雕刻刀时，丁潜突然伸手抓向桌上的臂骨烛台。

“别动！”

巫云飞一把将烛台抢过去，丁潜双手抓个空，心里顿时就慌了。他知道自己小脑不太发达，现在怀疑是不是已经退化了。

“这可是我的宝贝，你别给我碰坏了。”巫云飞小心翼翼地捧着烛台放到墙边架子上，“你要是想帮我，就帮我把桌上的其他东西收拾了吧。我们要开饭了。”

啥？

丁潜愣愣地瞅着桌上的雕刻刀，合着人家根本就没有翻脸的意思，是自己多心了。

他发现自己越来越看不懂这家伙了，他怎么不按常理出牌呢？

他帮着巫云飞把桌上的东西收拾好，放在了靠墙的架子上，空出了一个大桌面。

巫云飞变戏法似的不知道从哪儿抽出一张大桌布铺在圆桌上，还是蕾丝花边的。

“稍等片刻。”巫云飞说了一句，转身出了房间。

丁潜心里还有点儿不踏实，怀疑这家伙是不是用的什么缓兵之计啊，刚才觉得没有把握把自己拿下，先稳住自己，出去拿个顺手的家伙回来，堵在门口来个关门打狗。

丁潜很后悔，早知如此把郭蓉蓉诳来就好了。这小丫头发起疯来，一般老爷们儿都不是对手，那他就不至于这么被动了。

他这样想着，走到架子那儿挑选了一个大号的雕刻刀，挥了挥感觉还算顺手。这时，巫云飞推着西餐厅那种三层送餐车回来了。餐车上放着一个船型的大托盘，里面盛着一只香气浓郁、色泽诱人的烤鸡，上面还点缀着果蔬做装饰。

巫云飞看到丁潜手里的雕刻刀，“怎么，你想用那东西切鸡肉吃？”

丁潜感觉又被这家伙搞了。

巫云飞把烤鸡盘子放在桌上，从下层格拿出成套的西餐餐具摆在桌上。刀、叉、圆碟、汤勺、酒杯，一应俱全，十分精致，都是世面上罕见的样式，看得出来巫云飞是个生活极有品位的人。

虽然盘中的美食吸引人，但丁潜却被这套餐具吸引住了。

这些餐具都不是寻常看见的那种不锈钢和瓷器，它的质地仿如玉石翡翠，乳白剔透，摸起来细腻温润，造型优美。餐具上包裹着银箔花边，镂镶着绿玛瑙和黄琥珀，这不是餐具，简直就是艺术品。丁潜估计这套餐具价值不菲，没想到巫云飞这么大方，第一次请客就拿出了压箱底的东西来招待自己。

他拿起花瓣形的高脚杯，正在欣赏，巫云飞端起酒瓶给他斟酒，说道：“你是温欣的男友，自然也是我的朋友，不用见外。尝尝，这是我托人从加拿大捎回来的冰葡萄酒，在国内根本买不到。”

丁潜举起酒杯，抿了一口，入口清凉甘甜，口感圆润绵长。他还是第一次喝到这种口味的葡萄酒。

他放下酒杯，正想客气两句，无意中目光落在巫云飞手里的酒瓶上，眼睛突然直了。

那个精美的酒瓶怎么看着好像……

等巫云飞把丁潜的酒杯重新斟满，把酒瓶放在桌上，丁潜才终于看清了那个酒瓶。它的形状不像一般的酒瓶，它是圆形的瓶身，带有一点儿弧度，十分小巧。洁白如玉的表面雕刻着美轮美奂的花纹，有仙女花鸟，宫殿祥云，层次分明，栩栩如生，再恰到好处地包镶银边，点缀一些珍珠玉石，更令人叹为观止。

可是，除了这些精美的雕刻和名贵的珠宝之外，它的外形很像一颗倒置的人头。

“你这个酒瓶难道是……”丁潜试探着问。

“这是骨瓷，上面还有一片女人的头骨。”巫云飞点头承认。

他平静地望着丁潜，眼神中流露出几分戏谑之意。丁潜忽然觉察到，他不是在看自己，而是看自己的手。

丁潜望着杯里的酒，胃里一阵作呕，差点儿把刚才喝下去的酒呕出来。

“酒杯的底座我用了距骨头，光滑圆润，稳定性好。”

丁潜强忍住恶心问道：“你这些餐具……不会都是人骨做的吧？”

巫云飞难得露出会心的笑容，“怎么可能，你想多了。不过这些可是我最珍贵的藏品，不卖任何人的。我只用它来招待贵客。”

## 6

他真不知道巫云飞的脑子里究竟是怎么产生出这么多恐怖灵感的。

巫云飞用头骨酒壶给自己的酒杯倒了半杯酒，拿起酒杯闻了闻，品尝了一口，对丁潜说："你仔细看看，我手中的杯子跟你的杯子是不一样的。"

丁潜认真看了看，虽然两个杯子的造型有点儿相似，其实差别还是很大的，巫云飞的酒杯色泽微暗，形式古朴，"你的杯子看起来有些年头了。"

"呵呵，你说对了，不过不只是有些年头，这个酒杯可是南北朝的古董，距现在差不多一千五百年了。"

丁潜吓了一跳，"难道这个古董也是人骨做的？"

"它也许不是历史上最早出现的人骨器具，但绝对是最有故事的。你应该知道北齐的皇帝高洋吧，一个以荒淫凶残而闻名于史的皇帝，估计整个中国历史上都没有哪个皇帝能比他更荒唐，更没有人性吧。"

"这个杯子跟他有关？"

"高洋在位十年，嗜酒纵欲，杀人如麻。他曾经看上了一个叫薛氏的名妓，因贪恋薛氏的美貌，就把她纳入后宫封为了嫔妃。本来他十分宠幸薛妃，但有人向高洋诬告她与清河王高岳通奸，高洋信以为真，妒火中烧，命人把薛妃大卸八块。后将她的腿骨做成了琵琶，还特意请乐师做了一曲‘佳人难再得’，每每想念薛妃时便弹奏助兴。”

“这段故事我倒是听说过，那这个酒杯……难道也是……”

“这是高洋曾经用过的酒杯，就是用那个薛妃的髋骨制成的。我查过很多史料，高洋杀死薛妃后，取了她不同的骨头做成各种器物，最有名的是人骨琵琶。除此之外，还有骨杯、骨簪、骨梳、骨镜十几种。这也足以见得，高洋还是很喜爱这位薛氏的。只可惜年代久远，到现在，只有这个骨杯流传了下来，其他东西都找不到了。”

丁潜还是头一次听说有这段野史，忍不住说：“你怎么能凭一段野史，就确定这个骨杯就是上千年前那个被杀的妃子的骨头呢？万一野史是杜撰的呢？”

“真相并不一定是亲眼所见，也可以通过不同渠道推导出来，你办案的时候不也是这样吗？”

巫云飞的话似有深意，好像又是不经意地点了丁潜一下。

丁潜只能装傻。

巫云飞继续说：“我通过史料查找，以及我本身对骨雕的研究，推测出一个结论。高洋之所以喜欢薛氏，甚至后来还杀了她用她的骨头做成各种器物以示纪念，这里面不仅是因为他残暴，还有另一层原因……薛氏是一个骨质特殊的女子。”

“骨质特殊？”

“就是传说中的有着冰肌玉骨的女人。”

“冰肌玉骨？那不是形容女子肌肤晶莹光滑吗？”

“在常人看来是，但在我们雕骨师的眼中，玉骨专门是指那种有着特殊骨质的女子。这种骨质细腻光亮，莹白温润，骨壁也比寻常人骨更厚，有羊脂玉的特点。如果女人皮肤再细嫩一些，骨色就会反衬出来。在常人看来就是所谓的冰肌玉骨，你们只是觉得好看，并不知道其中的奥妙。这样的骨质可遇而不可求。高洋虽然昏庸残暴，但不可否认他是一个很有鉴赏力的人，他能看出薛氏的出众之处在哪里，即便杀了她的人，也要留下她的骨头。"

丁潜若有所思，拿起手里的骨杯重新观察，又看了看桌上的其他餐具，"那这个女人的骨头也就是你要找的玉骨吗？"

"正是，十分难得，可遇而不可求，只是有一点可惜。"

"可惜什么？"

"这个头骨酒壶有破损。"巫云飞露出些许惋惜。

"我看着很好啊。"

"那是我特意做了掩饰。"巫云飞把酒壶转个过来，指着一处星斗图案，"这里其实有点儿裂痕，我是按照裂痕的纹路雕刻的星斗，要不然丢掉太可惜了。"

丁潜望着这精美绝伦的酒壶，无限感慨。

看到丁潜有些失神，巫云飞笑道："你还想问什么，咱们边吃边聊，我其实是想让你尝尝我做的泰式烤鸡。我欠温欣一次邀请，这次就是丁医生代表她了。"

巫云飞用刀叉夹出几块鸡肉放在丁潜面前的骨盘里。

丁潜到现在强忍着没吐已经算是不错了，还哪有胃口吃下去。

# 第六章　诡影又现

## 1

巫云飞用骨叉叉了一块肉放在自己的碟子里，用刀切成小块，叉起来放进嘴里，抿了一点儿酒，很是受用。

他看了丁潜一眼说："丁医生没胃口吗？"

丁潜当然不能太示弱，勉强用叉子叉起一块放进嘴里，硬着头皮咀嚼……皮脆、肉酥、微咸、微辣。味道虽然不错，可是丁潜吃起来却跟吃人肉一样难受。

巫云飞端起骨杯向丁潜敬酒，丁潜只好硬着头皮拿起面前的酒杯喝下一口。

巫云飞拿起头骨酒壶给他斟满酒，冷不防地问道："丁医生，你知道头骨在神秘主义中代表什么含义吗？"

不等丁潜回答，他自问自答："代表永恒与不灭。大部分人都本能地厌恶骷髅，因为看见它就会联想到死亡。而死亡是人类的终极恐惧，这一点众生平等，无论多伟大的人也会恐惧死亡。"

丁潜承认他说得对，如果自己有九条命的话，他可能早把桌子掀了，跟巫云飞动手了，也不至于小心谨慎地跟一个用人骨头当餐具的变态一起吃饭。

“人类科学的前身就是神秘主义，西方的炼金术和巫术、东方的算卦和炼丹，这些都被化学公式和物理定律取代了，本质上他们没有区别，只是后者对于人类生活更有实用性。科学自古以来的发展方向就是让自己活得更长久一些。虽然目前还没有达到，也许永远也不可能达到，但在精神方面，我们追求的就是人类的永恒与不灭。人的肉体可以很容易消亡，只有骨头可以长久地保存下去，证明我们曾经存在过，今后也将存在下去。想通了这一点，我这里的一切就都没有什么可恐惧的。我所做的一切都是在向永恒的生命致敬……”

丁潜从未听过这么疯狂的话。

但他却无言反驳。

他面前这个人并不是一个单纯的疯子，他深刻的思想甚至超过了丁潜认识的绝大多数人。世界本身就是对立的存在，有阳就有阴，有上帝就有魔鬼。任何事物，做到极致便殊途同归。

这次到访的结果完全出乎丁潜的意料，他发现自己更看不透这个男人了，根本无法用善恶正邪来判断这个人，甚至连心理分析，精神诊断，都无法用在他身上。

丁潜都不知道自己是怎么享用完这顿饭的。他怀着复杂的心情告辞离开。走出了巫云飞那个神秘阴暗的小店，才发现天色已晚，不知不觉，他竟在这里待了一整天，有种恍如隔世之感。

只是再没有看见那个诡异的红衣小女孩儿了。

她就像个幽灵一样来无影去无踪。

忽然，他身后响起一阵幽咽的笛声，正是丁潜来时听到的曲子。

他停下脚步，回头看见巫云飞站在门口，正拿着那根镶银的骨笛随意吹奏。

“这是什么曲子？我从未听过。”丁潜问。

“佳人难再得。”

回到车里，丁潜才发现手机没拿。一看有五个未接电话，其中三个都是郭蓉蓉打的。

他给郭蓉蓉回了电话，郭蓉蓉的大嗓门马上就在听筒那边叫起来：“你跑哪儿去了，大叔？给你医院打电话，说你不在。说，你是不是背着我在偷偷摸摸搞什么？”

丁潜心想，你是我小妈啊，什么都管！

“有什么事儿吗？”丁潜问。

“也没什么事儿，就是那个被害女孩儿的父母好像找到了。”

“找到了？怎么找到的？”

“通过画像。复原的女孩儿画像今天中午传真到各个派出所，下午就有一个派出所汇报，说死者的长相跟他们头两天接到一起报案的失踪女孩儿很像。已经通知了女孩儿的父母，他们马上要过来认尸。”

“那个失踪女孩儿叫什么名字，是不是叫姚佳悦？”

“姚佳悦？不叫姚佳悦，这个女孩儿好像姓徐。”

柳菲对被害人进行了面部整容，然后由公安局的画像师根据死者的相貌绘出了死者生前大致的模样，最后通过公安网的失踪人口档案和各地派出所寻找相貌相似的人。

来刑警队认尸的是一对以卖菜为生的中年夫妇。

他们三天前到自己家附近的派出所报案，说他们有一个上初二的独生女儿四天前失踪了。派出所的警察帮着孩子父母找遍了学校、同学家和亲戚家，都一无所获。这个女孩儿就像蒸发了一样，毫无征兆地凭空消失了。

失踪女孩儿叫徐露。

女孩儿的父亲叫徐宝昌，母亲叫孙美娟，夫妻俩在南城区解放路农贸市场骑三轮车卖菜。

柳菲把他们带到法医室停尸间，只掀开了白布单的一角露出女孩儿整容过的脸，没敢让他们看到女孩儿被砍掉手脚的样子和解剖刀留下的疤痕。

徐宝昌夫妇互相搀扶着，哆哆嗦嗦地往女孩儿脸上看了一会儿，夫妻俩几乎是同时抱头恸哭，捶胸顿足。即使尸体已经腐烂变样了，做父母的也能一眼认出自己的女儿。

光凭辨认还不够，柳菲之后又提取了他们的DNA，与被害人进行比对。最后的检测结果证实，死者就是他们的女儿徐露。

丁潜回到刑警队的时候，徐宝昌夫妇正一边哭，一边讲述女儿的失踪经过。

徐宝昌说："我最后一次见到女儿是在上周四，那两天我病了没出摊，都是我老婆出摊。我记得那天傍晚下了很大的雨，本来我还想去接闺女放学，但我突然发高烧，吃了点药迷迷糊糊地就睡过头了……大概到了晚上 5 点多吧，我听到小露回来了。我记得我还跟她说了两句话，然后她就进屋了。晚上吃饭的时候见她还好好的……”

“那你们什么时候发现她不见了？”杜志勋问。

“第二天早上。”徐宝昌表情纠结，“她妈喊她吃饭，怎么喊都没人答应。进她屋子一看，我闺女已经上学走了，当时我们就觉得有点儿奇怪，这孩子怎么也不打招呼也不吃早饭，悄悄地就走了？但当时也没太当回事儿，可是等到了晚上，我闺女还是没回来，我们就开始担心了……”

## 2

“打电话问她同班同学才知道，我闺女一整天都没去上学。我和我老婆都着急了，问遍了平时跟我闺女要好的同学，但她们都说不清楚她去哪儿了。”

“你稍等。”杜志勋打断道，“我想问一下，在你们女儿失踪前，你们之间有没有发生过争吵？”

徐宝昌看看老婆，两个人都摇头说没有。

“那她有没有举止比较奇怪的时候，譬如说对你们说过一些莫名其妙的话，或者提到过一些从来没有提过的人？”

徐宝昌想了想，还是摇头，“没有，我们闺女一直都很乖，从来不跟不三不四的人来往。失踪前那几天也很正常，没提过什么奇怪的人。”

坐在一旁作笔录的郭蓉蓉实在忍不住了，插嘴道：“按你们这么说，徐露失踪得也太莫名其妙了吧。如果她是在上下学路上被坏人绑架了，那当时还是白天呢，路上应该会有目击者的，但是附近派出所和 110 都没有接到报案。你说她失踪前一天回家后的表现都很正常，但是她睡了一觉之后，等到第二天早上就一声不响地离家出走了，之前既没有跟你们争吵过，也没有被坏人勾引过。那她为什么要离家出走啊？又怎么会突然就被人离奇杀害了呢？难道你女儿中邪了不成……”

郭蓉蓉还想往下说，却被杜志勋制止了，毕竟徐宝昌夫妻刚刚经历了丧女之痛。

其实郭蓉蓉说的句句都在点子上，徐宝昌的嘴唇抖动了半天，也找不出一句合理的解释。

这时，徐宝昌的老婆孙美娟突然脸色大变，似乎想到了什么可怕的事情。

她忽然情绪失控地大哭起来，还用力捶打丈夫，“都是因为你，是你害了咱闺女！是你害了咱闺女！”

徐宝昌就跟个木雕泥塑一样，任由妻子打骂，一声不吭地受着。

这一下把在场的警察全看愣了，不知道他们这是因为什么。

郭蓉蓉好容易把孙美娟拉到了旁边，让她平复情绪。杜志勋问徐宝昌：“你老婆刚才是怎么了，为什么那么说你？你是不是还有什么事没交代？”

徐宝昌满脸的悔恨和惊恐，犹豫了好半天才说：“在我女儿失踪的前三天，我吃饱了撑得跟人玩儿碟仙，可是请碟仙的时候，我没听刘瞎子的话，瞎想瞎看来着，结果……结果……”

“结果怎么了？”

“我看见了一个红衣女鬼……当时吓得大叫了一声，从凳子上摔下去了，搅了仪式。刘瞎子说我们请来的碟仙就送不走了，还说我们要倒大霉了。当天晚上，我就梦见我女儿跟着一个穿红裙子的女孩儿走了。我被吓醒了，就去问刘瞎子，让他给解解梦，刘瞎子说这是‘鬼领人’。那是碟仙看中了我家闺女，要带她走。我吓坏了，问他该怎么破解。他说，我要是能留住女儿三天，等碟仙厌烦了就会离开。从那天往后一连三天，我女儿上下学我都接送，到了第三天我病倒了，就没去接她，她放学以后自己回来了，我以为也就没事儿了，可是没想到，到了第四天，我女儿竟然自己走了。警察同志，你说是不是我害了她呀？我女儿真被鬼领走了吗……”

要是换成平时，大家听了也许都会哈哈一笑，告诉这个徐宝昌“哪有什么鬼，都是封建迷信”。

然而，一想到徐露被诡异手段摧残致死的尸体，再听了这个死者父亲亲身遭遇碟仙的经历，所有人都陷入了沉默。

在这些人中，最为震惊的人莫过于丁潜。

他对红衣女孩儿的印象比任何人都要深刻，她不仅仅是一个虚幻恐怖的存在，她还像幽灵一样接连两次出现在自己的眼前。

没有过亲身经历的人永远无法体会那种毛骨悚然的恐惧感。

不过，徐宝昌的这段撞鬼经历，似乎给了丁潜一些启发，他的脑海中闪出了一个假设。

一个荒诞至极的假设。

这个假设把红衣小女孩儿和神秘的骨洞居士巫云飞，以及案子里各种离奇元素全都联系上了。

但这个假设确实够荒唐的，丁潜姑且用发散性思维想想而已，没打算跟别人说。没曾想这时候，郭蓉蓉毛愣愣地叫他。

“喂，大叔，你说这到底是怎么回事儿？”

郭蓉蓉是纸扎的老虎，表面上咋咋呼呼的，其实胆子最小。她现在急需一个学识渊博的权威把这个“鬼”戳穿，来给自己宽宽心。

丁潜见大家都不言语，一个个明明心里发虚，偏偏都装得不以为然，他冒出了一股恶作剧的心态。他让人先把徐宝昌请走，免得他受刺激，然后索性对大家说：“通过我的了解，被害女孩儿徐露被人施用了两种法术，一种是古代传说的拘魂术，先封住女孩儿身体的九窍，之后在徐露胸骨里钉入一个叫金刚橛的法器，就是那个白色的骨钉，这样可以在她死后将灵魂困在她的身体里。还有一种是茅山道法中的五雷斩，在咒符上写上五个‘雷’字和一个‘斩’字，边念咒语边用火焚烧，有除鬼降妖之意。再把徐露的尸体置于楼房地基下，这是要借助高楼配合咒术将徐露永远镇压住。这些方法自古以来就是用来镇压鬼魅，防止妖魔危害人间的。”

“你这话是什么意思呀，难不成徐露成了鬼？”郭蓉蓉惊疑不已。

其他人的反应也跟郭蓉蓉差不多，都惊愕地望着丁潜。

“你们不妨这样想，假如徐宝昌在跟人请碟仙的时候，真的看到了一个红衣女鬼，而那个女鬼就是他们请来的碟仙。他破坏了请仙的规矩，使得女鬼没被送走，然后厄运就降临到了他的头上，女鬼把他女儿徐露领走了，那么徐露其实就等于是被鬼附体了。这时候，出来了一位精通法术的神秘人物，施展咒法把被红衣女鬼附体的徐露镇服了。你们觉得这样解释是不是还说得过去？”

## *3*

合不合理先不说，反正丁潜这一番话是把大家都吓倒了，一个个张着嘴巴都合不拢了。

还从来没有一个刑警队办案时，能推理推到封建迷信上的。

杜志勋咳嗽了两声说：“丁潜，现在不是开玩笑的时候，你严肃点儿好不好，不要拿死者开玩笑！”

“你看我像是在开玩笑吗？我是很认真的，如果我推理得有问题，大家可以指出来。”丁潜带着有点儿让人可恨的微笑说。

谁知道他到底是不是认真的？更可恨的是，他的推理在逻辑上确实环环相扣，还真让人一时间找不出破绽，没法反驳。

什么是天才，天才就是正说正有理，歪说歪有理，让人天天都想踩他几脚的家伙。

大块头的年小光胆子比郭蓉蓉还小，听完丁潜的话，他感到头皮炸毛，后脊梁发凉，跟身边的钟开新说：“这个案子是挺邪性，咱们特案组只管人事，不管鬼事，我看咱们还是回去吧。回头别让那个红衣小女鬼把咱们给领走了。”

钟开新吧嗒吧嗒嘴，“要不咱俩明天开车去灵隐寺上炷香，求个平安符吧，我顺便给柳医生也求一个。”

杜志勋狠狠地瞪了他俩一眼。

众人人心浮动，都在窃窃私语，此时有个人冷冷地说道：“哪里有什么鬼？就算真有，也只能是冤死的灵魂。真正恶的是人，只有人才能费尽心机且不择手段地去害人！”

众人闻声转头，说话的人正是法医柳菲。

她坐在角落里神情冷漠地听着别人议论纷纷，突然这一开口，一下就让所有人都安静了下来。

她凤目流转，用冷幽幽的目光看向丁潜，“是我亲自给那个女孩儿做的尸检。我清楚地记得她身上的每一处伤口，每一道伤痕，那不是鬼，那是人的手段。就算真有你所谓的那种精通法术的人，他也不过是一个彻头彻尾的骗子，他在这个女孩儿身上所做的一切只能证明一件事——他是一个凶残扭曲的不可饶恕的罪犯。如果不能尽早抓住他，还会有更多的人遇害。你、我，我们在这里的所有人要做的，就是抓住这个家伙，让他受到应有的审判。”

谁都没想到，一贯性情冷漠的柳菲能突然说出这样一番激动人心的话。

丁潜没想到，这个冷美人的内心深处也隐藏着如此感性的一面。

此刻，那双剔透的眸子正一瞬不瞬地凝视着他，似乎在努力看透他的内心，寻找他所说的那个神秘人物。

丁潜很好奇这个女人是不是真能看出他在想什么。

他在想巫云飞。

他荒诞的假设里所指代的那个神秘人物。

他倒并非想为巫云飞洗白，只是想来想去，也只有这套荒唐的推理能把这个案子里出现的所有灵异的东西联系在一起。无论是徐宝昌请碟仙招惹的红衣女鬼，还是丁潜接连遭遇的红衣女孩儿，似乎都与这个雕骨师之间存在着某种不为人知的关联。

到底是人，是鬼？

是人杀鬼，还是鬼杀人……

不管怎样，确定了被害人的身份，案情就出现了重大转机。

警方开始围绕徐露失踪前后展开多方面的调查。他们对徐宝昌夫妇也进行了走访了解。

夫妻俩都是平江郊区的农村人，在老家种了两亩菜地，平时会从家里拉点儿菜到市里卖，偶尔也去批发市场进点儿菜来卖。小本经营，收入虽不算高，也还可以维持生计。

女儿徐露在第三中学念书，为了方便照顾孩子，他们就在学校附近的农贸市场里卖菜，还在市场街边租了一套两室一厅的旧房子，距离学校只有步行十几分钟的路程。

夫妻俩为人处事比较热心肠，人缘不错，没有与人结过怨。这就在很大程度上排除了报复杀人的可能。

从徐露这方面入手，据她班主任反映，徐露在学校表现正常。她性格比较柔顺，很少与同学争执，成绩处于中上等。不算那种显山露水的学生，但也不至于被人忽视。

这样的调查结果跟徐宝昌夫妇所说的情况差不多，但并不是特案组想要的。越是没发现疑点，才是最大的疑点。难不成真是红衣女鬼把徐露领走了？

虽然大家都觉得神鬼说不可信，但也都给不出更合理的解释，特别是听了丁潜那套拘魂术、五雷符的推理之后，大家的心里更有点儿犯嘀咕了。

组长杜志勋依然保持沉稳，他问丁潜："你有多久没用过共情术了？"

"好几个月了，自从你们觉得我像个精神病之后，我就没用过。"

"偶尔用一次也无妨，我想看看你的共情术对碟仙有没有效果。"

杜志勋难得也能开句不像玩笑的玩笑。

杜志勋拉着丁潜和特案组警员来到了第三中学，他对丁潜说："我们就从徐露那天放学回家开始，重新体会一次那个女孩儿是怎么失踪的。"

丁潜没有反对，事实上，当他得知徐露也在第三中学上学时，心里就产生了微妙的变化。

确实是很巧，两天前他捡到了姚佳悦的学生证，地址也是第三中学。当时他来过一次，没找到姚佳悦，还被误会成了色狼，没想到现在又因为另一个女孩儿的失踪来到了这里。

难道这仅仅是巧合吗？

从第三中学出来，丁潜和杜志勋他们跟着徐宝昌往家走，他们走得不快，就像徐露平时放学后溜溜达达回家的样子。

走出学校是一个十字路口，穿过斑马线一直前行，路过一个妇科医院、一个公园，右拐下行百十米，再横穿一条马路就到了解放路市场。

这个市场很大，附近的人都到这里买菜，里面有个农贸大厅，外面街道上还有不少摆摊卖货的。有些小本买卖交不起市场管理费和各种税的小商贩，就挤在市场外面摆摊卖。他们看见城管和税务局的人来了，就四处逃窜。

徐露的家就在市场旁边。

这一路走过来，杜志勋眉头紧锁，丁潜看上去也不比他好看。

## 4

丁潜叹口气，对杜志勋说："我要是徐露，我还真想不出坏人能在什么地方把我绑走。"

杜志勋明白丁潜的意思，这一路走来，他仔细留意过周围的环境，设想过各种徐露遭遇袭击的可能性。医院、公园、市场的楼群里……但这些设想都被他一一否定了。徐露是在早上上学的路上失踪的，但即使是四五点钟，天也已经大亮了。公园有晨练的人，医院昼夜不休，市场上也有出早摊的人，整段路上都没有僻静的地方，再说徐露也有十三岁了，几乎就是一个成年女人的体格，凶手不可能那么轻易地制服她，她也不可能老老实实被人弄走，只要她喊叫两声就能把凶手吓跑。可以说，凶手根本就没有作案的机会。

那徐露是怎么失踪的?

除非……是她自己故意出走。

那就又回到了老问题上了，一个柔顺懂事，从来不惹是非的小女孩儿，为什么就突然离家出走了呢?

杜志勋不愿相信是什么碟仙把女孩儿带走的这类迷信说法，但他也确实想不出其他可能。

不知不觉，他们已经跟着徐宝昌来到了他家楼下。

市场旁边都是开放式小区，全是七八层的老楼，四四方方的灰色水泥的外墙，朴素而陈旧。

徐宝昌领着他们从市场里拐进小区的入口，也就是两栋楼之间的过道，还有自行车棚和花坛，不过都显得很破旧。

徐宝昌拐进了其中一个楼洞，众人跟着他走上散发着霉味，贴满小广告的台阶，上到三楼。徐宝昌掏出钥匙，打开左手边一扇灰色铁门。

房子是租的，家具都比较简陋，黄色的碎木地板已经磨得漆都掉光了。

“你女儿住哪间房？”杜志勋问。

徐宝昌无力地抬起手，指指房门上挂着中国结的房间。

杜志勋推开门，房间不大，收拾得很干净，就是床上的被褥没叠，显得有点儿凌乱。

徐宝昌说："自从我闺女失踪以后，我和她妈就没再进过她的屋子，不敢看她的东西，心里难受……"

所有人都黯然无语。

丁潜跟杜志勋一起走进女孩儿的房间，他嗅了嗅房间里的味道，似乎想从空气中那淡淡的味道中寻找出一点儿女孩儿的影子来。

他四下看了看，目光被写字台上的照片墙吸引了。

墙上挂满了徐露的照片，从蹒跚学步到亭亭玉立，记录了女孩儿在成长中的一个个惊喜的小瞬间。

他的眼皮忽然跳动了一下，伸手取下其中一张照片。照片上是两个小女孩儿靠在一起抿嘴笑着，徐露笑得比较腼腆，站在她身旁的女孩儿比她个头高一些，扎着马尾辫，眼睛又大又亮，笑出了两个酒窝。

这个女孩儿的形象犹如闪电一样突然照亮了丁潜的记忆。

这个大眼睛女孩儿分明就是他捡到的那个学生证上照片里的女孩儿。

他问徐宝昌："你认不认识一个叫姚佳悦的女孩儿？"

"姚佳悦？"徐宝昌听到这个名字脸色陡变，"就……就是她把我女儿领走的，她就是碟仙……"

碟仙？

姚佳悦？

所有人都大惑不解地看着徐宝昌。

“你说姚佳悦是碟仙？那你肯定知道姚佳悦是谁吧？”丁潜追问。

“我知道，她妈是王姐。”

“王姐是谁？”

“叫什么我不知道，大家都叫她王姐，她在市场里大门那儿卖手抓饼。她女儿跟我女儿差不多大，两个孩子关系还挺好的，不过那孩子上到初一就退学了，跟她妈一起卖手抓饼。”

“你为什么说姚佳悦是碟仙？姚佳悦发生了什么事？”

“她在一个月前失踪了。”

“失踪了？”

“我们认识王姐的这些人还帮她打听过，可是一直都没有那个小女孩儿的下落。我们后来想到请碟仙，想问问碟仙那个女孩儿去哪儿了。结果碟仙说，她在阴间。我当时心里一慌随便瞎看，真的看到了一个穿红裙子的小女孩儿，然后她一下就消失了。我后来听人说，姚佳悦走丢那天穿的就是红裙子，不用说了，我们是把姚佳悦的鬼魂给招来了啊。结果没过几天，她就把我女儿给领走了……”徐宝昌说不下去了，惊恐又难过地全身打着哆嗦。

丁潜没有再往下问。

他脑海中浮现出那个幽灵般的红衣小女孩儿的身影。

第一次，她在向自己求救。

第二次，她坐在巫云飞腿上听他吹骨笛。

他冥冥中能感受到某种执念。

他闭上双眼，缓缓吸气……吐气……屏蔽周围的声音……清空大脑……默默在心里数……一……二……三……

当他再次睁开双眼，隔着床在窗台边出现了一个红色的身影。

她低着头，头发散开半遮着脸，露出惨白的皮肤颜色，她一身红色的连衣裙显得特别刺眼。

“你叫姚佳悦吧？”丁潜心里在问，似乎知道她能听懂。

但红衣女孩儿没有反应，依然低着头，凝立在窗前。

“你是幽灵，还是我的潜意识里的幻想？”

红衣女孩儿依然没有反应，丁潜也没期望她能回答这个问题。

“那么你想要什么……”

丁潜一连问了三个问题，红衣女孩儿都没有反应。

“那么，徐露是怎么死的，这个你可以回答我吗？”

红衣女孩儿依然沉默，过了一会儿，她向前迈了一步，靠近床前，上身微微前倾。

她似乎在看徐露的床。

丁潜只看到床上有微微凌乱的被褥和枕头，能看出女孩儿躺过留下的印迹。

徐露失踪那天，在这张床上睡了一晚上，然后她起来，没跟父母打招呼就消无声息地离开了。这张床上留下了她生前最后一点儿痕迹。

丁潜忽然躺到地板上，拉开床罩，钻进床底下。

在昏暗中他睁大眼睛，赫然看见床板上贴着一张黄纸，纸上还勾画着神秘的符号。

他脑海中一闪——咒符！

徐露的床底下怎么会贴着一张咒符？

他轻轻揭下咒符，爬出了床下。此时，他已经从自我催眠中清醒过来。

众人的目光一下落在了他手里的东西上。

“你在哪儿找到的？这是咒符吗？”杜志勋惊异道。

# 第七章　狡猾的雕刻师

## 1

丁潜揉着还有点儿晕的脑袋，说："是咒符，贴在床板上的。"

"这上面写的是什么啊？"郭蓉蓉忽然把小脑袋凑上来，好奇地问，"跟弃尸现场烧了的那张纸一样吗？"

"不一样，那是五雷符，上面写着五个雷字。这张符上面写的是另外几个字。"丁潜指着咒符上的符号，一个个说，"正中间这个圆圈里写的是'斗'字，笔画拖移到两边，各写一个'火'字。"

"这是什么符？有什么用？"杜志勋问。

"我对咒符并不精通，你们稍等一下。"丁潜转身走出房间，来到阳台，看周围没人，他掏出手机拨通了巫云飞小店的座机号。

这是那天他拜访巫云飞时，在他店里的墙上看到的座机电话号，顺便就记在了心里，现在居然派上了用场。

电话响了三声，有人接了。

"哪位？"听筒那边响起了巫云飞的声音。

"我有事找你。"

“丁医生？”

“是我。”

巫云飞迟疑了一下，“找我有什么事情？”

“我在上次跟你谈到的那个被害女孩儿家里又发现了一个咒符。我不知道这个咒符是什么意思。这道符的中间有一个‘斗’字，圈着圆圈。两边连着‘火’字。‘斗’字下面是五个曲折，最下面还要加一点。这是什么符？”

“这个符你是在哪里找到的？”

“在女孩儿睡觉的床底下。”

巫云飞沉默了两秒钟，开口道：“这个符叫‘镇凶宅怪异符’，一般用在闹鬼或者有人横死的房子里。”

“那贴在床下代表什么呢？”

“这道符可以贴在住宅的任何地方，通常都是你觉得阴气最盛，最担心出事的地方。”

丁潜从阳台回来，把巫云飞的解释告诉了杜志勋他们，把所有人都震惊了。

最先反应过来的是郭蓉蓉，她嫉恶如仇，一把揪住了徐宝昌，“你说，这张符到底是怎么回事，是不是你和你老婆贴的。”

“我不知道什么符啊。”徐宝昌一脸的无辜。

“你怎么可能不知道，这明明是镇凶宅的符啊。只有自己家里人才会用。你之前就搞封建迷信，请什么碟仙，现在又往你女儿床底下贴镇鬼符。你这摆明了就是把你女儿当成了鬼啊，你用这道符就是想镇住她，对不对？我现在终于明白你女儿是怎么失踪的了，你和你老婆都在撒谎。什么她放学回家都好好的，第二天就离奇失踪了，这分明就是你们瞎编的。其实是你和你老婆合伙把她害了对不对？你们害死她之后，还在她尸体上用了拘魂术和五雷符这些东西，是不是？”

“我……我……我为什么要害自己闺女，那可是我的亲闺女啊，她怎么能是鬼，你……你不能胡说八道！”徐宝昌涨着一张红脸，笨嘴拙舌地喊。

“她本来就不是鬼，可惜碰上了你这个迷信的老爸。你之前还跟我们说你看见了红衣女鬼呢，你肯定是觉得你女儿被鬼附体了，所以才做出这么禽兽不如的事情来。”

郭蓉蓉说得理直气壮，旁人听着还挺有道理的。头些年还有人把自己父母和老婆孩子都杀了，警察审讯的时候，他非但没有任何愧疚，反而理直气壮地说自己是因为爱他们所以才送他们上天堂享福去。这样的荒唐事虽然不多，但也不是没有。

“你不能冤枉我，我没害我闺女，我没撒谎，真没撒谎，她失踪跟我没有半点儿关系……”

“你说没撒谎就没撒谎？”郭蓉蓉一指丁潜，“大叔你会测谎，你说他刚才是不是撒谎了？”

“咳咳咳咳……”丁潜一顿咳嗽，装没听见。这虎妞实在太可怕了，她以为测谎就跟骰色子一样可以随便押大小吗？他要是像郭蓉蓉这么干，早把自己的招牌都砸了。

“都别说了。”杜志勋发话了。

他对徐宝昌说：“徐先生，请你再重新回忆一下，从你女儿失踪前那天晚上回家以后到第二天早上失踪这段时间，你们都做了些什么？”

他语气异常平淡，也听不出是不是在怀疑徐宝昌。

徐宝昌本来看着还挺难过的，发现自己变成了嫌疑犯，也顾不上别的，努力为自己辩解："那天下午，我闺女回家以后跟我说了两句话，我当时病了，迷迷糊糊的也忘了都说过什么。晚上她妈回来了，叫她一起吃饭，到那时都还好好的。吃完饭，她就回屋温习功课了……"

"之后她出来过吗？"

"10 点多吧，我听到她去了趟卫生间，我闺女一般都是在这个时候洗脸刷牙，上床睡觉的。那天晚上跟平时都一样。"

杜志勋不置可否，他让钟开新把宋宝昌带到别处去，房间里只剩下了自己人，他看了看大家，说："虽然徐宝昌也有嫌疑，但我还想到了一种可能……我怀疑，可能有外人提早进了这个房子，当时徐宝昌生病了，迷迷糊糊地睡觉时，那个人撬开了房门。他家的铁门太简陋了，很容易就能弄开。那个人进到屋子里，徐宝昌没有发觉，他便直接溜进了徐露的房间，藏在了床底下，一直等徐露回来……"

"一直藏在床……"郭蓉蓉惊叫道。杜志勋摆手让她住嘴。

"那个人就藏在床下，等待徐露放学回来，跟家人吃饭，温习功课，然后上床睡觉。那个人足足等了七八个小时，等到半夜所有人都睡熟了，他才从床底下爬出来，动手把徐露制服，然后把人弄走。当时是半夜三更，这是最好的作案时机。"

一个人躺在女孩儿床底下七八个小时，耐心地等待着动手的机会，而那个女孩儿和她的家人毫无觉察，光想想就够让人心里发毛的。

假如杜志勋的猜测是真的，那这个人简直太可怕了。

"如果是那样的话，床底下的咒符难道也是那个人贴的？他贴咒符干什么？"郭蓉蓉忍不住插嘴道。

## 2

“镇鬼。”丁潜说道，“镇凶宅怪异符就是镇鬼用的。”

“大叔，转了一圈你又要讲那套封建迷信啊。”

“我是很认真的。”丁潜白了她一眼，“他的作案之所以在我们看来如此离奇，如此灵异，那是因为他其实是用杀鬼的方式来杀人……”

看到不少人想要说话，丁潜说：“我知道你们要说什么，你们想说徐露是人，不是鬼，这个世界上根本没有鬼。好吧，我们现在暂且不考虑有鬼没鬼这个问题，我们现在只要考虑一点——凶手怎么想。在凶手眼中，他认为徐露是鬼，那她就是鬼，所以，他当然要用对付鬼的办法来对付徐露。这样我们就可以尝试去理解他的一切作案手段了。在人看来，鬼一向都是凶残可怕的，必须用茅山道士的咒符或是传说的法器才能制服它。即便凶手精通这些法术，但他还是对鬼很忌惮，不敢正面交锋，因此，他偷偷潜入徐露家，隐藏在床下，在床板上贴上镇凶宅怪异符，相当于布置一个捉鬼阵法。等徐露躺在床上，凶手认为她的魔性就受到了咒符的约束，然后他才敢对她动手。徐露被捉走之后，凶手又对她使用其他法术想要彻底制服她，从这一点上来说，不管凶手是谁，他都有一个捉鬼的怪癖。也许，在他眼里看到的世界跟我们眼中的世界完全不一样，他觉得这个世界上到处都隐藏着妖魔鬼怪，只有法术才是最好的防身术。”

捉鬼的怪癖。

大家还是头一次听说有这样嗜好的人。

不过在正常人眼里，他就是一个扭曲变态的疯子。

杜志勋问丁潜："那你想过一个问题没有，凶手为什么会认为徐露是鬼呢？除非她身上有什么地方能刺激到凶手。"

"红裙子。"一直没说话的柳菲忽然开口。

丁潜和杜志勋心里都是一震。

仔细想想，柳菲说得不无道理。这个案子里不管是被害人尸体上，还是道听途说的传言，好像都跟红衣小女孩儿不无关系。

难道凶手对红裙子特别敏感？

"红裙子，我知道。"一直没抢上说话的年小光这时候终于找到了表现自己的机会，"我听说有一种叫'红裙效应'的理论，有心理学家研究发现，男性对红衣女性欲望最高，所以穿红色衣服更能刺激到凶手，就像斗牛士用红布刺激牛一样。咱们这个凶手肯定也对穿红裙子的小女孩儿感兴趣，所以他才专门挑这类女孩儿下手。"他说完后，得意扬扬地挺起胸脯，试图引起组长和丁医生的注意。

丁潜说："确实是有红裙效应这种说法，认为男人觉得穿红衣服的女性开放程度更高，不管款式如何，哪怕仅仅是一件T恤，红色衣物也比其他颜色更吸引男性。但是这种观点是否适合于罪犯就不好说了。很多时候，穿红衣服的女性容易被袭击只是因为颜色比较鲜艳容易被发现，这跟斗牛的道理是有点儿相似，不过牛是色盲，只对颜色深的东西敏感。但对于罪犯来说，他们的犯罪动机不一样，选择犯罪对象的原因也不一样。在一个色狼眼中，穿着暴露，长相漂亮的年轻女性，比穿什么衣服都重要。至于我们这个案子，即便真是因为红裙子能刺激到凶手，也很可能是某种我们目前还不知道的原因。红裙子和鬼这二者之间，在凶手的心目中产生了某种联系……”

“这样啊……”年小光悻悻地挠挠腮帮子。

杜志勋综合了大家的看法，斟酌之后说：“我现在最担心的是，这不是一起个案，而是连环案件。刚才徐宝昌说，一个月前还有一个叫姚佳悦的小女孩儿失踪了。因为这个女孩儿目前下落不明，所以才没有人过多关注她。假如徐露的尸体没有被发现，或许我们都不可能知道有这样一个凶残到极致的凶手存在……”

杜志勋的话谁都明白，那个叫姚佳悦的小女孩儿万一也遇到了相同的凶手，那她的下场就不敢想象了。

“现在怎么办啊？组长，这个疯子说不定什么时候又觉得哪个穿红裙子的小女孩儿是鬼了。我们总得采取点儿措施吧。”郭蓉蓉攥着小拳头，一脸的义愤。

“找！”杜志勋说。

“怎么找？”

“当然是用最简单的办法找。再离奇的案子也是人做的，是人做的就有痕迹。我们既然已经发现了凶手的作案途径和作案时间，那就从这里开始一点一点地找。”

杜志勋一声令下，所有人，包括一起来的孙建洲和几个刑警也一起开始寻找线索。

杜志勋还派了两个人去打听一个月前失踪的女孩儿姚佳悦的下落，听说她母亲王姐也在市场上卖东西，找到她也能打听一些消息。

众人从徐宝昌的家里开始搜索，把整个楼道都搜索了一遍，没有发现什么线索，看来当时凶手作案十分麻利，加上徐露比较瘦弱，他根本没给小姑娘多少挣扎的机会，很轻易地就把她从家里弄走了。

杜志勋和组员们推测凶手应该有车，这样才能来去自如地把小女孩儿弃尸在北站工地。可问题是，由于这是个老旧小区，连同市场里里外外都没有监控摄像头，这给警方破案带来了很大麻烦。凶手绑架女孩儿又是在半夜，连目击者都很难找到。天时地利都成了凶手的帮凶，也足以看出这家伙有多狡猾。

特案组下了楼，在市场里转悠，询问了几个经常出早摊和收摊晚的小贩，打听徐露失踪那两天有没有什么可疑的人或者可疑的车出现在附近。小贩们都没什么印象。

打听姚佳悦下落的两个人很快就回来了，他们说王姐这阵子基本不怎么出摊，只是偶尔来一次。她在附近有一个出租屋，两个警察找过去，但是没有人。

调查刚开始就遇到了瓶颈。

## 3

众人闷闷不乐地走着，丁潜忽然问杜志勋："我们现在只知道弃尸现场是北站工地。但杀人现场还没找到，你觉得，凶手会在什么地方杀人？"

面对丁潜突如其来的提问，杜志勋并没有很意外。

他说："我想过这个问题，假如凶手真有抓鬼的怪癖，连弃尸现场都是精心挑选的，那他杀人的地方肯定也要精心安排的。"

"我觉得他最主要的是需要一个能镇得住鬼的地方。"

丁潜说着忽然站住了。

杜志勋也下意识地停住脚步，顺着他的目光望去，就在街边一个水果摊后面有一个佛品店。小店不大，是一楼临街的住户改建的。这个市场里临街的老楼一层基本上都改建成了各种小店铺。

"这条街上好像只有这一家佛品店。"丁潜说。

"你觉得凶手会在那里杀人？"杜志勋有点儿怀疑。

虽然不是没可能，但对于凶手来说是不是有点儿冒险，万一店主人晚上就住在店里呢，再说凶手凭什么确定他是不是在家？

"佛像、佛经、关公像这类东西都有驱邪镇鬼的功能。鬼怪都不敢靠近它们，只要在附近就能起到作用。凶手需要的就是一个心理上的安慰。当然这只是我猜的，不确定……"

这句话提醒了杜志勋，他扭头看佛品店的街对面，正对着农贸市场大厅西侧还有一些临时搭建的小亭子，这些地方都是白天营业，晚上打烊。

杜志勋亲自带领警员们逐间搜索。柳菲注意到了一间没开张的小亭子，门前堆着破筐纸壳箱等一堆破烂，挤在角落里很不起眼儿。

她把纸壳箱和破筐挪开，推开铁门。亭子里很狭小，里面扔着一堆破烂东西，地上铺着几张纸壳。她目光敏锐，注意到纸壳上有不少泥土。

她心念一动，伸手把其中一个纸壳翻过来，结果在纸壳的背面发现了液体浸透之后重新凝固形成的块块污斑。

身为法医的她马上就意识到，这些污斑可能是血迹。

“这里！”她朝其他组员喊了一声。

大家马上围拢过来。

柳菲戴上随身的乳胶手套，把其余几个纸壳都翻过来，几乎每一块纸壳上都有一些斑斑点点疑似血迹的东西。

“这里真是杀人现场吗，小菲姐？”郭蓉蓉趴在脏兮兮的玻璃外面，探头瞅着亭子里问。

柳菲没有马上吭声，她把几个纸壳有血迹的那面朝上，重新拼凑了一下，观察了一会儿，肯定地说：“是这里。”

亭子外面出现了一些骚动，刑警队长孙建洲有点儿怀疑地问：“柳医生，你的意思是徐露身体被黏上，胸腔钉钉子，割伤手脚都是在这个亭子里？”

“应该就是在这里。”

“手脚割成那样要流很多血的，这里的血我看着不是很多啊。”

“凶手不是直接把徐露放在纸壳上就动手的。他提前在纸壳上面铺了一层防水的东西，可能是塑料布之类的。作案之后，把塑料布和徐露的尸体一起带走了。纸壳上的血迹是在移动塑料布的时候蹭上去的。凶手离开的时候，还故意把纸壳反过来扣在地上。不注意的话不太容易被人发现。”

她说着朝丁潜摆摆手，把手里几张黄色的碎纸片递给他，“你看看这是什么？刚才扣在纸壳下面的。”

丁潜接过纸片，看样子是被随手撕碎扔在地上的。纸片撕得不是特别碎，比较好拼，拼出来是一张完整的黄纸符。

上面是朱砂红字。

“这个符我倒是认识。”丁潜说，“这上面写的是‘敕令大将军到此’。用朱砂混合鸡血写上去的。”

“杀人还用咒符？这是什么意思啊？”郭蓉蓉问。

“这叫镇尸符，据说是茅山道士最常使用的一种咒符。这样的咒符通常用来对付僵尸或是诈尸的死者，用法就是直接贴在尸体的额头上。我想凶手是把徐露绑架到这里杀害之后，担心她诈尸，就在她的尸体上贴上了镇尸符。用完之后，就随手撕碎了。”

这个空弃的亭子距徐露家不过百十米，凶手绑架女孩儿后竟然没有马上逃走，而是就近找了一个正对佛品店的废弃亭子将小女孩儿残忍地杀害了。

一周前的那天深夜，就在这个亭子里，一幕幕令人发指的手段施加在一个刚满十三岁的女孩儿身上。凶手已经到了丧失人性的地步。

难道在他扭曲的心灵中，只是觉得自己在降服一个害人的女鬼吗？

杜志勋面色铁青地问柳菲：“需不需要我给你增加人手？无论这个凶手多狡猾，我都要把他揪出来！”

“可以。”柳菲说，“不过我已经找到了一样东西。”

她拿着一样东西站起来，杜志勋看到她手里有一个白色椭圆的小珠子。

“我想这很可能是凶手掉下来的东西。”柳菲说。

“是吗？”只不过是一个普通的珠子，杜志勋不知道柳菲是从哪里看出来是凶手的，“难道不是徐露的？或者是其他什么人之前掉的……”

“只要我稍微检测一下就能百分之百断定，但我猜应该是凶手的。”

柳菲走到丁潜面前，给他看捡到的白珠："你还有印象吗，丁医生？"

丁潜凝目打量。柳菲低声说："头几天你拿给我一串手珠让我检查，还记得吗？那上面珠子的雕刻形状与这个珠子几乎一样。当时你说那串手珠是古董，匆匆拿走了，现在你作何感想？"

丁潜瞳孔收缩，"你能看出这个珠子也是人骨的？"

"色泽、质地跟你给我看到的那个很像，但我还需要做进一步的检查才能断定。"

"如果你确定那是人骨做的，我岂不是就成了凶手？"丁潜苦笑道。

柳菲扬起清澈的眸子瞅着丁潜，眼神里流露出些许好奇，粉白如玉的瓜子脸微微伸过来一点，用更低的声音说："放心吧，我不会告密的。"

柳菲把那颗白色的珠子带回法医室，经化验鉴定，那颗骨珠的质地正是人骨。

## 4

柳菲的发现给丁潜带来了很大震动。

而他所知道的消息，能给警员们带来更大的震动。

在柳菲的检测结果出来三小时后——

平江市刑警支队在孙建洲和杜志勋的带领下，根据丁潜提供的线索，赶到塔西区黄河大街天河路 135 号，包围突袭了"极乐圣境"古玩店，将老板巫云飞逮捕归案。

同时将古玩店里的数百件骨雕统统拉回刑警队检查。

柳菲和刑警队的法医、物证技术员忙活了两天，对这些骨雕藏品进行化验检查，结果令所有人震惊。

数百件的骨雕有一大半都是人骨，包括人体206块骨头的各个部位。雕刻师具备相当高超的水准，根据不同骨骼本身的形状特点，加上自己的奇思妙想，制作成了超乎想象的精美艺术品，花鸟鱼虫、手镯项链、盆景花瓶，无所不含。假如把这些骨雕拿到商场去售卖，根本无人能想象得到这是人骨雕刻而成的。

这个发现让所有参与办案的警员目瞪口呆。

他们还从未经历过这么匪夷所思的奇案。

变态凶手利用捉鬼秘术的手段残杀小女孩儿已经够让人震惊了，没想到顺藤摸瓜竟挖出了更令人瞠目结舌的大案。

谁又能想到在不起眼的平江市，竟然不显山不露水地隐藏着这样一个恐怖的人物。

“赶紧老实交代你的作案动机和作案经过！”

这个让人头疼的案子终于抓到了凶手，刑警队长孙建洲振奋不已，在审讯室里大声呵斥巫云飞。

面对这么一个该打入十八层地狱的罪犯，他已经没办法再用什么坦白从宽这类的话来劝他了，对这家伙打枪子儿都太轻了。

巫云飞戴着手铐，靠在铁椅子上，腰杆拔直，神情平静。他既没有畏缩，也没有放肆，仍然保持着平常的闲适。

“你想让我先从什么案子开始谈？”巫云飞语气平淡地反问。

孙建洲愣了愣。

这话什么意思？这家伙到底做了多少案子？他已经准备好坦白了吗？

“先从那些人骨说起吧。你到底杀了多少人？都是在什么地方杀的？这些人都是做什么的？”

巫云飞抬起深陷的双眼凝视孙建洲，不吭声。

“你看我干什么，我问你话呢，你要老实交代！”

“难道丁医生没跟你说过吗？”

“什么？”

“我做的事情，丁医生全都知道，你为什么不去问他？”

孙建洲有点儿发蒙，扭头看杜志勋，低声问：“他说的是丁潜吗，他什么意思？”

杜志勋没有孙建洲的反应那么大，巫云飞的信息是丁潜提供的，他们之间肯定有些瓜葛，丁潜没明说，杜志勋也能猜到。

他直到现在还怀疑温欣的遇害，丁潜有嫌疑，也正因为如此，他反而觉得在这个案子里，丁潜不会与巫云飞有什么勾结。因为这两起案子的路数完全不一样，他一直感觉温欣遇害是一个阴谋，而巫云飞的作案方式简直就是一个异类。两个风格迥异的高智商罪犯是彼此排斥的两头独狼，永远不可能合作。

从巫云飞被带进审讯室到现在，杜志勋一直在暗中观察他，但他并没有在巫云飞的脸上看到丝毫情绪波动，他永远带着一种漠视生命的冷淡。

如果说残杀一个小女孩儿是禽兽不如，那雕刻人骨简直就是魔鬼了。

犯罪心理学的鼻祖——龙勃罗梭有一个著名的“天生犯罪理论”，认为犯罪是一种返祖现象，有一些人生来就有罪犯基因。他通过研究，对这类人作出了生理和精神特征的描述，这类人的长相具有某些类似的特征，譬如说额头扁平、眉骨隆起、眼窝深陷、颌骨巨大、牙齿不齐、头骨以及左右脸不对称等。在精神方面，他们痛觉缺失、视觉敏锐、没有羞耻感和怜悯心、病态的虚荣心、易被激怒等等。

尽管随着犯罪心理学的不断发展，大多研究罪犯的理论认为罪犯的形成多是受到童年影响、环境影响，以及利益和感情纠纷等诸多外界因素造成的。不过，仍然存在极少数罪犯在找不出任何原因的情况下，自动变成了冷血的杀手。在他们眼中，其他人就像猎物一样，他们只是渴望从一次次杀戮中获得些许刺激，他们漠视一切生命，杀人如草芥。

巫云飞的相貌虽然没有那么夸张，但确实存在“天生罪犯”的一些特征。

杜志勋注视着巫云飞，犹如猎人遇见了真正的野兽。

“为什么要用人骨做那些东西？”

杜志勋开口问巫云飞，冷静的声音中蕴含着力量。

巫云飞眼睛睁大一些，用两颗深陷的眼珠观察杜志勋。他沉默了几秒钟，吐出两个字：“信仰。”

孙建洲忍不住要发作，被杜志勋抬手制止。

杜志勋依然凝视巫云飞，“杀那些人也是信仰？”

“我没有杀他们，我只是一个雕骨师。”

“那我们在你的店里发现的那些人骨作何解释？你没杀他们，他们的尸骨又是如何出现在你店里的？”

“他们是怎么死的我不知道，我只知道他们的骨头都是自愿捐赠的，他们是自愿捐献给雕骨师的，我有他们的委托协议。”

“协议在哪儿？”

“在我住所的保险柜里。密码是 62314521，而且，我觉得你们应该好好了解一下我的背景，最简单的办法就是问问丁医生，就不会闹出这么大的乌龙事件了。”

杜志勋让孙建洲马上赶去巫云飞的住所。在距离他的古玩店不远的一栋二十世纪的二层老式别墅里，孙建洲搜查了巫云飞的卧室，找到了保险柜。他按照密码顺利打开了保险柜，里面塞满了委托协议书。

孙建洲通过电话告诉杜志勋这个消息。此刻，杜志勋已经在沉默中和巫云飞对峙两个小时了。

巫云飞始终保持着超然物外的冷漠，连金属手铐都不曾发出过一点儿声响。

## 5

看到杜志勋放下手机，巫云飞的脸上露出了一丝不易觉察的笑意，“我没有说谎吧，警官？当然，如果你们还怀疑那些协议的真实性，完全可以继续调查。我所取用的骨头在协议上都有明确的记录，你们可以一一核对，但结果其实都是一样的。”

在接到孙建洲的电话之前，郭蓉蓉曾给杜志勋拿来了一份关于巫云飞的背景材料。这是她前几天为丁潜查的，上面详细讲述了巫云飞当年在川州市因为贩卖人骨工艺品吃官司的事情，当时就是因为有那些赠骨人的协议，巫云飞最终被免于刑事处罚。郭蓉蓉还带来了法医那边的消息，巫云飞店里的骨雕大多是年代久远的人骨。

看起来这些协议十有八九是真的，所以巫云飞才会胸有成竹。

杜志勋审视着巫云飞，"你一直自称是雕骨师是吧？"

"可以这么说。"

"听说，你还精通法术。"

"精通谈不上，只能算爱好。"

"那么，你相信这个世界上有鬼吗？"杜志勋猝不及防地发问。

巫云飞面无表情，沉默了几秒钟，说："你是在怀疑，我是那个杀害小女孩儿的凶手吗？"

他的回答反而让杜志勋暗惊。这家伙心思缜密却不露声色，是个相当难缠的对手。

"我跟丁医生探讨过这个案子。"巫云飞解释道，"我知道凶手杀害那个女孩儿的手段。如果我是凶手的话，就没有必要给他讲解什么'拘魂术'和'五雷符'这些东西了，那不是引火烧身吗？"

"也可能是你欲擒故纵。"

"随你怎么说吧。"巫云飞满不在乎，"你刚才问我信不信有鬼，我可以告诉你，我信……不过，如果我要用法术的话，我至少能分清楚传说中的秘术和茅山道术，这二者怎么可能放在一起使用呢？对法术稍微钻研过一点儿的人都不会这么用。"

看到杜志勋有些困惑，巫云飞说："看来丁医生连这个也没对你说，这些我都已经向他解释过了，可能他没太听懂我的意思。这么说吧，如果你真想抓住那个凶手，你不应该找我这样的，更不要去找精通法术的人，你们需要找的只是一个爱好者。我这样的解释够清楚了吧？”

杜志勋当然不能被他牵着鼻子走。他说：“我不信鬼，也不信什么法术。我相信的只有证据。”他朝墙上的反光镜摆了下手。

监控室里的郭蓉蓉看到，马上把他需要的三样东西拿到了审讯室。

三样东西分别装在三个塑料物证袋里。

杜志勋把物证袋一一拿起来让巫云飞看清楚，一个是人骨金刚橛，一个是骨珠，还有一个袋子里装着一些残片。

“这些东西你应该都认识吧？”面对冷静的巫云飞，杜志勋拿出了了杀手锏。

巫云飞瞳孔微微收缩，声音依然冷静：“我认得金刚橛，和我店里卖的有点儿像。”

“你只认识这个吗？”杜志勋冷笑，“还是因为你只对丁潜解释了金刚橛，其余两样你不想承认？”

“你所谓的金刚橛是我们从被害人徐露的胸腔里发现的。这袋子碎片是我们在被害人被切断的手脚伤口和杀人现场收集来的，经过法医分析，是凶手用骨刀切割被害人手脚时从骨刀上断裂掉下的。这些东西全部都是骨雕。而你自称雕骨师，你的骨雕技艺我们也都亲眼所见，你完全有能力做出这两样东西。”

“我的确能。”巫云飞承认，但话锋一转，“但不代表这东西就是我做的。金刚橛和骨刀都用不着我亲自雕刻，都是我从东南亚那边进的，有一些匠人专门制作这类骨雕，而我的工作主要负责专门定制。”

杜志勋没有在这个问题上继续跟他纠缠，他最后拿起那个装着骨珠的物证袋，“那么这个东西呢？”

“这是什么？”

“我们在杀人现场发现的骨珠，估计可能是被害人挣扎的时候，从凶手身上碰掉的。”

“你认为这也是我做的？”

“这个肯定是你做的。”杜志勋又朝反光镜摆摆手。

过了一会儿，丁潜开门走进来。

巫云飞看到丁潜，漠然的脸上闪过一抹难以捉摸的表情。

丁潜从衣兜里掏出一串手珠，放在桌上：“巫先生，你还认得它吧？这是你寄给温欣的手珠。你说过，这是你亲手做的。”

“是。”巫云飞承认。

“这些珠子的雕刻样式与凶手掉落的那颗手珠完全一样，这个你没办法否认。”

巫云飞的嘴角微微歪斜，隐隐透出嘲讽之意，“我把温欣当朋友，你是温欣的男友，我才对你推心置腹、坦诚相待，但你出卖了我。这个世界上，朋友果然比敌人更可怕。”

“我跟你不是朋友。”丁潜冷冷地说。

巫云飞闭上了嘴。

“巫云飞，现在你认罪吗？”杜志勋追问。

巫云飞只是眨了一下眼。

郭蓉蓉在一旁叉着腰，早就对他不爽了，大声道："喂，你以为你不说话就能像上次一样躲过去吗，别做梦了！杀人偿命，欠债还钱，这次你跑不掉了！"

巫云飞低头看着自己长而粗壮的手，一副置若罔闻的样子。

郭蓉蓉征求杜志勋的意见："组长，你看他还敢这么拽，我能替徐露削他两下吗？"

杜志勋没理她，最后问巫云飞："你不认罪或者保持沉默，我们也一样会根据证据来审判你。你以前吃过官司，应该明白。"

巫云飞泰然自若，露出一副满不在乎的神情。

杜志勋朝郭蓉蓉示意，"你先带他去羁押室，让人好好看着。"

"明白。"

郭蓉蓉走过去把铁椅子上的手铐解开，揪着巫云飞的衣服，"起来！"她对这个变态真是深恶痛绝。

没想到巫云飞顺势握住了她的小手，捏了捏，还朝郭蓉蓉露出了欣赏的笑容，"小姐，你的骨质很上乘啊。"

"唉呀妈呀——变态！"郭蓉蓉吓得使劲儿把手拽了出来，脑子里忽然浮现出各种各样的白森森的骨雕。被这个魔鬼看上可够瘆人的，她脚趾头都冒凉气，全身骨头跟着疼，都不敢伸手碰他了。

# 第八章　梦魇

## 1

巫云飞自己站起来往外走，经过丁潜面前时，他停下脚步，抬头看着他，眼神里闪动着妖异的光芒。

“丁医生……”他欲言又止，露出了耐人寻味的表情。

“你要说什么？”丁潜有点疑惑。

巫云飞用低得几乎听不太清的声音耳语道：“你想知道温欣是怎么死的吗？”

丁潜浑身一激灵，惊愕地望着他。

“那就拜托你先帮我洗白了。”巫云飞又恢复了正常语气说道，然后从丁潜面前走过，出了审讯室。

好奇心强的郭蓉蓉凑上来问：“大叔，他刚才跟你说了什么呀？还让你帮他洗白，他什么意思啊？”

“我不知道。”丁潜说的是实话。

他现在脑子里一团乱。

温欣遇害的真相，本以为他永远都不可能知道了。现在突然又从这个男人的嘴里说出来，让丁潜惊慌失措，完全没有心理准备。

他发现自己竟然完全看不透这个男人。

他同巫云飞接触过两次，算不上深交，但也促膝长谈过，巫云飞还亲自下厨拿出好酒款待他。他说他把温欣当成懂他的朋友，他还帮丁潜提供过破案的线索……在某种程度上，丁潜甚至已经开始相信他了。

但就在刚才那一瞬间，巫云飞把丁潜对他所有的印象统统打碎了。

雕骨师……温欣的独家采访……人骨手珠的礼物……向永恒的生命致敬的骨雕……这一切可能都不过是他编造的谎言，居然能骗过丁潜这个心理医生。

这家伙到底想干什么？

他跟温欣是什么什么关系？

他怎么知道温欣遇害了？

他的话会不会还是一个谎言？

一个个问题在丁潜脑海中盘旋，他却一个都解释不了，除非巫云飞亲口告诉他。

想到最后，丁潜不得不接受一个事实，从他一开始跟巫云飞打交道到现在，他就没占过主动，始终被这个男人牵着鼻子走。哪怕他现在身陷囹圄，还是有办法操纵丁潜为他做事，丁潜偏偏不能拒绝他，这个诱饵对丁潜来说实在太有诱惑力了，哪怕丁潜怀疑他撒谎，还是会接受他的条件。他知道丁潜的弱点。

“该死的！我恨不得亲手宰了你！”丁潜到最后只能爆粗口消气了。

以往都是别人拿他无可奈何，只能骂他解解气，现在他是真正遇到让他无可奈何的对手了。

他帮巫云飞脱罪，巫云飞告诉他真相。

这就是巫云飞跟他做的交易。

“你要宰了谁？”一个女声从丁潜身后传来。

丁潜一回头，看见穿着白大褂的柳菲正从自己身后经过，冷淡的表情里隐约带着一点调笑。

丁潜尴尬地摸摸鼻子，打岔道：“你那边怎么样了？”

“我们现在正根据巫云飞保存的那些雕骨委托协议，寻找与之相关的骨头，看看是否都能吻合，也许还需要联系它们的来源地，估计得需要几天时间。”柳菲又感慨道，“这个巫云飞，如果纯粹从技术上评价他，他是我见过的技术最高超的外科专家。他几乎能完整拆卸人体中的任何一块骨头，又不造成额外损伤，连我都做不到。”

能让柳菲都自叹不如的人还真是不多见。

两个人说着话已经来到法医室，眼前的景象让人震撼。

地上一堆堆一块块摆放的全是骨雕制品，看着满眼珠光宝气的这些骨雕，丁潜在巫云飞的店里差不多都见过，有的做工比较简单，有的包银镶玉做工繁复。

丁潜望着这成堆的骨头，想到跟巫云飞的交易，心乱如麻，不知道下一步该怎么办。

他就算有心帮巫云飞脱罪，那也需要找出确实的证据。他不可能伪造证据把一个杀人犯放走。

他望着满屋的骨头发了一会儿呆，问柳菲："就这些骨头吗，好像还有吧？"

"这间屋子放不下，还有一些在解剖间里。"

丁潜走到解剖间，探头往里望了一眼，半个屋子都是骨头。

他看了看，心里觉得不太对劲儿。当他看见一个只完成了一半的臂骨烛台时，一下想起来了，那天他去巫云飞小店时，巫云飞正在制作这个烛台，还说这是一个阿拉伯商人定制的。

与此同时，他联想到另外一样重要的东西。

他回到法医室问柳菲："你们把所有的骨雕都搬来了吗？"

"是啊，全都搬来了。"

"你检查过厨房吗？"

"是啊，怎么了？"

"你有没有看到一个酒壶？"

"酒壶？"

"就是用一个人的头盖骨做的酒壶。"

柳菲摇头，问其他的物证技术员和法医看没看到，他们你看看我，我看看你，也跟着摇头。

有的人似乎听着这个词新鲜，便问丁潜："丁医生，你说的酒壶是啥样的？你见过吗？"

"装饰极其奢华，一眼就能认出来跟别的骨雕不一样。酒壶是一个头骨，这件骨雕的骨质细腻光亮，莹白温润，据说选用的是罕见的'玉骨'……"

丁潜说着说着，发现大家看他的眼神都很怪异，跟看怪物一样。有人打趣道：“丁医生，你是跟咱们开玩笑还是认真的？还人骨酒壶，拿着人骨头装酒喝，那得多变态的人能喝下去啊。”

丁潜想说，我就喝下去了。

“喂，我说的可都是真的，没开玩笑。”

大家你看看我，我看看你，还是不太相信。

丁潜也没工夫跟他们解释了，转身出了法医室，直接来到临时羁押室，让民警开门。

巫云飞正坐在长凳上，背靠墙壁闭目养神。

“我问你一件事，那套人骨酒壶是你藏起来了吗？”丁潜开门见山。

## 2

巫云飞的眼皮张开一条缝，“什么人骨酒壶？我不明白你在说什么。”

假如巫云飞承认，丁潜反而不会怀疑。但他一否认，就说明这里面有问题。

“你请我吃饭的时候用过一个人骨酒壶，你还给我讲过关于‘玉骨’的传说。你收藏了北魏皇帝高洋的骨杯，说那是难得一见的玉骨，你为了配齐这套酒具，费了很多心血才找到一个有‘玉骨’体质的女子，用她的骨架做了一个名贵的酒壶。我们那天就用这个酒壶喝了酒，这些你不可能不记得吧。”

巫云飞的眼睛微微睁大了一些，“我怎么可能记得呢？从来就没发生过这种事。哪里有什么‘玉骨’？还扯上了高洋的骨杯。丁医生，你是在跟我讲故事吗？”

这家伙居然统统否认了。

“到底有没有‘玉骨’我不知道，但人骨酒壶我亲眼所见，我知道你是故意藏起来的。你不藏别的骨雕，偏要藏一个骨雕酒壶，想来想去只有一种原因——你没有那个酒壶的委托协议。因为那个骨雕根本就不是别人捐赠给你的。那个所谓的‘玉骨’女人的死因很可疑，可疑到足以让警察怀疑你谋杀！”

巫云飞点点头，说：“你说得都对，你猜得也对。可问题是，我根本就没有什么人骨酒壶，因此，我的谋杀假设不能成立。”

丁潜注视着他说：“原来……你从一开始就在耍我。”

“不要忘了，是你先出卖我的。做人留三分，做事有余地，这是我的人生信条。如今的世道，好人其实比恶人更需要提防。”巫云飞平淡地回答，不带任何表情。

要是换成郭蓉蓉，恐怕早就忍不住跳起来了，但丁潜依然保持着一贯的风度。

他对巫云飞说：“你想让我帮你洗白，就该给我提供一些线索。我猜你跟我打交道之前已经了解过我，我只是一个心理医生，不是警察，我的能力有限。没有足够的线索，我帮不了你。”

“如果你想追问刚才的问题，免谈。”

“我知道，既然你不想说，那我就自己去查。但我要问另外一个问题，希望你给我一个明确的答复。”

“那要看是什么问题。”

“关于红裙女孩儿的问题。”

“不瞒你说，我在你的古玩店连续看见红裙女孩儿两次。一次是在店外，她向我求救。另一次是在你的店里，我看见她坐在你的腿上听你吹笛子。那个红裙女孩儿到底是谁？”

巫云飞抬头看了丁潜一眼，眼神难以捉摸地说：“如果我告诉你，根本不存在什么红裙女孩儿，你怎么想？”

“你想说，那其实是鬼魂是吗？”

“有可能。但也有另一个解释……我听说，自从温小姐遭遇意外之后，你的精神方面就一直不太好。你过去出现过幻听幻视吗？”

巫云飞平静的声音犹如锥子，突然间刺在了丁潜的心头。

他极力克制自己的情绪，从怀里掏出一个东西，“如果那真是我的幻觉，那这个又怎么解释？”

巫云飞看了一眼丁潜手里的东西，一个学生证，上面有女孩儿的照片和姓名。

“姚佳悦，女，十三岁。入学日期：2015年9月1日，第三中学初二学生。”丁潜几乎能倒着背下来了。

“这是什么？”

“这是你口中，我幻想出的那个红裙小女孩儿掉在地上的。”

“也许是别人……”

“不可能是别人不小心掉的。”丁潜打断了他，“照片里这个女孩儿就是失踪的姚佳悦。听说她失踪那天就穿着一件红色的连衣裙。她是在徐露失踪前一个月失踪的，徐露的尸体找到了，但是她现在还生死未卜。姚佳悦家就在徐露家附近，她现在已经辍学了，平时在南城区的解放路市场跟母亲一起卖货，但不管怎样，这个学生证也不该出现在你的店铺附近。这两个女孩儿日常的活动范围，无论如何不可能与你有任何交集，除非……”

“除非什么，丁医生？”巫云飞的眼神炽烈慑人，他忽然从长凳上站起，差点儿撞在丁潜身上。他虽然没有丁潜个头儿高，但气势却咄咄逼人。

丁潜非但没有后退，连身形都没有分毫移动，“除非有人把姚佳悦带到了你那里，她自己不可能去……我看到的那个穿着红色连衣裙的女孩儿就是姚佳悦，对吗？她为什么向我求救，是你用什么手段控制了她吗？”

面对丁潜突如其来的质问，巫云飞深陷的眼窝里闪动着笑意，僵硬的脸皮跟着抽动，挤出了深深的皱纹，“既然你手里掌握着这么重要的证据，你为什么不交给警察呢？”

“如果需要的话，我会的。”

巫云飞眨眨眼，说：“我明白了。你果然有幻听幻视啊，所以你不确定你看到的那个红裙女孩儿到底是不是你的幻觉。也许根本就没有人向你求救，完全是你自己的脑子出了问题……”

丁潜眼中闪过一丝痛苦。

“我其实很想知道温欣的死对你的打击有多大，但你一直都掩饰得很好，我之前都没看出破绽。”

丁潜冷冷地打断他：“如果你想告诉我温欣是怎么死的，那就直接了当地说，没必要拐弯抹角。”

“难得看到你生气，呵呵……温欣的死因我不会现在说，这是我们的交易，首先你要想办法帮我洗白才行。”

丁潜怒火中烧，“徐露到底是不是你杀的？”

“姚佳悦是不是还在你手里？”

“你既然都敢跟我做交易，就不敢告诉我真相吗？”

“你在激我？”

“就算是吧。”

巫云飞看了一眼门外，负责看守的警察手握着腰间的电棍，不时地往屋里瞄一眼，担心出事儿。

他压低声音问丁潜：“假如是我做的又怎样？”

“那我不会跟你做交易。”

## 3

“所以，我现在不会承认。”

“那姚佳悦呢，她在哪里？”

“我说她只不过是你脑子里的幻觉，或是一个幽灵，你偏不相信。如果你非要说我绑架了她，我就告诉你，她现在没有危险。这下你满意了吧？但我警告你，不要试图找到她，除了我之外，没人能找到她。”

“不过我觉得，与其在这里跟我耗着，你还不如自己去脚踏实地地寻找真相，那会比较有趣。”

话说到这个分上就像绕了一个大圈。

丁潜感觉似乎弄明白了一些，但还有很多疑问。这家伙心机太深，他不会主动提供任何线索的。丁潜暗自盘算要不要试试催眠，不过，对于巫云飞这样意志力强大，处处提防的人来说，不太可能奏效。

“你在这里啊，大叔，我们正找你呢。”门外响起了郭蓉蓉的声音，“姚佳悦的母亲出现了，组长问你想不想一起去看看。”

郭蓉蓉一出现，巫云飞就不说话了，他退到长凳上坐下，朝郭蓉蓉友好地笑了笑。

郭蓉蓉朝他挥挥拳头威吓。那意思是，你敢打我的主意，我就打得你满地找牙。

王姐的真名叫王桂芬，是平江市下溪乡乌马河镇望花村的村民，丈夫叫姚德全，有两个孩子，大女儿姚佳悦和小儿子姚夏。姚德全过去在乡里的金矿打工，一直是家里的主要经济来源。但他前年查出了尘肺病，身体每况愈下，现在已经卧床在家，于是刚上初中的姚佳悦就辍学了，跟母亲在南城区解放路的农贸市场外面靠卖手抓饼为生，攒下的钱除了给父亲姚德全买药，还要供弟弟姚夏念书。

杜志勋和丁潜他们由派出所民警领着在解放路市场找了一圈，在大门口找到了王桂芬。虽然杜志勋他们都没见过，但市场里就这一个手抓饼车，车前站着一个有点儿驼背，灰白头发的中年妇女。

民警喊了一嗓子："王桂芬。"

没想到紧接着就发生了戏剧性的一幕。

那个中年妇女扭头看见有警察，二话不说，跨上售货车前的车头，蹬着车就跑。

大家一愣，难道这个女人还有什么不可告人的秘密吗？

赶紧追。

好在三轮车跑得不快，几个人很快就撵上了王桂芬，把她从车上拽下来。王桂芬一把抱住了车子，说什么也不撒手。

郭蓉蓉怕她反抗，急忙掏出手铐。年小光把小电棍也亮出来了。

王桂芬的反应更奇特，她一下就给大家跪下了，趴在地上一个劲儿地哀求："别抓我，我下次再也不敢了，求求你们，大发慈悲，别没收我的车，我一家老小没它就活不了了。"

这下大家更愣了。

杜志勋把她扶起来，说："我们不没收你的车，我们是公安局的。想找你问问情况，你跑什么？"

王桂芬指指那个派出所民警说："我看到他一身制服，还朝我喊，以为是城管呢。"

特案组的人互相看看，都无语了。

杜志勋向她问起了她女儿失踪的事情。王桂芬一听就捂着脸大哭，说："我对不起女儿，我对不起女儿。"鼻涕一把眼泪一把哭得十分伤心。

在场的人无不动容，郭蓉蓉也跟着她一起抹眼泪。

杜志勋说："我们现在从另一起失踪案里掌握了犯罪嫌疑人的一些信息，我们怀疑这个人跟你女儿的失踪有关。但现在证据还不够充分，希望你能配合我们，详细讲讲那天你女儿失踪都发生过什么。"

王桂芬满脸悲伤，哽咽着诉说了姚佳悦失踪那天发生的事情。

一个月前的一天下午，王桂芬和女儿姚佳悦在农贸市场外面卖手抓饼，一开始都好好的，可是突然赶上了城管突击检查。区城市管理执法大队为了配合上级领导"创建文明城市，争做文明使者"的口号，开展了全年力度最大的一次执法检查，一口气派了三辆执法车，誓将那些没交税，无证经营的小商小贩一网打尽。城管们吸取了以往的作战经验，采取分兵合围的迂回战术，将市场门口那些无证小贩团团包围，把小商小贩的不法商品全部收缴。

执法场面蔚为壮观，在城管们的齐心协力下，不多时，现场已是一片狼藉。

在这场突击执法的战斗中，最引人注目的就是一个穿着红色连衣裙的小女孩儿和母亲一起跟一群城管争夺她家的手抓饼车。

两个女人终究不是一帮大老爷们儿的对手。眼看着自家车子被扔到执法车的车斗里，女孩儿的母亲扯住执法大队队长的衣服，没完没了地恳求留下车子留条活路。

围观的人窃窃私语，愤愤不平，但也无可奈何。

这时，谁都没注意到，那个红衣女孩儿突然从城管队长身后冲上来。她原本很大很亮很爱笑的眼睛此时布满血丝，红通通得吓人，稚气的脸上带着绝望狰狞的表情。她一把抱住城管队长的胳膊，一口咬在了他的手背上。

城管队长疼得龇牙咧嘴，小姑娘就是不松口，最后硬生生地撕下一块肉。

红衣女孩儿就在这样的混乱中不见了，直到现在都下落不明。

这个女孩儿就是姚佳悦。

听完王桂芬流着眼泪的讲述，大家唏嘘不已。

杜志勋看了看丁潜，丁潜点点头，意思是王桂芬没有撒谎。

郭蓉蓉忍不住教训王桂芬："你说你也是，你到市场里面卖货多好，还有个固定的摊位，何必东躲西藏偷偷摸摸的，要不然也不至于把你女儿弄丢了。"

"是我对不起女儿，我对不起女儿……"王桂芬又是一通哭。

## 4

杜志勋见话题扯远了，说道："大伙儿先想想案子。当时的情况我们也都了解了。你们各抒己见，想想姚佳悦失踪的时候可能发生过什么事情。"

钟开新说："会不会是城管和商贩撕扯的时候，巫云飞恰好也在现场。他抓住这个机会把女孩儿扶起来，悄悄弄走了。我们应该好好查查姚佳悦失踪那天，巫云飞的行踪。"

郭蓉蓉说："巫云飞住在塔西区，离这里很远呢，他轻易不会跑到这里来买菜吧？除非他早就对姚佳悦图谋不轨。那就说明他之前认识姚佳悦，说不定两人之间还有过一些接触，这方面也可以查查。"

"你有什么看法？"杜志勋问丁潜。

"我觉得可以找当时执法的那些城管问问。姚佳悦是在跟他们厮打后失踪的，也许城管中有人注意到了一些线索呢。"

杜志勋采纳了几个人的建议，决定先找城管了解一下情况。其实丁潜这样建议也有他自己的小算盘。他跟巫云飞有过交易，要帮他洗白，虽然不至于作伪证，但也会尽量把案子的调查范围拓宽，避免留下任何疑点。

手背让姚佳悦咬掉一块肉的城管队长叫赵英雄，是西宁区城市管理执法大队的负责人，不久前还因为工作出色被授予劳动模范的称号，西宁区城市管理执法大队也被评为先进集体。

杜志勋找到他的时候，他手上还缠着一条纱布。看来姚佳悦那一口咬得挺狠，到现在都没好利索。

杜志勋讲明来意，刚提到咬伤他的姚佳悦失踪了，赵英雄黑黢黢的大方脸就一阵抽搐，咬牙切齿地骂道："活该，小小年纪，毛儿都没长齐就敢下死手……"

杜志勋让他讲讲当时的经过，他讲的经过跟王桂芬截然相反，说小商小贩如何对抗执法，打伤执法人员，暴力抗法等等。然后又大谈城管工作辛苦，上面应该给他们配头盔、手铐，这样才能更放心地投入到执法工作当中。

杜志勋打断他，让他详细讲他和姚佳悦母女发生纠纷的事。赵英雄一开始不愿提，后来在杜志勋的逼问下，才承认自己推了女孩儿母亲一下，把她推倒之后女孩儿咬了她，然后他就上车去医院包扎伤口了。

当时在场的几个城管也纷纷给队长作证。

杜志勋问他们，之后有没有注意到女孩儿去哪里了，有没有什么人靠近她。

赵英雄提供了一个线索，说他上车前，好像看见一个男人把小女孩儿扶起来了。

杜志勋掏出巫云飞的照片给他看，问是不是这个人。

赵英雄说，有点儿像，但不能肯定。当时他只是扫了一眼，没仔细看。

郭蓉蓉和钟开新去调查女孩儿失踪前后巫云飞的行踪，结果也发现了一条线索——在姚佳悦失踪当天，巫云飞曾经在附近的新玛特Shopping-mall有过刷卡购物的记录。也就是说，巫云飞当时极有可能在案发现场。

把之前掌握的证据和刚找到的线索综合起来看，巫云飞也很有可能是绑架姚佳悦的嫌疑犯，警员们开始紧锣密鼓地深挖，希望找出更有价值的证据。

傍晚。

解放路农贸市场旁边一座老旧的居民楼里来了一位不速之客。

他上到三楼，敲打徐宝昌家的铁门，过了好半天才有人来开门。

一脸死气的徐宝昌看见门外站着一个瘦高的男子，木愣愣地看了许久都没认出他来。

“我是负责调查你女儿案子的，之前我们见过。”丁潜说。

徐宝昌冥思苦想了半晌才不住地点头，“哦，哦，请进，请进……”

丁潜看出徐宝昌这是创伤后应激障碍的表现。女儿的惨死给他打击太大，导致他表情麻木，反应迟钝，已经与外界出现了疏远。

“你妻子不在家吗？”

“嗯，嗯……随便坐……”徐宝昌有一句没一句地答话，都没问丁潜来干什么，自顾自地钻进自己的房间关上了门。

丁潜有过相似的经历，直到现在还需要用药物来控制自己的情绪。身为心理医生，连自己的病都治不好，面对徐宝昌他也只能叹口气。

他走进徐露的房间，关上房门，在寂静中站了一会儿，平复了一下心情。

他刚从王桂芬母女的出租屋过来，那是个六平方米的地下室，母女俩挤一张床睡，地上都被锅碗瓢盆和换用的衣物占满了，连下脚的地方都没有。姚佳悦完全没有一点儿自己的私密空间，对她根本无从了解。

姚佳悦的母亲除了哭还是哭，丁潜只待了一会儿就出来了。

经过徐露家他信步上来，希望能从徐露这里多了解一些关于姚佳悦的事情。

这个红裙小女孩儿在他的心中始终像一团谜。

她向自己求救。

她坐在巫云飞的腿上听他吹笛。

她就像个鬼魂一样飘来荡去，不知所谓。

无论怎么问巫云飞，他的回答都是模棱两可，要么说丁潜看到的红衣女孩儿是幻觉，要么说她被自己控制在不为人知的地方。他越是这样，丁潜就越怀疑，却又找不到任何依据。

他没法把这些告诉杜志勋他们，不然他们又会把自己当成精神病。

现在唯一能做的就是自己调查，他想换个角度，通过姚佳悦来了解这个案子。

他拉开徐露书桌的抽屉，一般青春期的女孩子大多都会有点儿小秘密，偷偷记录点儿自己的隐私什么的。当然，懒孩子除外。

## 5

幸亏徐露不太懒，他找到了一本日记。

徐露写的东西不太多，偶尔写写心情，从电影上摘抄一段台词，还写了如何暗恋班上一个男生。丁潜从头看到尾，倒是有两篇日记提到了姚佳悦。

第一篇写在两年前，徐露在日记里把姚佳悦称作好朋友，说她长得漂亮，性格好，寥寥几句。第二篇写在一年前，口吻却变了，抱怨姚佳悦人品不好，提到她偷了自己刚发的学生证，却怎么也不承认。又提到父母不让她跟姚佳悦来往，说她不上学成了野孩子……

除了这些以外，再没有关于姚佳悦的只言片语了。

徐露的日记倒是解开了丁潜之前心里的一个谜团，姚佳悦刚上初一就辍学了，却有一个没有盖钢印的学生证。不出意外的话，这个学生证其实是徐露的，发下来还没等填呢就让姚佳悦偷走了。这个女孩儿这样做，可能就是想弥补一下自己辍学的遗憾吧。

丁潜有些感触，但对这个女孩儿依然充满了疑问。

从各种渠道了解关于这个女孩儿的事情，不足以让丁潜想象出她究竟是一个什么样的孩子。

这个原本普普通通的小女孩儿因为一次大混乱失踪了，然后就出现在了神秘的雕骨师巫云飞的身边。丁潜始终搞不懂，巫云飞既没有用绳子绑她，也没有胁迫她，他究竟是用什么手段把这个女孩儿控制在自己身边的呢？

确实挺邪门的！

丁潜把日记扔在桌上，往窗外看了一眼，不知不觉天色已黑如锅底。

他听着屋外没有一丁点儿动静，死气沉沉的，也没人过来跟他打招呼，似乎徐宝昌和他老婆都不知所踪了，这个公寓里只有他孤零零一个人……

他冷不防地冒出了一个古怪的念头——会不会此刻床底下正躲藏着一个人？

这个念头确实有点儿吓人。如果是郭蓉蓉，肯定要把床罩掀起来检查一下床底下才肯放心。

不过他只是笑笑。假如心理医生能被自己的胡思乱想吓到，那才是最可笑的。

他躺在床上舒舒服服地伸了个懒腰，想象着发生惨祸之前徐露应该过着怎样的生活，虽比不上可以随心所欲的富裕家庭孩子，但也好过姚佳悦那种早早就面对生活艰辛的孩子。其实平平淡淡又何尝不是一种幸福？

他不经意地联想到了自己的童年和少年，感觉好像是很久远的事情了。现在回过头去看，自己那时候其实也很幸福。

不知不觉倦意袭来，他静静地睡了过去。他做了一些零零散散的梦，有点儿荒诞，有点儿搞笑，他迷迷糊糊中还能感觉到自己在笑。

不知睡了多久，一股砭骨的寒意袭来，他打了个冷战，睁开双眼。

就在睁眼的同时，他惊觉房间里多出了一个人。

这个人就站在自己的床边。

一个小小的身影。

一身红色连衣裙。

乌黑的长发遮挡着她的脸，只留下中间狭窄的一条。

丁潜心口狂跳，他想说话，可是却一个字都说不出来。

红裙女孩儿似乎发现他醒了，她的身体开始以奇怪的姿势朝丁潜慢慢弯曲，遮挡脸颊的头发纷纷垂落在丁潜的身上，露出一张僵硬苍白的小脸。

那张苍白的脸渐渐逼近丁潜，两眼空洞洞地注视着他，仿佛在观察他，又像根本没有看到他。

丁潜从来没有如此心惊胆战过，他想爬起来逃走，身子却像麻痹了一样根本动弹不得。

红裙女孩儿的脸在将将贴到丁潜脸上时停住了，她慢慢爬上床，在丁潜身旁躺下。

丁潜能感觉到那个小小的身体直挺挺地挨着自己，他不知道接下来会发生什么。

他想问问躺在身边的红裙女孩儿，你到底是人？是鬼？你想干什么？

他想动，想喊，可是身体就像不是自己的一样，似乎他的身体已经是一具死尸，他只能看，只能听，却什么都做不了。

他备受煎熬，这种感觉实在太痛苦了，折磨得他濒临崩溃。

这时，忽然有人用力摇晃他，大声呼唤："醒醒，醒醒，你怎么了……"

他打了个寒战，从床上坐起来，一下扑进了柔软的怀抱中，然后就听到一声惊呼，一双手把他用力推开。

借着窗外透进来的蒙胧夜光，他这才看清，有一个苗条的身影站在面前。

竟是柳菲。

不过此时，柳菲那张拒人千里的冷脸上却笼着一层嗔怒，白玉般的脸颊染上了一抹绯红。

她的手下意识地摸向自己的大腿，倒不是想挑逗丁潜，而是在她大腿上藏着防身用的手术刀。要是丁潜再敢对她有过分举动，她就把他解剖了。

“你怎么来了？”丁潜问。

“我在徐露被杀的现场附近转悠，想看看还能不能找出点儿物证，就见你一个人鬼鬼祟祟地往楼群里走，我就在后面跟着看看……”

丁潜感慨万千，原来八卦是女人的天性，概莫能外。

“我看到你进了徐露家也不出来，所以就跟着上楼了，发现房门没锁，我就进来了。看见你躺在床上浑身哆嗦，我还以为你出什么事了，就推推你……”

丁潜这才发现自己的后背都被冷汗浸透了。

原来刚才自己是做梦魇住了。

“你进来的时候，只有我一个人在房间里吗？”丁潜想起梦里那个恐怖的红裙小女孩儿。

“你什么意思？”

丁潜看了看身边床上，空空如也。哪有什么红衣小女孩儿的影子，真的只是一个噩梦。

“没什么。”他揉揉太阳穴。

“哎，你先别动。”

柳菲说着伸手在丁潜胸口上摸了一下，把丁潜搞得有点儿不好意思，她还捏了一个兰花指，更让丁潜胡思乱想。但是，兰花指借着窗外的月光一照，丁潜这才注意到她拇指和食指间捏着一根长长的头发。

一看就是女人的头发。

自己衣服上怎么会有一根女人的头发？

“你刚才做过什么？”柳菲狐疑地看着他。

这种事是所有男人最头疼也最难解释的，温欣已经去世了，郭蓉蓉头发没这么长，更不可能是柳菲的，那就等于他偷偷摸摸跟另外一个女人接触过。

“刚才……刚才……”丁潜真有点儿头疼了，脑海中猛然浮现出梦里那个红裙女孩儿低头俯视他的情景，当时她的长发就垂在自己的胸口。

难道梦是真的？

丁潜身上的冷汗刚去，又冒出一层。

他再仔细看自己身边，床上隐隐约约的真有一个躺过的人形。

# 第九章　2号疑凶

## *1*

“你怎么了？”柳菲发现丁潜神色反常，便问道。

不等丁潜回答，窗外就传来一阵幽咽的笛声。

夜半三更，万籁俱寂，突然听到这阴冷幽怨的声音，让人全身的汗毛都竖起来了。

这声音丁潜有几分熟悉，分明就是那天巫云飞在小店里用骨笛吹奏的曲子。

巫云飞说，这个曲子叫“佳人难再得”。

丁潜“呼”地一下从床上跳到地上，匆忙跑到窗前，想看看是从什么地方传来的笛声。

楼下就是解放路农贸市场，深夜里整条街都笼罩在黑暗之中，看不到任何人影和灯光，连个路灯都没有，只能断断续续地听到笛声，却不知是从什么地方传来的。

柳菲也听到笛声了，刚想问丁潜，就发现他已经夺门而出往楼下跑了。也只能紧跟在后下了楼。

两个人来到大街上，笛声仿佛被惊扰了，戛然而止。

他们站在空荡的街道上，茫然四顾。

柳菲忽然拍拍丁潜，手指着一个方向，“你看那里！”

丁潜转身望去，一个红色的影子在远处晃动，很快便消失在了楼群中。

“别让她跑了。”丁潜迈开双腿追了过去。

柳菲不明就里，但也猜到这其中肯定有情况，来不及多问，跟着丁潜一起追赶那个红色身影。

由于距离太远，那个红色影子又飘忽不定，一会儿出现在这里，一会儿又出现在那里。两个人追得很费事，一直追了好几条马路，后来眼看着那个红色身影跑进了一家医院大楼，晃了晃，不见了。

丁潜和柳菲追到医院门口，看见医院楼顶竖立着几个大字：“平江市中心医院”。

这家医院在平江也是数一数二的三甲大医院。

两个人走进医院，半夜患者不多，只有几个挂急诊的病人在窗口挂号。红裙女孩儿仿佛消失在了医院大楼里，无迹可寻了。

丁潜迎面看到几个医生护士走过来，便拦住他们，问有没有看到一个穿红裙子的小女孩儿跑进来。

没想到他这一问，明显感觉那几个医生护士的脸色都有点儿不自然，但她们都说没看到，神色匆匆地走了。

丁潜看出这里面有门道儿，朝柳菲使了一个眼色，两个人跟在其中一个身材发胖的女医生身后，一起上了楼。

女医生走进诊室刚坐下，丁潜就推门进来了。

女医生头也没抬，问："什么病啊？"

"我受了惊吓。"丁潜说。

"那得去精神科，我这是内分泌……"女医生抬头看见是他，后半截话忘了，脸上的表情显得比他还受惊。

"我刚才看见一个红衣小女孩儿跑进了你们医院，麻烦你帮我找找她。"

"哪有什么红衣女孩儿，请你不要无理取闹。你再不走，我要喊保安了！"女医生的反应太敏感了，眼神里充满了惊慌。

柳菲这时候很配合地掏出警官证，冷冰冰地说："我们正在查案，请你配合。"

她那张不怒自威的冷脸还真压场，女医生一下就泄了气，瘫软在椅子上。

"你怎么称呼？"丁潜问。

"我姓刘。"

"那么刘医生，就请说说红衣女孩儿吧，为什么我刚才提到她，你们都被吓成那样？"

刘医生费力地吞咽了几下口水，低声说："我们最近这里闹鬼……不少值夜班的人都看见有个穿红裙子的小女孩儿在医院里转悠，有时候还哭……太瘆人了……我都见过两次……"

"就算真有这样一个女孩儿，你们怎么就能认为她是鬼呢？穿红裙子的多了去了。"

"你不知道，我们这儿头些日子死了一个患者，就是个小女孩儿，听说是穿着红裙子死的。你说邪不邪门？"

丁潜和柳菲互相看了看，继续问："那个女孩儿叫什么名字？"

“这个我还真不知道。反正红衣小女孩儿闹鬼的事儿在医院里都传开了，我们值夜班的医生护士，晚上都不敢离开医院……”

她正神神叨叨地说着，一丝似有若无的幽咽声不知从什么地方飘了来。

女医生不自觉地停止了说话，瞪着眼瞅着丁潜，嘴唇发紫，吓得都合不上嘴了。丁潜和柳菲也都听到了这个声音，依稀就是在徐露家听到的笛声。

“就……就……就是这个声音。”女医生结结巴巴，“红衣小女孩儿在哭……”

她眼看着心脏病都快要发作了。

“在外面！”柳菲忽然朝丁潜喊。

丁潜回头看见她不知什么时候跑到了窗边，也急忙跑到她身边，扒着窗台往楼下张望。

两人所在的诊室在七楼，能够俯视整个医院的后院。

黑漆漆的夜色下，几盏路灯幽幽亮着，赫然有个穿红裙子的小女孩儿独自站在楼下。整个楼下只有那一点红殷殷的影子，显得尤其刺眼。

她低着头，手里似乎拿着什么东西。那哭泣一般的声音就是从她身上发出的。

这就是那个徘徊在医院里的红衣女孩儿？

她怎么又出现在了徐露家？

她到底是人还是鬼？

丁潜和柳菲胆量再大，面对这么离奇的事情也有点儿不知所措，但紧接着又看到了更恐怖的事情。

就在距离红衣女孩儿二三十米的地方还有一个人影，正一边悄悄地往女孩儿所在的方向靠近，一边从怀里抽出一个白森森的东西。

刀！

丁潜虽然看不清那人手里拿的到底是什么，但脑子里马上闪出了这个念头。

眼前这一幕实在太离奇了，完全超乎想象。

丁潜也没时间多想，转身就往楼下跑。幸亏医院里有电梯，他和柳菲跑进电梯，丁潜一手按住关门键，一手按1楼键。电梯中途未停，直接下到一楼。

丁潜曾经来过这家医院，帮忙给一位患者看诊，对这里的环境有印象。

他带着柳菲从直通医院后院的后门跑出来，正巧目睹那个人走到了红衣女孩儿的身后，女孩儿低着头正在摆弄手里的东西，根本毫无觉察。

那个人朝女孩儿伸出了手。

## 2

千钧一发，丁潜以最快的速度冲到那人跟前，那人有所觉察，刚准备扭头看，丁潜就扑上去把他按倒在地了。

丁潜怎么说也是一米八五的大个子，这个人身材比较瘦小，丁潜一下就把他按住了。

“你干什么，放开我！”那个人被压在下面，大声嘶喊，听声音是个男的。丁潜哪敢放他，把他的手死死别在身后，膝盖顶着他后背，不让他有机会挣扎。

这时候，那个红裙小女孩儿也转过身来，诧异地看着眼前的情景。

丁潜终于有时间看看这个把他们折腾了一晚上的小女鬼。

等他看清了才发现，这哪里是什么女鬼，分明是一个活生生的小姑娘。她身穿一件高档的小红裙，露着白白嫩嫩的胳膊和腿，婴儿肥的小脸很精致，仿佛商店橱窗里的大洋娃娃。

不仅如此，丁潜看着这个小姑娘还有点儿眼熟，忽然想起，她就是自己去第三中学那天看到的那个趾高气扬的红裙小女孩儿。

他问小女孩儿：“你是不是叫安琪？”

红裙小女孩儿也认出了丁潜，指着他惊讶地大叫：“你……你不是那个色狼大叔吗？”

丁潜还得向身旁的柳菲解释：“那都是误会。”

安琪的目光落到柳菲脸上，更为惊讶，“哇，这个姐姐好漂亮啊，你是整容了吗？”

柳菲沉着脸问：“小姑娘，你刚才跑到解放路市场那儿干什么，为什么见到我们就跑了？”

安琪好像没听到柳菲的问话似的，把苹果脸往前凑了凑，歪着头仔细观察柳菲：“你不会笑吗？是不是玻尿酸打多了？”

“我们是警察，正在调查一起杀人案，现在你老老实实回答我的问题。”柳菲只好先吓吓她。

这一招果然奏效，安琪规矩多了。

“刚才我问你的话，你还没回答呢。”柳菲说。

“你说的什么解放路市场，在哪儿，我从来没去过啊？”

“那你刚才在哪儿？”

“我一直在医院啊！”

“你没事儿晚上跑医院里装神弄鬼干什么？”

“谁装神弄鬼啦，我爷爷是这里的院长，我想来就来，怎么了？”

柳菲看了看丁潜，怎么感觉这个女孩儿说的跟丁潜说的完全对不上呢，难道她在撒谎？

丁潜在一旁暗暗打量安琪，努力回忆自己见过的那个红衣女孩儿。直到这时才发现，他对那个女孩儿的印象其实一直都比较模糊。头两次在巫云飞的小店见到，看得并不仔细，刚在又是在梦魇中看到，梦里感觉女孩儿那张惨白恐怖的脸十分清晰，醒来之后就想不起来了。

但从气质上看，这个安琪给人的感觉是活泼刁蛮，同那个鬼气森森的红衣女孩儿截然不同。

可是他们明明看到那个红衣女孩儿跑进了医院，难道搞错了？

丁潜正在琢磨，就见安琪忽然指着被他压在下面的男人说：“陈申，怎么是你啊？警察抓你干什么？”

“你们认识？”丁潜问。

“他是我同班同学啊。”

丁潜这才发现，被他压在身子下面的人其实年纪与安琪差不多大，是个小男生。

丁潜把男生从地上拽起来，问他：“你为什么要袭击安琪？”

“我没有袭击她！”男生被压在地上好半天，气得脸都青了，恶狠狠地瞪着丁潜。

“你说你没有袭击她，为什么偷偷摸摸在后面跟踪，手里还拿刀……嗯？”

丁潜说到刀子才发现男生手里什么都没有，看看地上也没有刀。

男生理直气壮地说：“谁跟踪她，我今天是来医院检查身体，安琪都知道。我刚才看到她一个人，想过来跟她打声招呼而已。”

“是啊，他来看病我知道。”安琪马上给男生作证。

丁潜和柳菲都无语了。

难道是他们刚才在楼上看错了？

忙了一晚上居然闹了一个大乌龙。

男生拍拍衣服上的灰，对安琪说：“我先走了，我妈开车来的，在医院门口等我呢。”

说完他厌恶地瞪了丁潜一眼，扬长而去。

丁潜转而问安琪：“你有没有听说，医院里最近流传红衣小女孩儿的鬼故事？”

“当然有啦。”安琪调皮地转悠着大眼睛，“所以，我今天来故意换了一套红裙子，嘻嘻，吓吓他们……”

这个女孩儿人小鬼大，胆子还不小。

“我刚才在楼上听到有人在楼下吹笛子，你听到了吗？”丁潜又问。

女孩儿嘻嘻一笑，变戏法似的从身后拽出一根通体莹白，两端包银镶玉的短笛。

丁潜见了大惊失色，抓起女孩儿的手，厉声问：“刚才是你在吹笛子是吗？”

“我在地上捡的，拿起来吹着玩儿玩儿，不行吗？”安琪很不高兴地说。

丁潜怀疑地看着她问：“你在哪儿捡的？”

“在走廊里。”安琪说完，发现丁潜的神色依然带着怀疑，很不高兴，“干什么呀，我捡一个笛子还犯法吗？这什么破玩意儿，我才不稀罕呢。”说着她就把短笛随手扔在了地上。

柳菲弯腰捡起那根短笛，看了看，问丁潜：“这根笛子你见过？”

“嗯，我在巫云飞的店里看见过他吹这个笛子。”

提到巫云飞，柳菲的脸色也变了。

她仔细观察，发现这根笛子跟正常笛子的造型有很大区别。笛身是弯曲的，一头粗一些，另外一头细一些，这形状怎么有点儿像……

“你看出什么了？”丁潜问。

“看着有点儿像牛的腿骨，好像是小腿胫骨的部位。”柳菲疑道，“奇怪呀，那天去搜查巫云飞家，我没见过这个东西。”

安琪这时候凑过来，伸着小脑袋也跟着看，有点儿好奇，又有点儿害怕，“这真是牛腿骨吗，原来是这样的……”

柳菲瞥了她一眼，看见女孩儿正睁着一双大眼睛，嘟着小嘴，一脸的天真，好像还没有意识到问题有多严重。这时柳菲的目光无意中落在了她戴着的项链上，之前女孩儿的项链遮在衣服里，她伸脖子的时候把项链露出来了。

柳菲忽然抓住女孩儿的项链坠，拿起看看，是一个造型独特的白蝴蝶。

## 3

“这是你的？”

“是啊，怎么了？”

丁潜看了一眼那个蝴蝶形的项链坠，看柳菲神色异常，他就猜到这个项链坠有问题。

“这个项链坠不会也是……”

“这是人骨。不过从颜色上来看，应该有些年头了，像是古人的。”柳菲很肯定地回答。

小女孩儿安琪被吓了一大跳，“姐姐你可别瞎说，这么漂亮，怎么可能是人骨头。”

柳菲冷哼一声，“你知道这是什么骨头吗？这是骶骨。”

“骶骨，骶骨是什么东西？”

“就是你骨盆里面尾椎骨上面的一块扁骨，你自己能摸到。你这块骶骨形状短宽，近似等边三角形，弯曲度小，说明这块骨头是女人的。”

安琪吓得急忙摘掉项链扔给柳菲，跑到垃圾桶那儿去吐了。

刚吐了没两口，也不知道看到了什么，一声尖叫。

柳菲和丁潜跑过去，往垃圾桶里一看，有一把沾血的短刀在里面，惨白的刀刃上凝结着血斑。

柳菲从兜里掏出乳胶手套戴上，伸手将那把刀拿出来，借着路灯细看，刀刃和刀把是一体打磨的。刀身很宽，边缘锋利。不过刀刃上有很多地方有锯齿形的缺口，刀刃不是用钢铁锻造的，而是一种白色的材质，又脆又硬，表面凝结着干涸的血迹。

柳菲掂量了一下这把刀，又看看破损的豁口，对丁潜说："这是一把骨刀。"

"骨刀，是人骨吗？"

"应该不是，像是某种大型动物的，不过还不确定是什么动物的骨头，有点儿像牛马之类的。"柳菲闻了闻上面的血迹，"应该是不久前沾上的血，这把刀还切割过坚硬的东西，把刀刃都崩坏了。我看这些豁口的大小倒是和咱们在案发现场在徐露尸体上发现的碎骨渣比较匹配。"

丁潜瞳孔一缩，"如果这真是凶器的话，那我们刚才在楼上看到的人无疑就是凶手，他拿着刀从这里走过，很可能是想动手，但他发现了我们，慌乱中把刀子扔在了垃圾桶里。"

嫌疑人巫云飞刚到案，本以为案子快结了，谁想到又冒出一个拿着凶器的人。

"你觉得那个人会是谁？"

柳菲问完，两个人不约而同地看向了安琪。

安琪平时再张狂，也没遇到过这样的事情，又吓又吐的被折腾得不轻，现在看到两个警察盯着自己看，有点儿发毛了，"干什么你们……我……我可什么都不知道啊……"

丁潜也不相信这个小女孩儿能是杀害徐露的凶手，她的体格可能还没有徐露大，又是个女孩儿，根本没有作案能力。

"你老实跟我说，你脖子上戴的项链是你自己的，还是什么人送给你的？”丁潜问。

“是……是别人送的……”

“谁送你的？”

“陈申。”

“他！不就是刚走的那个男孩儿吗？”

女孩儿点点头。

那个男孩儿虽然不算高大健壮，不过收拾一个小女孩儿那也绰绰有余。

居然就让他从眼前溜掉了。

丁潜急忙去追，一口气跑到了医院大门口，哪里还有那个男孩儿的影子。

这个意外发现太令人震惊了。

本案最有可能是凶手的嫌疑人巫云飞已经落网，却又突然出现了这么一个神秘的男孩儿。

骨笛、骨刀、人骨项链，如果这些东西都能与那个一脸恶相的男孩儿联系上，那说明什么……

丁潜回头望着跟上来的柳菲，彼此都陷入了沉默。

次日清晨，平江第三中学刚响过第一遍上课铃声。

两位警察走进了初二四班的教室。

“请问哪一位是陈申？”孙建洲问。

一个焗了棕色板栗头的男生从座位上磨磨蹭蹭地站起身。

全班同学的目光都不由自主地落在了他身上。

“你叫陈申？”孙建洲问。

“你不是都问过了吗？”男生吹了一下几乎快要遮住眼睛的头发帘，很不耐烦地说。

“你跟我们来一趟，有件事要找你调查。”

男生不情愿地离开座位，带着几分不屑地走出来，坐在他邻座的安琪还举起小拳头给他打气：“我支持你，不怕他们，fighting！”

男生冷漠地扫了她一眼，跟着警察走出了教室。

操场里停着一辆警车，车里还有两个人。考虑到这是一起凶杀案，即便只是来抓一个初中生，他们还是谨慎地派来了四个人。

陈申正要上车，教导主任和校长一前一后气喘吁吁地跑出来，让他们等一下。

教导主任上气不接下气地说：“你们要……要抓他……总该先……跟他家长打声招呼吧……”

“我们不是抓他，是询问案情。因为案子特殊，先找他了解了解情况。”

“那也不行啊……你们不知道……他爷爷可是鼎鼎大名的华兹集团董事长……他父亲是大中华区总裁陈斌！”

孙建洲还真没想到，这个看着不起眼的小男生还挺有背景的，犹豫了一下。

这时，丁潜从车里探出头来，对教导主任和校长说：“那就麻烦你们帮我们转告他们一声吧，顺便告诉他们，我是第一人民医院的心理科医生。”

问讯室。

考虑到陈申还未成年，案情也不清晰，警方并没有像对待正常嫌疑人那样将他带到审讯室，也没给他戴手铐。

杜志勋负责审问，除了郭蓉蓉其他特案组成员都在，丁潜也在。

杜志勋指着桌上的骨刀、骨笛和人骨项链，问男孩儿："这些东西是你的吧？"

陈申看了一眼，摇摇头说："不是。"

"这个人骨项链可是你送给安琪的，她已经告诉我了，这个你不能否认吧。"

陈申没吱声。

"这个人骨项链是你从哪里弄来的，还是一直都是你的？"

"记不住了。"

"那么这把骨刀和这个骨笛呢，也是你的吧？"

陈申瞥了瞥桌上的东西，又不吱声了。

"我们经过化验，骨刀是牛骨做的，骨笛是牛的腿骨。你是从哪儿弄来的这些东西？是你父母的吗？"

## 4

陈申迟疑了一下，说："我买的。"

"从谁那儿买的？"

"不知道。"

"你认不认识一个叫巫云飞的人？"

“不认识。”

“那你认不认徐露？”

“不认识。”

杜志勋拿出徐露的照片放在陈申面前，“这个女孩儿你认识吗？”

“没见过。”

“她就是徐露，你的同年级同学。你在二年级四班，她在二年级三班，你们两个班级相邻，我不相信你平时进进出出从来没见过这个女孩儿。”

陈申又瞥了一眼照片，“可能是我见过又忘了，就算我见过又怎么样？”

“这个女孩儿前几天被杀了。”杜志勋说得很慢，目光直视男孩儿。

“哦，是吗。”男孩无动于衷，反应十分平淡。

年小光在底下悄悄嘀咕说：“这小子真是凶手吗？怎么反应这么冷漠啊……”

他这话其实是在问丁潜。

丁潜没吭声。他也在暗中观察这个男孩儿，他确实反应有点儿怪异。不仅是他回答这几个问题时的反应，还有他整个人给丁潜的感觉。那是一种死气沉沉的衰弱感。仔细观察他的外表也能发现异常，似乎他的整张脸都蒙上了一层灰色，就好像——好像死过一次的人。

丁潜心里突然冒出这种奇怪的感觉。

他下意识地扭头看了看坐在一旁的柳菲，她正在注视着陈申，发现丁潜瞅她，回头看了他一眼。丁潜心领神会，她心里也产生了相同的猜疑。

但问题出在哪儿，谁也猜不透。

这时，杜志勋问道：“那你认不认识一个叫姚佳悦的女孩儿。”

“不认识。”陈申依旧摇头。

杜志勋拿出了姚佳悦的照片放在桌上，“她一个多月前失踪了，到现在都没有下落，你见过她吗？”

丁潜心里知道，姚佳悦被巫云飞藏在什么地方了，但他没有对任何人提过。姑且看看男孩儿怎么回答吧。

陈申的目光落在照片上，仔细端详了一会儿，抬起眼睛，用一种很奇怪的声音说：“我也在找她，不知道她去哪儿了……”

“你说什么？”

陈申脸上露出似笑非笑的表情，目光穿过杜志勋，似乎在望着很遥远的地方，“我也在找她，我也在找她，我在找……”

“嘿，你看着我，你到底是什么意思？你之前认识姚佳悦对不对？”

“呵呵……呵呵……姚佳悦……姚佳悦……哈哈哈哈……”陈申猝然爆发出神经质般的狂笑，笑得声嘶力竭，把所有人都笑傻了。

他笑着笑着突然双眼翻白，身子直挺挺地从椅子上栽倒，躺在地上全身抽搐，张大嘴巴，喉咙里发出可怕的咔咔声。

众人大惊。柳菲率先冲上来给男孩儿做检查，发现男孩儿脸色铁青，双手痛苦地抠着胸口。

柳菲把手放在他鼻孔上，发现没有呼吸，急忙道：“他有心脏病，休克了。赶紧给医院打电话，叫救护车！”

她说完马上给陈申做实施急救，先让陈申的身体保持平躺，用拳头有节奏地用力叩击陈申的心脏部位，然后准备给他做人工呼吸。

柳菲扒开男孩儿的嘴，刚吸口气，还没把嘴凑上，钟开新就手疾眼快抢先把大嘴唇凑到了男孩儿的嘴上。

女神的初吻怎么能便宜其他人？

“轻点儿，别把他肺给吹爆了。”柳菲还得提醒。

钟开新带着悲壮的心情，连连摆手，顾不上说话。

不多时，陈申这口气缓上来了。

柳菲翻男孩儿的衣兜，一般心脏病人都会随身携带急救药物的，她找到了一瓶消心痛，倒在掌心五片，扒开男孩儿嘴巴，压在舌头底下。

一通忙活，男孩儿的病情暂时稳定了，停止了抽搐，脸色也缓和了。柳菲解开男孩儿胸口的衣服，便于他顺畅呼吸。

谁知，刚解开男孩的衬衣衣扣，柳菲就是一愣。

只见男孩胸前密密匝匝地缠绕着一圈圈的绷带，不知道受了什么伤。

“真是糊涂，糊涂透顶！你要抓陈董事长的孙子，为什么不向我汇报就私自做决定？”平江公安局局长董成泰在医院急救室门外，指着刑警队长孙建洲的鼻子骂道。这次可真把他气坏了，保养甚好的方脸都没有血色了，梳得整整齐齐的灰白头发气得直哆嗦。

“我们也不知道他是陈董事长的孙子，我们是在调查案子的时候发现他跟这个案子有牵连才抓他的。也没对他怎么样，就是问问情况。”孙建洲辩解。

“你都把他弄到这里来了，还想怎么样？”

董成泰的抱怨也是冲特案组来的，本来抓人就是特案组的主意，但特案组毕竟是上面派来帮他们破案的，他不好意思直接对人家发火，只能指桑骂槐拿孙建洲开刀了。

孙建洲憋气又窝火，明知道怎么回事，还得忍着，他不情愿地嘀咕：

“谁知道那小子有心脏病啊。”

董成泰听到了更来气，“他何止是有心脏病，他刚刚做过心脏移植手术知不知道？”

这个情况大家都始料不及。你看看我，我看看你，都不作声。本以为发现了一个重要线索，谁知道会出现这个意外。

董成泰指着站在远处的一对衣冠楚楚，很有派头的中年夫妇，继续骂孙建洲：“现在他的父母就在那儿。都是有头有脸的人物，孩子被你搞成这样，要找我们兴师问罪呢，你让我怎么向人家解释，你告诉我！”

孙建洲瞅瞅那对夫妇，男的听说是华兹集团大中华区的总裁，也是跺一脚就能让平江市乱颤的人物。以他的影响力，借个引子把自己的扒拉下去也不太费事。

陈总裁脸色阴沉，冷冰冰地瞪了孙建洲一眼，把头别过去。孙建洲的脑门有点儿冒汗了。

急救室的门这时从里面推开，主治大夫走了出来，问：“谁是病人家属？”

“我是，我是。”陈总裁马上迎上去，“我儿子怎么样了，大夫？”

“哦，没什么大问题。幸亏送来医院之前有人给他做了及时的急救，他休息一下就好了。主要是太紧张了，造成了心脏猝停。像他这样刚刚做过心脏移植手术的病人，一定不能受到刺激，家属要注意。”

# 第十章　欲擒故纵

## 1

“我知道，我知道。”面对医生，陈总裁也放下了架子，满脸赔笑。等医生回到急救室，他才转过身看着几个警察，脸又绷紧了。

董成泰急忙走过去，满脸歉意道：“实在对不住，都是我属下办案不力，让贵公子受委屈了。我一定严责下属，绝不姑息！”

陈斌对董局的态度还算比较客气：“我明白董局长的苦心，这个城市能有这样安定太平的环境，离不开像您这样的人民卫士的辛苦付出。绝不能因为警队个别人的失职，抹杀您的功劳。”

他这话暗含杀气，看样子是不打算就这么完事儿。孙建洲暗自叫苦。

杜志勋这时候来到陈斌面前，说道：“这件事我们事前确实有欠考虑的地方，我先向您和您的孩子道个歉。但您儿子确实跟我们正在调查的凶杀案牵涉上了，我们对他进行调查也是秉公执法。”

“你是谁？”陈斌语气陡变，音调不自觉地提高了三度。

“哦，我给您介绍一下，这位是省厅调查局特案组的杜组长，下来指导我们办案的。”董局长连忙介绍。

“特案组？没听说过。”陈斌皮笑肉不笑地扯动一下脸上的肌肉。

杜志勋对对方言语上的挑衅不以为然，平静地说道：“等您的儿子稍好一些，我们还是需要对他进行询问的。作为他的监护人，您也有必要接受我的询问。”

“你说什么？”陈斌眼睛圆瞪，嘴半张，连抬头纹都开了。

这么多年，他还从来没遇到过这种不懂规矩的人。他就算是省厅下来的又怎样，一个特案组组长而已，这家伙不但不服软，居然连他都要审，这是什么路子？

“你这话是什么意思，你怀疑到我的头上了吗？”

“我们有充分的证据表明，您儿子与一起杀人雕骨案有牵连，我们现在所做的一切都是例行公事。”

“什么，我没听错吧，你是在说我儿子杀人吗？你觉得以他这种身体状况能杀得了人吗？”

“他是不是能杀得了人需要专业人士来判断。”

陈斌语塞。

他都快被气疯了，今天真是碰到硬茬儿了，他指着杜志勋说：“好好，我跟你这一介武夫讲不出道理。我找个能讲理的。”

他气呼呼地翻兜掏手机，拨了一个电话号码：“爸，您孙子要被抓了……是省调查局的人……”

陈斌这通电话打完不到十分钟，杜志勋的手机就响了。杜志勋看着陈斌朝自己露出幸灾乐祸的恶笑，不动声色地掏出手机。

是宋玉林打来的电话，倒是没指责他，只是问问案子的情况，听杜志勋简要说完，宋玉林才说："那孩子的爷爷是华兹集团董事长，这些年为省里没少做贡献，何况那孩子本身还有心脏病。除非你能找到确实的证据，光靠猜测不行。要不然将来追责下来，扣顶大帽子，咱们也不好办……"

"我知道了。"杜志勋挂了电话。

"怎么样啊？"陈斌盛气凌人地走过来，带着轻蔑的口吻问道。

杜志勋看看手机上的时间说："应该差不多了。"

"什么差不多了？"陈斌莫名其妙。

就在这时，一个苗条高挑的身影走出电梯，快步走向急救室这边。

陈斌不认识来人，却被这个年轻女人的外表震慑了。平时其他企业老总宴请他，那些女秘书、女公关就够漂亮了，可是跟眼前这个女人一比，全都不值一提。

他心里还在想这个女人是干什么的，她就已经走到他们近前了，还对杜志勋说："组长，已经搜查过了，我们在陈申的房间里找到了一串手珠，经过初步鉴定，可以百分之百确定是人骨……"

陈斌愣了几秒钟，猛然反应过来，怒问杜志勋："这是什么意思，你们……你们去我家了？"

"哦，正要向您解释，我们的人刚才去您家做了一番例行惯例的搜查，当时您家里只有保姆在，是她接待的。"杜志勋和颜悦色地说。

"你们……你们简直是无法无天了，警察就能擅闯公民家吗？你们这是执法犯法，董局长，你说这该怎么办？"陈斌怒不可遏地质问董成泰。

董成泰也很为难，既不想得罪陈斌，也不愿意跟特案组搞得太僵。再说，杜志勋是省厅直属的，也不归他管。

柳菲从兜里掏出一张搜查令，举到陈斌眼前说："我们不是执法犯法，我们是公事公办。"

陈斌张着嘴，说不出话。

杜志勋语气平静地对陈斌说："现在我需要对您和您太太进行必要的询问，关于您儿子收藏的那些人骨骨雕，究竟是从什么地方得来的，您是否知情。都需要请您如实回答。"

杜志勋盘问了陈斌夫妇一个多小时，他们不情愿但也不得不作出回答。

他们都说不知道陈申是从什么地方弄来那些骨雕的。杜志勋给他们看巫云飞的照片，问他们认不认识这个人。他们异口同声地说，从来没见过。

仅仅隔了一天，陈申的爷爷就请来了著名的律师，动作迅速，一出现就拿着陈申身体状况的专业鉴定，说陈申这样一个刚做过心脏移植手术的人根本不具备作案能力。

杜志勋马上指出了另外一个疑点，说陈申在被问到认不认识姚佳悦时，情绪变得十分激动，甚至发疯发狂。警方认为他肯定认识这个失踪女孩儿，而且他们之间很可能有过什么矛盾。

钱律师强词夺理，说姚佳悦在第三中学上过一个月的初一，之后就辍学了，陈申认识姚佳悦也不奇怪。至于他情绪激动，不是因为被姚佳悦刺激到了，而是面对警方高强度审讯时精神崩溃，警方应该对此负责。

双方最后的争论焦点落在陈申那些骨雕的来历上，钱律师认为陈申是无意中买来的，他根本就不知道那些东西是人骨。

杜志勋说："就算那些人骨真是他买的，我们也有必要了解他的购买渠道。"

钱律师装模作样地请示了医生，然后代表陈申说："我的委托人现在身体状况欠佳，已经记不清是从什么地方购买的了。"

虽然钱律师的辩护有牵强之处，但他在陈申的身体状况上大作文章，杜志勋这边也拿不出更直接的证据证明陈申是凶手。

上面也不断给专案组施压，在没有确实的证据之前，对于陈家的调查只能暂时中止。

倒不是杜志勋被迫服软，还有一个重要原因是，柳菲的化验出了问题。

## 2

专案组这次一共收缴了四件骨雕，骨雕项链、骨笛、骨刀和骨雕手珠。其中骨刀经过化验后确定，正是凶手残害被害人徐露的凶器，是由水牛的肩胛骨打磨而成的，不过骨刀上没有找到凶手的指纹。

骨雕项链是女性骶骨无疑，但无法证明跟凶杀案有直接关联。

最有价值的物证就是在陈申卧室里发现的那串手珠，柳菲在电子显微镜下仔细观察了每颗珠子的结构，又提取一些样本放进色质联用仪中化验，看到化验结果时不禁啧啧称奇。

“有什么问题吗？”丁潜问。

“这手珠其实是陶瓷的，并不是人骨。”

“陶瓷的？”丁潜十分诧异。

“不过在这些陶瓷珠里面却存在着大量的碎骨成分，以及过量的碳、钙、磷这些物质。”

郭蓉蓉等不及了，催促道：“你还是直接说你的结论吧，这串手珠究竟有什么不同啊？”

“我怀疑这是把骨灰掺入了陶瓷中制作而成的。”柳菲说。

“是骨瓷。”丁潜脱口而出。脑海中不由自主地想起了巫云飞那个诡异的酒瓶。

柳菲说：“这串手珠很新，制作时间不长，现在没法确定里面的骨灰是不是人骨，但假如……”

后半句话她没往下说，谁心里都明白，假如那真是人骨，又会是谁的骨头呢？

“可是目前发现的被害人包括徐露在内，也没发现谁的骨头缺了啊。”郭蓉蓉说。

“不，还有一个人，姚佳悦。”一个声音响起。

说话的人是杜志勋，他的直觉让他说出这个人名。

丁潜心里一惊，“你有什么根据吗？”巫云飞可是亲口承认是他绑架了姚佳悦。

“你不觉得姚佳悦和徐露很像吗？年龄相似，住处相似，失踪时还都穿着红裙子，姚佳悦又是在徐露之前失踪的。按顺序也是她先遇害。关键是她现在失踪了，谁也不知道她发生了什么。”

杜志勋的话触动了丁潜，他脑子里忽然闪过一个念头。

“我要去一趟平江中心医院。”他说。

“去那儿做什么？”杜志勋问。

“暂时说不清楚，我需要确定一件重要的事情，我没开车，谁带我去？”

“我。”郭蓉蓉自告奋勇。

特案组数她好奇心最强。

“请你们给我查一下姚佳悦这个病人。”丁潜对前台的一个值班护士说。

护士在电脑里查了一会儿，摇头说：“我们现在没有这个病人。”

“那就调一下你们的资料库，过去在你们医院住过院的人也算。”

护士满脸怀疑地打量丁潜和郭蓉蓉，“抱歉，我没有这个权力，需要主任批示。”

“那就找你们主任，我们是公安局的。”

护士知道了事情的严重性，赶紧抄起电话汇报，听那头说完了，放下电话，对丁潜和郭蓉蓉肃然起敬，“我带你们去吧。”

她直接把丁潜和郭蓉蓉带到了院长室。

接待他们的是韩副院长，主管医疗的，一个梳着背头看着很精明的中年男人。他起身请二人坐在沙发上，然后才试探着问："请问两位警察同志，你们打听姚佳悦干什么？"

"这个不方便透露。"郭蓉蓉装作很老练的模样，"但我们需要了解这个女孩儿的情况……"

丁潜插了一句嘴："对了，我们还听说你们医院最近闹鬼——说是有一个穿红裙子的小女孩儿经常三更半夜在医院附近游荡，你们值班的医生护士晚上都不敢离开医院，有这回事儿吧？"

韩副院长的脸色变了变，急忙道："那都是无稽之谈，别人瞎传的。姚佳悦这个人我倒是可以告诉你们，她曾经是我们这里的患者。"

"什么时候的事情？"郭蓉蓉急忙问。

"大概一个多月前，不到两个月吧。"

郭蓉蓉看了看丁潜，那不就是在姚佳悦失踪前后吗？

她追问："那姚佳悦现在呢？"

"她已经死了。"

这个回答让两个人都很吃惊，尤其是丁潜。

难道巫云飞真的没有绑架姚佳悦？

那他看见的那个红衣小女孩儿是谁？

难不成真是他脑子里的幻觉？

还是幽灵？

"死了？什么病？"郭蓉蓉问。

"好像是不小心从楼上掉下来摔伤了。具体情况我们医生不清楚，总之，我们没抢救过来。"

“这怎么可能，姚佳悦的母亲说她女儿失踪了，怎么到你这儿就变成坠楼身亡了？”

韩副院长的脸色很难看，“这位警察小姐，你这话说得就不对了，还能是我们医生把她绑架起来杀了不成吗？你这怀疑也太荒唐了吧。”

“那肯定是有人把她送到医院来的吧？是她亲人还是什么人？”丁潜问。

“这个我还真不清楚。”

“那应该有住院资料吧，麻烦你拿来让我们看看。”丁潜说道。

他语气平静，但有一种命令的口吻，让副院长听着很不舒服，却又没法回绝，只好起身离座，出了办公室。过了一会儿，他回来了，把一份档案扔在郭蓉蓉和丁潜面前的茶几上：“喏，就是这个了。”

丁潜拿过来一看，患者名字一栏用潦草的笔迹填写着“姚佳悦”。下面是同样字体潦草的个人信息，正是丁潜要找的那个女孩儿。

丁潜本身也是医生，对这类病例档案比较熟悉。他翻看了几页就发现了问题：“你们这关于病人的伤情诊断怎么这么少，连治疗手段和开具的处方药都没有。”

“哦，当时患者送到医院时伤势已经太重了，根本来不及专家会诊，医生只是做了必要的急救处理，但还是无济于事。”

这份档案还有很厚一沓，丁潜往后翻了几页却是一惊。

居然有一份器官捐赠法律协议。

协议大意是，姚佳悦父母同意在女儿姚佳悦因病去世后捐献出女儿的心脏用于治疗目的。落款有姚佳悦母亲王桂芬的签字。

丁潜的目光瞬间聚焦在“心脏”两个字上。

捐献心脏……

心脏移植……

怎么会如此巧合？

## 3

他问韩副院长：“我想知道姚佳悦的心脏捐给谁了。”

“抱歉，这涉及到医疗隐私，我不方便透露。”

“据我所知，心脏移植前必须进行血型、交叉配型、组织配型和群体反应抗体 (PRA) 检测。即便患者担负得起移植手术所需要的费用，也还要遇到能够配型成功的心脏。这是可遇不可求的。我正好知道一个刚刚在你们这里做过心脏移植手术的患者，他叫陈申。他就是接受了这个女孩儿心脏的人吧？”

“啊，是……是啊。”韩副院长迟愣了一下，“原来你们知道。”

郭蓉蓉忽然对丁潜说：“哪会有这么巧的事情啊，嫌疑人陈申刚做了心脏移植手术，姚佳悦恰好就是捐赠心脏的人。这里面肯定有什么古怪吧……”

韩副院长吓了一跳，急忙说：“这个捐赠程序都是合法的，我们医院这方面可没有什么问题啊。不信的话你们可以去咨询我们的法律顾问，我给你找……”

丁潜说：“不用了，我们自己会去调查，不过你这份协议我们要带走。”

“随便，反正我们不止一份。”韩副院长摆出一副问心无愧的态度。

回到刑警队。

丁潜把那份协议拿给杜志勋他们看。杜志勋看了也很惊讶：“我们调查取证的时候，所有人都说姚佳悦失踪了，怎么她忽然间就受重伤死在医院了呢，而且还捐献了器官？”

柳菲说：“我看患者的病例诊断很有问题。里面对死者伤情描述得太笼统了，只说她是坠楼而死，多处器官大面积出血，到底是什么器官受损没说，如何坠楼没说，治疗措施说得也很简单。”

郭蓉蓉说：“会不会是这家医院有什么不可告人的秘密。陈申家里很有背景，心坏了要换，又找不到合适的心脏，就偷偷抓来一个小女孩儿……”

“太残忍了，居然对一个小女孩儿做出这么丧尽天良的事情。”连心宽体胖的年小光都听不下去了，撸胳膊挽袖子，“组长，你下命令吧，我把那个做心脏移植的医生抓来。严刑拷打，不信他不招。”

“行了！你们别在那儿瞎宣扬什么威胁论。”杜志勋说，“我看这份器官捐赠协议倒是没什么问题。平江中心医院也是三甲的大医院，不可能在这方面作假，更不可能跟患者家属勾结，绑架人，但这里肯定有问题。姚佳悦究竟是如何坠楼的，这是个疑点，而且我看捐赠协议上有她母亲的签名，说明至少她母亲是知情人。那为什么她对我们绝口不提这件事呢？还口口声声说自己的女儿失踪了。”

大家一时间都陷入了沉默。

丁潜忽然说：“我现在似乎明白王桂芬说的那句话是什么意思了。”

“她说了什么话？”郭蓉蓉好奇地问。

“还记得我们在市场里找到她的时候，让她讲讲她女儿失踪的经过，她当时的反应吗……她捂着脸号啕大哭，不停地重复一句话‘我对不起女儿，我对不起女儿’。”

丁潜这一提醒，大家都想起来了，当时的情形的确是这样。

丁潜叹息道：“我们当时都以为是王桂芬因为丢了女儿自责，其实她是自责自己把女儿的遗体捐赠出去了。虽然国家提倡捐赠遗体，但在大部分人的心里还是无法接受的。”

杜志勋说：“你的意思是，王桂芬签那份捐赠协议是不情愿的？”

“我们现在也都是猜测，除非王桂芬自己承认。”

网上经常冒出各种有钱人高调炫富的新闻，小土豪喜欢满床铺钱，指着穷人的鼻子骂他们用钱砸他们。大富豪就是私人飞机、黄金跑车、迪拜别墅，过着常人梦想中天堂般的生活。

有天堂就有地狱，这个世界上有多富有的人，就有多贫穷的人。

才能、健康、环境、心计、运气……各种因素决定了一个人的贫富。

早在三年前姚德全没得病的时候，他凭着身强力壮肯吃苦，每个月在矿上能赚四五千块钱，在望花村也算提早进入小康的富户。可自从患上了尘肺病，两三年里就把家底儿折腾光了，如今勉强靠妻子和女儿在城里打工维持生活。

特案组来到姚佳悦家，看到姚全德不是趴在床上，就是跪在床上蜷缩得像一个虾米，身体瘦成了皮包骨。伴随着没完没了的咳嗽，他时不时地还往地上吐一口浓痰，里面带着血块。

看着这么恶心的场面，大家都有种说不出来的心酸。

姚佳悦的弟弟刚上小学二年级，还是个什么都不懂的小男孩儿，问起他姐姐，他很自豪地说，姐姐在城里打工赚钱，头些天赚了好多好多钱。

杜志勋问："好多是多少。"

他张开两只小胳膊，"满地都是老人头，妈妈数了一晚上。"

小男孩儿正在说话的时候，王桂芬抱着一捆柴火走进院子，看见杜志勋等人在屋里，扔下柴火掉头就往外走，却被杜志勋喊住。

王桂芬硬着头皮问："几位警官找我？"

"还是关于你女儿姚佳悦。我们找到她的下落了，她已经死了，是坠楼身亡。这个你早就知道吧，为什么当时不告诉我们？"杜志勋质问她。

王桂芬嗫嚅了半天也说不出话。

"她坠楼身亡又是怎么回事？"

王桂芬只有摇头，"我不知道，是医生通知我的，我赶到医院时我闺女就不行了。医生说她是从楼上掉下来摔的。"

"这么大事情，你就没有详细问问吗？"

"我也没有太多文化，就寻思医生说的不能有假。"

"然后，医生就让你捐献女儿的器官是吗？因为有一位患者正好需要心脏移植，患者家属给了你多少钱你才答应的？”

王桂芬被逼无奈，很吃力地说：“十一万。他们给我十万，我多要了一万。”

“十一万你就稀里糊涂地把自己女儿卖了。”

王桂芬瘫坐在地上捂着脸恸哭，“我也没有办法，闺女已经救不活了。我这一家人还得活下去啊！孩子爸要看病，儿子要上学。我一个人实在是走投无路……”

大家带着复杂的神情看着这个恸哭不止的女人。

她糊涂，可恨，却又如此可怜。

## 4

大家实在没有心情在姚佳悦母亲身上继续调查了，他们当天赶回平江，到中心医院调查姚佳悦摔伤死亡的经过。医生们都说不清楚，找不到接诊大夫，接诊记录也没有写清楚是谁把女孩儿送到医院的。

这条线索一下就断了。

大家回到市刑警队，商量下一步的方案。

案子调查到现在取得了一些进展不假，但是似乎与凶手都没有直接关系。

嫌疑人巫云飞仍然在押，既不认罪，也不否认。他的犯罪证据依然是那些，看似充分但有疑点。

这个疑点就是陈申。

正是由于这个少年突然掺进了案子里，警方之前的线索和思路才被全部打乱了。

杜志勋在分析会上征求柳菲的意见："虽然陈申的代理律师拿出了医疗诊断，证明他没有作案能力，我还是想听听你的看法，你觉得陈申到底有没有作案能力？"

"如果他没换心脏的话，完全可以做到。但是心脏移植手术几乎是目前医学界难度最大的手术。即便移植成功，患者的生存时间也就在十三年左右，你可以想象换心脏对患者身体的影响有多大。"

"你认为他没有作案能力？"

"我只能说可能性比较低，但也不是绝对的。前天晚上，我和丁潜在中心医院，我亲眼看到丁潜抓他时他在奋力挣扎，并没有想象中那么脆弱。而且，被害人是一个小女孩儿，体力和心智都不太成熟，如果一开始用恐吓的手段先把她吓住，捆绑起来再动手杀她，只要有足够的时间和交通工具也不是没有作案的可能。最主要的问题是，我和丁潜抓他的时候，在附近垃圾箱里找到了凶手作案的骨刀，那把刀肯定不能是巫云飞带去的，那么凶手就是另外一个人了。"

柳菲的医学解释和分析已经十分凝练了。

杜志勋让大家各抒己见。

郭蓉蓉说："我倒是倾向于凶手是巫云飞，他的作案动机最清晰，又有作案能力。至于那把骨刀嘛，会不会是他被抓之前扔进垃圾箱里的，恰好被柳医生发现了。或者是陈申无意中从巫云飞手里买到了那些骨雕，那天看到你们追赶他，一时紧张扔进了垃圾箱里。”

郭蓉蓉的说法有点儿牵强，但也算一种可能。

钟开新和年小光人都带着一点儿仇富心理，一致认为陈申肯定是凶手，只有有钱人才会吃饱了撑得没事儿干，想出这么奇葩的杀人手段。

“你怎么想的啊大叔？你觉得我说的有没有道理？”郭蓉蓉发现自己落单了，有点儿不甘心。

丁潜本来不想说，心头一动，有了一个主意：“我现在对两个嫌疑人都没有百分之百的把握，倒不如刺激他们一下。”

怎么刺激？

大家不由得来了兴趣。

“不如将巫云飞放了。”

这个回答可是真够刺激的，所有人一时间都没动静了。

郭蓉蓉最先叫起来：“大叔，你不是开玩笑吧，把这么重要的嫌疑人放了，他要是跑了怎么办，他要是再杀人怎么办？”

“我们需要派人二十四小时暗中监视他，一旦他有异动，马上抓捕。而且，我觉得以巫云飞沉稳的性格，反而不会大张旗鼓地作案，他会等待机会。不过，这不代表他什么都会不做，这个案子里还有很多疑点亟待解决。那个红衣女孩儿的传说到底是怎么回事，巫云飞是不是知道真相但是没告诉我们，我们还都不知道。还有陈申，他靠着家庭背景把自己保护起来，我们根本没有机会直接调查他。现在我们动作这么大，嫌疑人都绷着弦紧盯着我们，我们不太容易找出他们的破绽，只有放松一点儿，让他们精神松弛……”

“欲擒故纵是吗？”杜志勋说，“你这个主意是够冒险的。万一出了差错，我们就都得背黑锅。”

“决定权在你，我只是提出我的想法而已。”

“巫云飞还好办，他独自一人，我们可以安排便衣悄悄跟着他。但是陈申就不那么容易了，他还未成年，有父母和长辈护着，我们很难接近他。”

“但有一个地方没有人护着他。”

杜志勋稍稍一怔，会意道：“你是说学校？不过在他上学的时候，我们也一样不方便派便衣靠近他。”

“那就要看派什么样的便衣，如何接近他了。”丁潜眼睛里绽放出狡猾的目光。

“譬如……”

“譬如，我们派一个人装扮成插班生混到他班级里，以同学的身份跟他接近，不就不容易被发现了吗？”

郭蓉蓉忍不住大笑起来，“哈哈哈，你净瞎掰，大叔，咱们这里一帮大人，你说派谁装小孩子合适，哈哈哈……”

笑着笑着她不笑了，发现丁潜图谋不轨地瞅着她，“喂……你干什么大叔？”

丁潜问杜志勋：“你觉得怎么样？”

杜志勋打量了打量郭蓉蓉，点点头。

郭蓉蓉忽然有一种不祥的预感，“啊，我可不去啊，我才不要装什么小孩子！”

丁潜安慰她：“能力越大，责任也越大。皮特·帕克为了拯救人类，还扮蜘蛛呢。你为了打击罪恶，扮一回小女生，同样光荣。”

“那为什么非要让我扮，小菲姐比我长得漂亮，让她去比我合适。”

“她太成熟，个子太高，穿上校服也不像。”

“那可以扮个代课老师。”郭蓉蓉脑洞大开，“淑女老师制服装，长腿黑丝袜，可受男生们欢迎了。”

最后还得是杜志勋发话：“派去这个人是当卧底，我们屋子里这些人陈申都见过。只有你他没见过，所以只有你能执行这个任务。如果干得好，我会考虑提前给你转正。”

威逼利诱之下，郭蓉蓉只好答应。

安排妥当后，警队这边着手联系第三中学校方，等到一周后陈申出院上学，便开始实施计划。

一周后，在第三中学的早自习上，郭蓉蓉穿着女生校服裙硬着头皮走进了初二四班的教室。

班主任是个威严的中年妇女，按照警方的要求校长没有提前告诉她真相，让她以为郭蓉蓉就是个普通转校生，这种事情还是知道的人越少越好。

## 5

郭蓉蓉能感觉到这个欧巴桑对她印象不太好，心里犯嘀咕，是不是自己哪儿被看出破绽了。

她当着全班同学的面作了自我介绍，心里还挺紧张的，生怕露馅，没想到反响却出人意料。

同学们对她表示热烈欢迎，尤其是那帮小男生。

郭蓉蓉一开始还没太明白怎么回事儿，后来陆陆续续收到情书，才意识到自己的优势所在。一米六的身高在初中女生中算是高挑的，天生的萝莉脸居然没人看出破绽，最重要的是，她的身材可比那帮小女生早发育了好几年，这项日积月累的巨大优势让她霸气地征服了那些还没什么见识的小男生们。

“你到后面找个位置坐吧。”欧巴桑冷冰冰地说。

郭蓉蓉的大眼睛四下转悠，找到了陈申，这小子坐在教室中间靠前的黄金位置。

她装出一副很为难的样子对班主任说：“老师，我高度近视，坐在后排什么都看不清。”

“那你坐前面。”

“我有哮喘，闻不了粉笔灰。”

欧巴桑还没遇到过这么事儿的学生，没好气地问：“那你想坐哪儿？”

郭蓉蓉一指陈申旁边的座位说：“那儿不远不近正好。”

欧巴桑鼻子都气歪了。这孩子脸得多大啊，你什么家庭，来了就挑座位？

“没看到那个座位已经有人了吗？”

班主任话音刚落，陈申同桌那个满脸青春痘的男生马上站起来，很爽快地说：“没关系，老师，我到后排找个空位就行了。”说完他一边收拾书本，一边还朝郭蓉蓉露出英雄救美的慷慨笑容。

郭蓉蓉发现青春期的孩子好纯好傻，事情进行得比她想象中的顺利多了，心中暗自得意：难怪找我来当卧底，看来别人还真不顶用。

郭蓉蓉得意扬扬地坐到陈申身边，开始暗自琢磨身边这个小男生。

她偷眼打量陈申，瘦瘦弱弱的，长得还算可以。这样一个男孩子能是杀人凶手吗？她有点儿不信，不过任务交代下来，她必须完成。

杜志勋让她暗中监视陈申，顺便搞清楚他那几件骨雕都是怎么弄到手的。

郭蓉蓉暗自思索了一番，决定施展美人计，只要陈申被她拿下，那还不什么都得告诉她。她虽然还没正儿八经地处过对象，不过对付一个初中小男生还是很有把握的。

拿定主意后，她开始主动接触陈申。一会儿借支铅笔，一会儿借块橡皮。

陈申这小子居然不给她面子，爱理不理地回一句：“没有。”

郭蓉蓉恼羞成怒，敬酒不吃吃罚酒，真想现原形直接把他按在地上逼他坦白。

她勉强把怒火压回了肚子里，继续装她的纯情小女生。

一连试探了两天，她发现这小子不太正常，无论她怎么挑逗，他都无动于衷，连话都懒得跟她说。

杜志勋那边还催命似的问她有没有结果。

郭蓉蓉被逼得没招了，心想不是要逼我献身吧。

“郭蓉蓉！”讲台上的班主任厉声喊道。

郭蓉蓉懵懵懂懂地站起来。欧巴桑是教数学的，指着黑板上的一道几何题说：“你给我说说，这道题辅助线画哪儿？”

“啊？老师你不知道吗？”

“我是问你呢！”

“哦。”

郭蓉蓉挠挠脑袋冥思苦想。

她最讨厌数学了，好容易考上大学，早把当初学的忘差不多了。

“这么基本的题都不会？你不是在蓝京省重点念过吗？不可能连这么简单的题都不会吧，好好看看画哪儿？”

郭蓉蓉小声说着：“画你脑门儿上。”

周围的同学哄堂大笑。

班主任怒了，“上课不专心听讲，还搅闹课堂，下午让你家长来！”

下午，丁潜来了。

欧巴桑当着他的面把郭蓉蓉狠批了一通，说她上课不专心听讲，小小年纪就对男同桌眉来眼去的，让家长一定要严加管束。否则照这个趋势发展下去肯定学坏。

丁潜憋着笑，满脸严肃地对郭蓉蓉说："老师的话你都听到没？"

"听到了。"郭蓉蓉低着头站在他们面前，气鼓鼓的。

"别不往心里去，你说说你这孩子，除了长相随我，还哪儿随我？我上学的时候可是德智体美劳，样样出众。早就教育你要好好学习就是不听，现在就搞对象，有那么着急吗，你知道那个男生将来有没有发展啊就勾搭人家？"

丁潜滔滔不绝没完没了，欧巴桑还有课也不能老听他白活，夹着书本离开了。办公室里其他老师也不在，就剩下丁潜和郭蓉蓉两个人。郭蓉蓉都快抓狂了，朝着班主任的桌子哐哐踹两脚解气。

"这什么破活儿啊，下回打死我都不干了。"

"怎么样？"丁潜问。

"还能怎么样，一无所获呗。那小子纯粹就是个冷血动物，跟正常人不一样。我现在倒有点儿相信他是凶手了，说不定他只对重口味的东西感兴趣呢。"

"难道你跟他接触的这两三天什么都没有打听到？"

"他根本就不跟我说话，偶尔跟那个叫安琪的小女孩儿能聊两句，对其他人根本就是无视。不过，我倒是发现安琪这个小女孩儿特别爱穿红裙子，你说会不会跟这个有关系呢。姚佳悦和徐露失踪的时候穿的都是红裙子，是不是红裙子能刺激到凶手？"

"你说的这个问题，我跟杜志勋也都在想，凶手似乎是针对穿红裙子的小女孩儿，但他的作案手段又不仅仅是发泄欲望那么简单。我觉得红裙子可能对凶手来说有更深的意义，究竟是什么，我还一直都没有想明白。”

“哎呀，管他是什么意义。要不我也换身红裙子试试，能刺激到凶手就行，没准儿这小子就有反应了呢。”

丁潜想了想说：“好吧，不过你要小心，凶手的手段你也知道。”

“放心吧。要真是那小子，还能动得了我？我不把他胳膊腿儿都卸下来就算是便宜他了。”

丁潜知道，郭蓉蓉这倒不是吹的。

“哦，对了，我还有件事儿告诉你。“郭蓉蓉忽然想起来什么，“这周末学校组织文艺晚会，你说这小子有没有可能会趁乱在这时候动手啊？”

“还是小心点儿为好，见机行事吧。”丁潜说。

## *6*

离开学校，丁潜没回刑警队，他还有自己的打算。

他没开自己的车，打了一辆出租车，告诉司机：“到塔西区黄河大街天河路。”

出租车司机对这个地方不太熟悉，看着导航仪，在市区街道上穿梭了将近一个小时才把丁潜拉到地方。

丁潜没让他停在“极乐圣境”古玩店门口，而是在还有一段距离时下了车。他在附近找了一个还算体面的饭馆，订了里面的包厢，然后掏出手机打了巫云飞的座机电话。

过了一会儿，巫云飞接电话了。

丁潜没跟他客套，说了一句：“我在金福源饭店等你，离你那儿不远。”

他不想让那些便衣发现自己，整个过程都做得很隐蔽。如果让杜志勋知道了，可能会打乱自己的计划。

他正在下一步险棋。

杜志勋只知道他是欲擒故纵，其实他在玩儿火，周旋在精明的杜志勋和狡猾的巫云飞之间。

十分钟后，巫云飞的身影出现在了饭店门外，他穿着朴素，神态自若，丝毫看不出刚刚遭遇过变故。

丁潜坐在包厢里朝他挥挥手。

巫云飞走进包厢，坐在了他面前，随手拿起桌上的菜单，“点菜了吗？”

“点了。糖醋排骨、烤鸡头、酱脊骨、炖大骨汤……”

丁潜点了一顿骨头宴。

“好。”巫云飞想也没想，随口答应。嘴角微牵，露出一个似是而非的笑。

他静静地打量了一会儿丁潜，“你果然很有能力，没让我失望。用一周的时间就把我弄出来了。连看守所的管教都觉得不可思议，他还以为我肯定判死刑呢。”

“我这个人一向信守承诺，现在就看你了。”

“你是指温欣的事情吗？”

“是。不过除了她以外，你先回答我另外一个问题。”

“什么问题？”

“姚佳悦。你上次跟我说你绑架了她，藏在别人找不到的地方，但警方刚刚调查发现，她已经死了，而且是死在了医院，是坠楼受伤后死的。这是怎么回事？你之前在骗我吗？”

巫云飞的眼中显露出一点儿戏谑的表情，“我并没有肯定地说我绑架了她，是你逼我说的。”

“如果你没绑架她，她的学生证怎么会掉在你的古玩店门口？我看到的那个红衣女孩儿又是谁？”

“你看看，又回到了过去的老问题上，是你在不停地跟自己绕圈子，把自己绕糊涂了。不过，既然这个女孩儿已经死了，那就不存在我绑架她的问题了。你不妨假设她是一个幽灵，或是其他什么的。”

“那她的摔伤跟你有没有关系？”

“这个嘛，还是你自己猜吧。”

丁潜真有点儿无语了，幸亏他没有手枪。

“看来，我今天真不该冒风险来这里跟你见面，被警察知道了，还以为我们是同伙呢。”

巫云飞微微笑道：“我倒觉得咱俩有很多相似的地方，如果咱俩合伙作案，恐怕警察都拿我们没办法。”

“你这么说，是承认你是凶手了吗？”

“当然不，我是说‘如果’，这只代表假设。抱歉，我不是不相信你，但我没法确定你这次来会不会带着窃听器。”

“那就说说温欣的事情，这总可以吧。”丁潜稍微抬高嗓音，语气里带着一点儿愠怒，以示真诚。

比起打听姚佳悦的死因和温欣的秘密，他今天来还有更重要的目的。

“好吧，我知道了。但是，现在我还是不能告诉你。”

“你耍我？”

“我是为了自保。”巫云飞深陷的双眼中闪烁着狡诈，“温欣的秘密是我唯一的底牌，你是我唯一能利用的棋子。我一定要慎重下好这步棋。”

“你倒是毫不掩饰。”

“我这个人其实很坦率。但不管怎样，我还是要感谢你帮我重获自由，虽然只是暂时的。”

“这也不完全是我的功劳，只能说你运气好。”

菜陆陆续续上桌。

一盘糖醋排骨、一盘酱脊骨、两串烤鸡头、一盆炖大骨汤。

“菜齐了。”男服务员退出包厢之前，还用古怪的眼神打量这两个口味独特的奇葩。

上回巫云飞用人骨餐具请丁潜吃了一顿西餐，这次丁潜还了他一桌子骨头餐。

“你吃鸡头？”巫云飞问丁潜。

“我不吃，我只看。”

“呵呵呵……”

巫云飞拿起一块酱脊骨，慢悠悠地啃着，有心无心地问丁潜：“你刚才为什么说我运气好？”

来了。

“因为我们又抓到了一个有人骨骨雕的人。”

“你们怎么就确定他比我有嫌疑？”

“因为他收藏的骨雕都很与众不同。一串人骨手珠、一个人骨项链、一个骨笛，与你吹的那个差不多，还有一把骨刀，正是切割那个小女孩儿的凶器。除非这些东西是你卖给他的，不然他可比你的嫌疑大。正因为这样，我才有办法帮你出来。”

“哦，是吗，那个人是干什么的？”

“一个初中学生，男的，叫陈申。”

“初中生？”巫云飞摇摇头，“我没遇到过这样的买家，也许他是从别的渠道弄来的骨雕吧。”

“你的意思是，他没有能力自己雕刻出来吗？”

“自己雕刻？”巫云飞露出一丝讥讽，“丁医生，虽然我们之前聊过很多关于骨雕的历史，你也知道一些皮毛。但是人骨骨雕的雕刻比你想象中要困难得多，不仅需要相当精深的解剖学功底，还要对人体骨骼十分了解才行。就凭这一点，你觉得一个初中男生有多少机会能亲眼见到人骨呢，更别说他要亲自雕刻。”

“如果这些骨雕不是他雕刻的，也不是你，难道还有另外一个人吗？按你的话说，就是另外一个雕骨师了。你应该认识这样的人吧？”

“对于你这个问题，我无可奉告。”巫云飞很干脆地拒绝了。

“如果你能提供线索，也可以洗脱你的嫌疑啊，何乐而不为？”

“我记得我之前跟你说过，我们这行有我们这行的规矩。人骨雕刻是一门修行，我们每个雕骨师都只做自己分内的事情，绝对不会去干涉其他人。如果你们觉得还有另外一个雕骨师，那你们就去找，你们如果能抓住他，我绝对不干涉。不过话说回来，你们为什么非认为凶手会雕骨呢。行凶的骨刀和其他骨雕也许是凶手买的呢？”

“警方一开始的想法倒是跟你差不多……”丁潜欲言又止。

巫云飞察言观色，“莫非你们有什么根据？”

丁潜故意迟疑了一下，“陈申有作案凶器，我们不得不怀疑他有雕骨和杀人的双重可能。”

“他认罪了吗？”

# 第十一章 暗袭

## 1

“还没有，这小子家里很有势力，他暂时属于保外就医。警方正在寻找更多的线索，不过不出意外的话，有可能很快就能抓到他。”

“哦？这么有把握？”

丁潜故意迟疑了一下，“我估计，他有可能会再次作案。”

巫云飞拿起筷子正要夹排骨，不自觉地停住了。

“他下一个目标有可能是他同班的女生。毕竟他只是一个十几岁的孩子，即使再狡猾，心智还不太成熟。他可能以为警方这次审问完他就算了，只不过没收了他的骨雕，没把他怎么样。他会有恃无恐，想要再次作案的。”

巫云飞若有所思地点点头，没说什么。

丁潜很及时地止住了话题。他从盘子里拿起一串烤鸡头，闻了闻，笑道：“真恶心。”说完又把鸡头放回盘子里。

“但你要明白一点。”丁潜话锋一转，“我帮你并不代表我会纵容你犯罪。假如我发现你真是凶手，我还是会重新把你抓回来的。”

巫云飞咧开嘴角，露出一个耐人寻味的笑容。

之后，两个人不再提案子，东拉西扯地聊了一会儿，巫云飞起身告辞了。

他离开了半小时之后丁潜才结账，然后他慢吞吞地起身离开饭店。沿着去巫云飞小店相反的方向走下去，完全避开外线便衣，脑子里回忆着刚才交谈的内容。

他今天来并不真的是为了打听姚佳悦，他也猜到了巫云飞未必肯告诉他真相。与其被他耍弄，倒不如自己调查。

他今天来的目的其实就是传达信息。

他确定已经把需要传达的信息都传达到了，还有一些必要的暗示他都隐藏在了交谈中。

他给巫云飞设计了一个假象，让他觉得，警方已经把凶手的范围圈定在了他和陈申之间。

那么下一起作案就决定了谁是真正的凶手。

丁潜这次的谈话表面上像是在提醒巫云飞，但又不留痕迹，一般狡猾点儿的凶手受到惊吓会蛰伏起来，静观其变。但巫云飞并不仅仅是狡猾，他有着超乎常人的思维。对他这样有很多秘密的男人来说，越早结案对他越有利，因此，假如他真是凶手，他很可能会铤而走险，亲自作案，把罪名转嫁在陈申头上，一劳永逸地解决后患。

丁潜今天来，就是要刺激一下这头奸狡的妖兽，让他有所动作。

为了避免他起疑，丁潜只是告诉了巫云飞陈申这个名字，其他信息一概未提。他相信巫云飞想查肯定能查到。至于他什么时候动手，丁潜不用说也能猜到，巫云飞调查之后十有八九会选在这周末第三中学举行文艺汇演之时，乱中取利。

今天是星期二，还有四天时间。

四天后见分晓。

平江市教育局为了响应市委提出的“创建文明城市，争做文明使者”口号，要求全市中小学以各种形式进行宣传颂扬。第三中学早在两个星期前便传达了上级要求，决定举办文艺汇演，让每个班级出四个节目。初二四班的节目派给了平时有文艺特长的几个学生。

钢琴十级，芭蕾舞八级的安琪一直是班里的文娱委员，这种活动肯定非她莫属。

学习委员负责诗朗诵《雷锋啊雷锋》。

班长和其他班干部一起合唱《中国梦》。

郭蓉蓉也踊跃报名，班主任歪楞着眼睛瞧着她，“你会什么？”

“散打。”

文艺汇演定于周六傍晚，在校内剧场举行。

郭蓉蓉早几天便穿上了一件红色的连衣裙来上课了，放学之后还要在校园附近的街道转悠到深夜。这件鲜艳的萝莉装虽然还没有吸引凶手出现，却引来了全校男生的瞩目，情书收了一大把，据说还有两个校霸争着要为了她在操场约架。

这让郭蓉蓉虚荣心爆涨，头一次发现原来自己这么有魅力。

丁潜给她泼冷水说："你还是少招摇，说不定凶手就躲在什么地方等机会呢。大大咧咧的，小心遭暗算。"

郭蓉蓉把裙子掀起来，露出了海绵宝宝的打底裤，"看到没，姑奶奶这里带着枪呢。就怕他不来找我，来了就让他当场身亡。"

丁潜遮住眼睛背过身，权当自己什么都没说。

周六下午 2 点左右，距离文艺汇演开始还有大约三个小时。丁潜提早赶到了第三中学，那个门卫老头儿居然还记得他，一直以为他跟校长熟悉，很客气地给他放行了。

丁潜在剧场周围转悠了一圈儿，把前后门都摸清了。找了一个比较隐蔽又便于观察的地方坐下来，点了一支烟，看看手表，慢慢抽着烟打发时间。

狩猎最需要的就是耐心。

他一声不响地盯着剧院门口，3 点半左右，参加演出的学生三三两两提前进场热身。4 点左右，各个班级的学生开始陆陆续续进入剧场。

丁潜目力集中，运用速读的技巧，目光飞速扫过人群，在几秒中将所有人都筛查了一遍，没发现异常才放心，等待着下一拨人来。

4 点半左右，初二四班的学生到了。郭蓉蓉穿着一件红色连衣裙走在学生堆里十分扎眼，走在她前面的人就是陈申。

那个男孩儿看着平静如常，丝毫不像换过心脏的人。

郭蓉蓉寸步不离地跟在陈申身后。她今天跟丁潜分工好了，她负责盯梢陈申，丁潜负责监视从外面混进来的可疑人员。

快到5点钟了，眼看着最后一个班的学生也陆陆续续进入了剧场，突然，一个人影闪进人群。

丁潜的眼神何等敏锐，马上警觉，起身追过去。但是等他穿过那些学生进了剧场大厅，已经看不到那个人了。

巫云飞。

虽然丁潜没有看清那个人，但他确定就是他。

你果然来了。

丁潜掏出隐形耳机戴上，保持跟郭蓉蓉的联络状态。

两个人即将对付一个阴险狡诈的凶手，还不知道他要以什么手段犯罪。

风暴之前，已经嗅到了闪电的味道。

这场艰难的暗战到底鹿死谁手即将揭晓。

丁潜现在的当务之急就是找到巫云飞。偌大的剧场凭他一个人找肯定找不过来，但他只要知道凶手的目标在哪儿就够了。

红裙女孩儿。

能激起凶手残暴欲望的猎物。

不过，这次的猎物可不像前几次那么好抓，搞不好还会把凶手打得满地找牙。

## 2

为了尽可能伪装得更好一些，郭蓉蓉还特意梳了个樱桃小丸子的发型，脸上也请化妆师化了妆，跟原先的长相有所差别，离远看几乎变成了另外一个人。这样做也是考虑到万一凶手是巫云飞，不能让他看出破绽，毕竟郭蓉蓉之前审问过他。

“你那边情况怎么样？”丁潜用别在领口的隐形话筒跟郭蓉蓉说话。

过了一会儿郭蓉蓉说：“我还在观众席上呢。那小子坐在我前排，还没动静……我注意看了，只有我一个人穿红裙子，其他人都穿校服。就为这我还让欧巴桑当着全班的面好一通训呢。”

“如果只有你一个人穿红裙子，他可能已经在偷偷关注你了。”

“我要不要行动啊？”

“稍等，我还有话跟你说。巫云飞好像来了。”

“你说什么？”耳机里的郭蓉蓉一下抬高了嗓音，把丁潜的耳朵震得嗡嗡响。紧跟着就听到班主任厉声道：“我说让大家安静，这回听清楚没郭蓉蓉？”

“我没说你说什么？”

“那你说谁说什么？”

两个女人拌嘴跟说绕口令一样，丁潜听得一清二楚。一个欧巴桑，一个欧娇桑，碰一起还真是犯冲。

之后好长一段时间，郭蓉蓉都没有动静。

丁潜这边在剧院里逐层寻找巫云飞，可这家伙就像消失了一样，没留下一点儿痕迹。

不过既然郭蓉蓉还在演播大厅，巫云飞肯定不敢轻举妄动，他在等机会。

忽然，耳机里传来郭蓉蓉的一声轻呼："那小子离开座位了，我要不要也出去看看？"

"行，不过你得小心，随时保持联络。"

郭蓉蓉跟丁潜说完，起身离开座位，还得跟班主任打声招呼表示想去厕所。欧巴桑不耐烦地点点头，没再搭理她。

郭蓉蓉脚前脚后跟在陈申身后出了演播大厅侧门，本来她是想引诱陈申，现在却变成了她跟踪陈申。

这小子慢悠悠地在前面走，似乎要去什么地方，郭蓉蓉悄悄跟着，走来走去来到了后台。

陈申推门就进去了，郭蓉蓉随后也跟进了后台。

里面是个大房间，墙上有一排化妆镜，正对着后面还有一排换衣间。中间是过道，郭蓉蓉转了一圈也没看到陈申。

郭蓉蓉心想，这小子肯定是躲进换衣间里了。好，那我就在这里等着，我倒要看看你能猫多久。

她目不转睛地看着换衣间的门，眼看着那些参加表演的学生进进出出，可就是没看到陈申这小子。左等这小子不出来，右等也不出来。

郭蓉蓉实在是等不及了，干脆把换衣间挨个儿推开门看一眼。结果引来了一阵惊叫，还在某个换衣间里看到了同班的安琪。这小妞儿脱得就剩下内衣了，吓得吱哇乱叫。

最后她挨个儿换衣间看个遍，居然也没看到那小子。

郭蓉蓉急了，一把揪过来一个男生问："你有没有看到陈申？"

男生懵懵懂懂直摇头。

"这里还有别的出口吗？"

"另外一个出口通舞台。"

也就是说，即便陈申跑到舞台上，他也还是得回到后台。再说根本没安排他演什么节目。

郭蓉蓉百思不得其解，眼看着这小子进的后台，他怎么就从眼皮子底下消失了呢？

再说，他跑到更衣室干什么？

郭蓉蓉越想越觉得这里面有鬼，但又想不出个所以然来。

"你那边怎么样，陈申有什么动作吗？"丁潜通过隐形耳机问她。

"目前没发现，反正都在我的掌控中，放心。"郭蓉蓉哪好意思说自己把人跟丢了。

正这时，忽然有个女孩儿焦急地叫了起来："我的演出服呢，谁把我演出服穿走了？"

郭蓉蓉霍然明白过来，气得七窍生烟。

这小子肯定是偷了一套女装换上，从她眼皮子底下溜了。

她张牙舞爪地出了后台，火急火燎地四下搜索，发誓抓到陈申非将他拆零碎不可。

忽然，她感觉有什么东西在身后闪过。

她转身，什么都没看到。

但是凭着敏锐的感觉，她敢肯定有什么东西隐藏在附近。

难道……

她心头骤然缩紧，难道是自己身上的红裙子引来了凶手……

是陈申吗？

刚才人多，这家伙没敢轻举妄动，或许他一直悄悄跟在自己身后，发现自己落单了，准备采取行动了。

郭蓉蓉既紧张又兴奋。

她没逃，反而朝着刚才闪过人影的地方走去。

要是能单枪匹马把这家伙生擒活捉，谁都得对她另眼相看，还用愁转正吗？

她转过走廊，看到通向侧门楼梯的铁门开着。她从裙子下面拽出了手枪。

忽然听到“当啷”一声。

有人从楼梯逃走！

郭蓉蓉瞬间作出判断，举枪冲到楼梯口，竖起耳朵听了听，响声好像是从下面的楼梯上传来的。

这家伙跑得可真够快的。

郭蓉蓉正要追，没发现背后敞开的铁门后的死角里，有个人像壁虎一样紧紧地贴着墙壁，正屏住呼吸，目光阴冷地盯着郭蓉蓉。

郭蓉蓉本来都迈出一只脚了，似乎觉察到了什么，急忙回头看向身后。

还未等她看清，那个人就扑了上来，从后面抓起她娇小的身子往墙上撞。

郭蓉蓉感到身子好像散了架一样。

那人抓住她的头发，似乎要把她的脑袋往墙上撞。

郭蓉蓉急忙撩起一脚，踹在那人裤裆上，那人发出了痛苦的呻吟。

郭蓉蓉趁机挣脱开，回身准备给他一枪。突然感觉有个东西触碰了自己一下，一阵强烈的电流通过全身。她双眼一黑，倒地昏厥过去。

那人一手拿着电击枪，一手捂着裤裆，疼得龇牙咧嘴，“现在的中学生都开始带枪了吗？下手还这么狠……”

他自言自语了一句便住嘴了，扭头看向上面的楼梯。

丁潜高大的身影立在楼梯中间，居高临下凝视着他。

## 3

袭击者错愕片刻，继而冷笑。

“果然是你。”丁潜说。

“原来你猜到我会来了。”巫云飞平静地回答，看了一眼趴在地上昏迷不醒的郭蓉蓉，“那么她也不是什么中学生喽。”

“你觉得呢？”

“原来是个圈套，不错，把我骗了。”

但他露出不屑一顾的神情，“不过看起来，你们这个圈套做得不太牢啊。”

“我还以为郭蓉蓉的散打足够制服你呢。”

“她身手不错，就是临敌经验欠缺了点儿。”巫云飞带着挑衅的语气问丁潜，“你呢，你也想制服我吗？”

“你觉得我应不应该试试？”

“恕我直言，我觉得你还比不上她。”

“哦，是吗……”丁潜笑了，笑容里有种说不出来的古怪，越看越让人难以捉摸。

巫云飞不禁多看了两眼，脸上忽然僵硬，就感觉丁潜的两个瞳孔在迅速变化着，一会儿像波纹，一会儿像黑洞，一会儿又像湍急的漩涡，里面散发出无形的力量，将巫云飞的精神往里吸。

牢牢吸住！

巫云飞的身子仿佛被一条无形的巨蟒一圈圈地缠绕，他越努力挣扎，巨蟒收缩得越紧。

就在巫云飞四肢僵住，努力想要摆脱的时候，丁潜抓住机会从楼梯上一跃而下，扑向了巫云飞。

巫云飞抬起膝盖撞在了丁潜的小肚子上。

丁潜立刻变成了虾米，疼得全身都蜷缩在一起。

“这是催眠术吗？我真没想到你居然会用这种招数对付我，真是大开眼界。”巫云飞冷笑着瞅着蜷在地上的丁潜，“可惜还是差了点儿火候，靠这种旁门左道是治不了我的，你们警察对我的了解还不够到位呀。我当过医生，在当医生之前，我在特种部队当过军医，一般的擒拿格斗我都擅长……”

“唔……”丁潜痛苦地呻吟着，嘴里抱怨，“这帮警察真是信不过，也没告诉我你以前都干过什么啊，要不然，我这次肯定多叫几个帮手，也不至于遭这么大罪了。但我还是会信守承诺的。”

“什么承诺？”巫云飞稍微发愣。

“我说过，只要你是凶手，我会亲手抓住你。”

“哼，你也太不自……”巫云飞说到这里，浮现在脸上的笑意消失了。

丁潜转过身，手里拿着郭蓉蓉掉在地上的手枪，黑洞洞的枪口直指巫云飞。

“还有枪，我居然忘了。”巫云飞自己都诧异。

“我知道催眠术未必能制住你。但至少能扰乱你的思绪，给我机会抢到枪就够了。”

巫云飞居然表现出几分赞赏，“你果然没让我失望。”

“别想耍花招，我保证，只要你多动一下，我肯定会开枪！”丁潜警告说，另一只手掏出手机，准备叫救援。

“先别报警，我还有话说。”巫云飞倒是很沉稳。

“你要说什么？”

“我不是你们要找的人。”

“你又在玩花样……”

“我说的是真的，我从来就不是你们要找的凶手。你们找错人了。”

“既然你不是凶手，为什么要袭击郭蓉蓉？难道不是把她当成了猎物？”

“那是因为她跟踪我，她错把我当成了凶手。我不想被她稀里糊涂地抓住。”

“那你今天来这里干什么？”

“我有我的事情，但跟案子本身没什么关系。”

“你有什么事情？”

“这个……恕难奉告。”

“我凭什么相信你，也许你在撒谎呢。”

巫云飞耸耸肩说：“你不信我也没办法。但我相信真正的凶手还会再次行凶的。”

丁潜从郭蓉蓉身上掏出手铐扔给巫云飞，“让我相信你，就先戴上。”

巫云飞这次倒是没耍滑头，老老实实地把丁潜扔过来的手铐戴在自己的手上。

丁潜把郭蓉蓉扶起来，想把她弄醒。巫云飞说：“她一会儿自己能醒过来，如果我是你，我会查查有没有其他学生失踪。”

“你什么意思？”

“今天确实是行凶作案的好时机，要不然你也不会选在今天设圈套不是吗？”

丁潜脸色变了变，“你跟我来。”

巫云飞这家伙行事一贯半真半假，丁潜也摸不透他到底是真知道什么消息还是故意使诈。

他押着巫云飞下楼，来到剧场的一楼大厅。隔着门能听到演播厅里传来的歌舞声，似乎没发生什么事情。

丁潜看着巫云飞，巫云飞说：“我只是猜测，我又不是神仙。”

就在这时，有几个穿着舞蹈裙的女孩儿急急忙忙地推门出来，叽叽喳喳地在说着什么。

丁潜心里一动，拦住她们问：“出什么事了吗？”

几个小女孩儿看见眼前这位态度和蔼的叔叔拿着一把手枪，站在他身旁的叔叔戴着手铐，一下全不作声了，呆呆地望着丁潜。

丁潜急忙把枪藏在背后，说：“我是警察，你们如果遇到什么困难，可以随时找我帮忙。”

几个女孩儿你看看我，我看看你，有一个胆子大点儿的说：“叔叔，我们的领舞不知道去哪儿了。下个节目就是我们的，你……能帮我们找找吗？”

丁潜忙问：“你们领舞是什么时候不见的？”

“就在刚才，我们在后台换完衣服时大家还都在，之后安琪去了一趟厕所，人就不见了。我们到处找都找不到她，急死人了。”

“安琪？”丁潜对那个可爱刁蛮的小女孩儿有印象，她和陈申还是同班同学呢。

他看着几个女孩儿打扮得花枝招展的，忽然想到了什么，问：“安琪今天穿什么衣服？”

几个女孩儿没想到是这么个怪问题。其中一个说：“当然是校服啊。”

“她的舞蹈服也是你们这样的吗？”

“是啊。”

“是什么颜色的？”

“红色的。”

安琪失踪的消息很快就惊动了学校老师，演出继续，老师们分成几拨，后台、卫生间、演播大厅都找遍了，也没找到她。班主任跑到班级教室找，还是没有。连门卫老大爷都问了，他一口咬定没看到这个女孩儿离开学校。

这个小女孩儿就这样突然地人间蒸发了。

## 4

这时，郭蓉蓉已经醒过来了，发现自己躺在剧院的楼道里。佩枪不见了，把她吓得不轻，后来又听说有个叫安琪的小女孩儿失踪了，她知道事情不妙，急忙亮出真实身份，把那帮不知情的老师惊得不轻。现在顾不上别的，她一边安排老师们分成几队满校园找人，一边同杜志勋联系请求增援。

她还通过隐形话筒呼叫丁潜，问他在哪儿，她告诉丁潜自己遭到了袭击，枪也丢了，怀疑是袭击她的人绑架了安琪，问他该怎么办，说了一堆话。

丁潜一概没有回话。他和巫云飞正站在剧院侧门一个僻静的地方。他拿着枪，巫云飞戴着手铐。

巫云飞说："既然你怀疑是我绑架了那个小女孩儿，为什么不现在把我交给警察？"

丁潜问他："到底是不是你？"

"你觉得呢？"

"你完全有作案时间。"

"然后呢？"

丁潜注视着他深陷的眼窝里的那双幽暗的眼珠，直到此刻，这个人都能保持坦然自若，让丁潜暗暗吃惊。

如果他是凶手，那他就是丁潜遇到过的最可怕的凶手。

"其实你自己也说不准，是不是，丁医生？这可有点儿难办啊。把我交给警察审问，万一我不是凶手，那你们就延误了救人的时间。如果不把我交给警察，万一我真是凶手，你们还是找不到小女孩儿，这可如何是好？"

丁潜一把抓住巫云飞的衣领，双眼闪烁着少有的凶光，"那可是一个十三岁的小女孩儿。我不管你到底是不是凶手，但凡你还有点人味儿的话，就跟我说句实话！"

巫云飞忽然笑了，"丁医生，你还真是一个很感性的人啊。难怪你会对温欣耿耿于怀！”

“别说没用的。”丁潜把手枪顶在巫云飞太阳穴上，“惹急了我也会杀人的。”

“杀了我，你就犯死罪了。”

“不会，我了解警察办案那一套。我会把现场伪造成正当防卫，对警察说是你把郭蓉蓉的枪抢走的。我们相遇后，经过搏斗，我开枪击毙了你。你觉得这个解释还算说得过去吧。我保证，警方肯定会相信我，因为我们之前没有任何纠葛，他们找不出我冒险杀你的动机。”

“当心理医生的人可真够缺德的。”巫云飞叹了口气，“我可以帮你找那个女孩儿。”

“如果你相信我的话。”

丁潜审视了巫云飞几秒钟，放下手枪，“怎么找？”

“我感觉，她现在应该不在校园里，你们再找多少遍也没有用。”

“你认为是凶手把她弄出去的？”

“很可能。”

“这个学校四周都是围墙，只有前后两个大门，后门常年上锁，只有正门出入，但是门卫根本没看见有人带着安琪出去。”

“如果我是凶手，我肯定会翻墙离开。这个围墙并不高，稍微有点儿体力就能翻过去。”

“那你是从哪儿进来的？”

“正门。我跟门卫老头儿说我是学生家长，额外给了他五十块钱。”

巫云飞的想法与丁潜不谋而合，但前提是凶手不是他。

假如巫云飞是凶手，丁潜估算了一下，他应该不会有时间把安琪运出校园，顶多是把她藏在学校的某个角落，应该还没有生命危险。但万一凶手不是他，女孩儿就危险了。凶手肯定事前都安排好了，他一旦把女孩儿带到杀人地点，可能马上就会动手。

现在，丁潜面临两难的选择。

“走。”他做出了决定。

他把手枪插在腰间，用衣服挡上，但没解开巫云飞的手铐，押着他趁乱出了学校。

他的车就停在校门外。他把巫云飞塞到副驾驶座位上，自己也上了车。他开车沿着校园的围墙转了一圈。

假设凶手是翻墙逃走的，肯定先前就选好了路径，墙外应该很隐蔽，而且停放着他的交通工具。

他看了一圈，在学校后门和剧场之间有一个小巷，巷子另外一边是一个停车场的外墙。两墙之间夹着一条二十米长的狭窄小道。

小巷有两个出口，一个斜插到大路上，通向一处比较繁华的三角地街区，另一个出口是两边有居民楼和小超市的街道。凶手可以从任何一个出口离开。

丁潜停下车去打听，把巫云飞也拽下车，他从后备厢里找了一件破毛衣把巫云飞戴手铐的双手裹上。两个人进了路边超市向老板打听，问他有没有看到靠学校那个小巷出口附近停着什么车辆，或者是看到过什么可疑的人。有人说好像是有一辆白色的小轿车在巷子口停了一会儿，也有人说是灰色的，司机什么样没人注意，也没有留意那辆车是什么时候离开的。

“看来你希望不大啊。”两个人回到车上，巫云飞居然说起风凉话。

“如果是你，你会把女孩儿拉到哪儿？”

“那可就不好说了。当然是越远越好，越难被你们发现的地方越好。”

丁潜的心一沉。

凶手要是真像巫云飞说的那样，那他根本别想找到那家伙，平江市有上百万人口，在这么大的城市里找一个失踪的小女孩儿简直就是大海捞针。

他仔细回忆了一下凶手的作案手段，说：“凶手杀害第一个被害人徐露时，杀人现场就在徐露家不远处一个佛品店对面街的卖货亭里。”

“是吗，他还真有胆量。”巫云飞居然夸上了。

“他不是有胆量，刚好相反，他是惧怕徐露。他把徐露当成了鬼，甚至必须在她额头上贴上镇尸符才敢动手杀她。他就近动手肯定是怕夜长梦多，担心徐露这个鬼挣脱封印加害他，所以急急忙忙用拘魂咒把她杀死才放心。如果凶手用相同的手段对付安琪，他的作案场地也不会选得太远。”

“你的分析倒是有点儿道理。不过，你怎么断定凶手一定会用相同的手段呢？”

“安琪平时喜欢穿红裙子，这一点跟徐露一样。安琪被绑架的时候还穿着红色的舞蹈裙。”

## 5

“除了都穿红裙子就没有其他的相似之处了吗？凶手可是把徐露当成了鬼，除非他把安琪也看成是鬼。难道就因为一条红裙子？”

“我也很纳闷，我接触过很多心理有问题的患者和精神病人，从没有遇到过类似情况。巫术这方面对红色的裙子和衣服有什么特殊的讲究吗？”

“没有。不过，我倒是看到了一个佛品店。”

丁潜急忙刹车，透过挡风玻璃往路边一看，果然看见了一个佛品店。不过佛品店四周并没有僻静适合作案的地方。

以防万一，丁潜还是下车去佛品店里检查了一下，没发现什么异样。

他上了车继续在附近兜圈子，中途又看到一家佛品店，还是一无所获。

丁潜暗自焦急。难道真让巫云飞猜中了，凶手带着安琪跑远了？

正好路过公交车站，巫云飞又说：“原来这个地方叫惠禅寺啊，好怪的名字。”

他不是本地人，对平江的地名不太了解。

“当然了，这附近有一个清朝乾隆时候建的寺庙，现在还有人去烧香还愿呢。”说到这里，丁潜忽然一凛，“难道……”

他急忙调转车头，朝惠禅寺方向驶去。

他们赶到惠禅寺时，天已经全黑了。

这座寺庙坐落在一个小广场上，外有围墙，分前后两个院落，里面有大大小小十几间古代房屋，古色古香，气势宏大。历经数百年香火不断。

丁潜下了车带着巫云飞一起往寺庙里走，刚进了院门还没走几步，就被两个剃平头穿僧衣的出家人拦住了。其中一个一身酒味，翻楞着眼睛瞧着丁潜和巫云飞，“嗨，几点了还往里闯。现在是下班时间，我们晚上不接客，没到看到门口牌子上写着，开门时间是上午 8 点到晚上 5 点吗？”

“我知道你们不接客。”丁潜微微讥嘲，“你们这庙里晚上住几个人。”

“住几个人关你什么事儿？”

“有没有看到外人进来？”

“我说你这个人怎么听不懂话呢，赶紧走。”

“如果我不走呢？”

“唉呀，还敢要横，我在少林寺学过武，你信不信？”醉和尚亮了个大鹏展翅。

“我信不信都无所谓。”丁潜把手枪拽出来。

和尚就势坐在了地上。

“希望你们还记得我刚才的问题。”丁潜说。

两个和尚战战兢兢，知无不答，说这个寺院里有五个人，吃完饭正在看电视。

丁潜告诉他们自己是警察，还要他把那几个和尚都叫出来，让他们带着逐个屋子检查。

巫云飞忍不住笑，“还真别说，这个案子要是和尚干的，可就有意思了。”

前院的房子都检查过了，没有异常。

丁潜发现后院的门上挂着大锁，让和尚打开。戴眼镜的中年主持说：“我们后院正在装修，要改成饭店，现在还没装修好呢，平时我们都不去。”

丁潜说：“那么多废话，开门！”

门开了，众人进了后院。后院有五六间房子，全都翻修一新，有两个房子里连餐桌都摆好了。

丁潜挨个房子看一眼，走到最靠后院门的房子，发现门从里面上了锁。

他问身后的几个和尚：“谁在里面。”

几个和尚互相看看，说：“我们五个人都在，不缺人啊。”

巫云飞那边已经开始撞门了。

门板颤悠几下没撞开。

丁潜帮他，两个人后退几步，一起用力，撞到第三下时，里面的插销应声而断。

他们冲进房间，立刻被眼前的景象惊呆了。

紧跟着后面传来几个和尚的大叫惊呼。

月光透过房门和窗户照在房中，地上蜷伏着一个奄奄一息的小女孩儿。

她手脚捆绑着，脸朝门口，脑门上贴着一张黄色的咒符，模样凄惨瘆人。眼睛、鼻子、嘴、耳朵，全都被黏上了。

在她身旁放着骨刀、锤子、人骨金刚橛和咒符。

看样子凶手还没来得及切割女孩儿的手脚，但她已经被封住了九窍，死物一样躺在地上。

就在这时，有个和尚惊呼："有人从后门跑了！"

"什么人？"丁潜忙问。

"不知道，就看见一个黑影从屋后面窜出来，直接冲出后门了……"

丁潜想去追，犹豫了一下，转身奔到女孩儿身边。

这个女孩儿已经面目全非了，只能从她身上穿着的红色芭蕾舞裙认出她就是安琪。

丁潜抱着女孩儿，心头一阵抽搐。

这个凶手到底残忍到何种程度，居然能残杀一个如此可爱的小女孩儿。

现在最关键的是把封住女孩儿嘴和鼻子的胶弄开。但是有个很大的麻烦，凶手用胶水在女孩儿的嘴和鼻子上黏了很多次。要想把胶一点点弄开，恐怕小女孩儿早已经凉透了。

但不这样做他又想不出更好的办法，在这方面他是个外行，除非……

他对几个和尚说："给我找把剪刀。"

"你不是想把她的鼻子和嘴豁开吧。"巫云飞一眼看出了丁潜的心思，"你就算救了她，她将来也得弄死你。你把她毁容了还不如直接杀了她呢。"

“那你说怎么办？”

巫云飞对和尚说：“还是听我的吧。给我去找一个新刀片，找一根中性笔，再拿点儿酒精，白酒也行。”

和尚们不知道他要干什么，赶紧去找了。

“你要干什么？”丁潜问巫云飞。

“当然是救她。我摸她还有脉搏，救不救的回来不知道，可以试试。”

几个和尚匆匆忙忙把几样东西拿了回来。

巫云飞把中性笔的笔帽和笔芯拆掉，把另外一端弄断，做成一个两头通的笔管。

他拿起二锅头，用酒洗净了双手，又把刀片和笔管洗净。

“这能行吗？”丁潜说。

“你忘了我以前是军医吗？经常应付这种突发情况，不过戴手铐做手术还没有过，你最好给我解开。”

“不好意思，我没有钥匙。”

巫云飞把女孩儿放平，用刀片沿着她脖子的正中线，甲状软骨下缘到胸骨上窝之间，切开一个口子，深入皮下组织。

# 第十二章　替身综合症

## 1

他找到气管，用刀片在气管上开了一个小口，把笔管插进去。让丁潜帮忙按压女孩儿的心脏，他通过笔管往里女孩儿肺叶里吹气。

女孩儿剧烈地咳嗽了一阵，从气管里喷出了带着血沫的黏液。

这口气暂时算是缓过来了。

丁潜已经提前打电话叫了救护车，半小时后，急救车带着响亮的笛声飞驰到惠禅寺。医生们抬着担架赶来，把女孩儿送上车，赶往急救中心。

经过一个小时的抢救，女孩儿这条命算是抢回来了。

特案组的人和刑警队的人听到消息后都赶到医院，看见急救室门外场面奇特的一幕。

两个男人，一个拿着手枪，一个戴着手铐，坐在一起默契地抽着烟。

“这到底是怎么回事儿？”杜志勋再精明，眼前的情形也看不懂了。

丁潜说："你先让郭蓉蓉把他的手铐解开，我再跟你详细说。"

大家一开始还以为巫云飞是凶手，作案时被丁潜抓住了呢，结果丁潜一开口就把大家搞晕了。

等丁潜讲完经过，大家更是唏嘘不已，虽然凶手没抓住，不管怎样被害人被救活了，还是一件值得高兴的事情。

同时，巫云飞的杀人嫌疑也被解除了。

虽然他一开始最像凶手，甚至丁潜这个圈套也是为了抓他而设计的，结果他却有了最充分的无罪证明，证明人就是丁潜自己。

丁潜问杜志勋有没有什么进展。

杜志勋说："惠禅寺我们都搜查过了，那几个和尚也审过了，暂时没发现问题。这个寺院分前后院，中间有院墙隔着。我怀疑凶手很可能是熟悉环境的人，知道后院无人，直接把安琪绑架到那里作案。"

"我也这样想。"

杜志勋的目光瞟了一眼坐在远处的巫云飞，"郭蓉蓉说巫云飞也到了第三中学，本来我们一直怀疑他就是凶手。现在看来，反而是身体看似虚弱的陈申的嫌疑最大。"

"你们有他新的作案证据了？"

"他失踪了。"

"失踪了？你们联系他家里人了吗？"

"刚联系过，他父母都说不知道孩子去哪儿了。不排除包庇的嫌疑，我会申请搜查令的。不管怎样，即使是未成年，犯了这么大的案子，也必须抓捕到案。"

丁潜露出暧昧的笑意，“恐怕不那么容易吧，他家人会尽全力保护他的，到时候你的压力小不了。”

“王子犯法与庶民同罪，总要有人站出来维护正义。”

“好吧，我精神上支持你勇敢对抗权贵。”

“主要还是看柳菲那边，她现在正在刑警队检查凶手落在现场的那几样凶器，希望她能找到指纹，或是有用的作案线索……”

正说着，安琪的父母和爷爷奶奶都赶来了，迫不及待地找医生问安琪的情况。

医生说：“她现在没有生命危险，但她脸上和身体下面黏满了胶水，耳朵也被粘住了，医生正在给她清理那些东西。”

安琪奶奶一听就吓昏过去了，父母都跟着捶胸顿足。

安琪爷爷是平江中心医院的院长，相对镇定一些。他跟丁潜有过一面之识，此时也顾不上什么领导身份了，拉着丁潜非要问事情的经过，他想知道到底是谁敢下手伤害他的宝贝孙女。

丁潜无奈地说：“有可能是陈申。”

老头子愣了愣说：“我怎么听这个名字有点儿耳熟呢。”

郭蓉蓉插嘴道：“就是在你们医院刚做完心脏移植的那小子。”

“是他！”安院长一下就傻了，好半天仰天长叹，“造孽呀，真是造孽……”

女孩儿的命是抢救过来了，但伤势足足折腾了医生们好几个小时。直到第二天凌晨，总算把黏合的胶水全部清理干净。女孩儿那张原本精致的脸蛋肿得像个馒头，看着就让人揪心。

麻药劲儿过了以后女孩儿醒了，发出带着啜泣的呻吟。她的亲人围在床边跟着抹眼泪。

可能是因为惊吓过度，无论谁跟她说话，她都不吱声，呆呆地望着天花板。

杜志勋对丁潜说："要不然你试试吧，这个女孩儿对我们很重要，她要是能记住凶手的长相，哪怕是能表述出凶手的体貌特征也好。"

丁潜走进急救室，郭蓉蓉还穿着那条红裙子，正坐在床边向女孩儿拍着胸脯保证道："你不用怕，有我在谁也不敢欺负你，我不是你同学，我是警察卧底，知不知道？我可厉害着呢。你告诉我，是谁把你伤成这样，你说出来，我替你报仇，把那个欺负你的人打个满地找牙，爹妈都不认识！"

女孩儿就像没瞧见她一样，依然没有任何反应。

郭蓉蓉急得抓耳挠腮。

这时她听到有人在身后说："你想要什么，我就有什么。"

她一扭头看见丁潜搓搓两只手，张开左手掌，右手指着掌心，给安琪看，然后攥住左手，右手食指敲一敲，口中念念有词："呀沙拉米达，妈咪妈咪哄，哦啦妈依博搜呀……"

念完左手张开，还是什么也没有。

郭蓉蓉心想，这家伙在干什么？又要装神弄鬼。

丁潜忽然张开右手，掌心托着一朵大红花。

安琪总归是个孩子，不由自主地瞪大了眼睛瞧着。

"想要吗？不过我可不能给你，我只有一朵花。"

丁潜很小气地把红花扣在两只手里，揉一揉，再打开，两只手掌各托着一只一模一样的大红花。

“嗯，我现在有两个了，给你一个吧。”丁潜把其中一朵花递给安琪。

安琪虚弱的小脸上绽出一丝笑容，伸出一只小手去接。

郭蓉蓉在一旁吃惊地看着，别说，这个大叔还真有两下子，咦，不对，他手里那两朵红花怎么看着这么眼熟呢。

她忽然叫起来：“喂，这是你从我裙子上揪的吧……唔……”

丁潜拿花堵住郭蓉蓉的嘴，满脸堆笑地对安琪说：“我还能帮你把这个姐姐变没，你信不信？”

“喂，你别胡来啊，我才不要变没呢。”郭蓉蓉大呼小叫着。

安琪咯咯地笑了，情绪也比刚才好了很多。

丁潜看时机差不多了，轻轻按住安琪的一只小手，看着她的大眼睛，温和又笃定地说：“这只是一个梦，有点儿吓人的梦。等到梦醒了，就不害怕了……”

## 2

安琪更加放松，点点头，被丁潜带入到一种安宁的状态中。

“你能不能告诉我，今天下午你在学校的时候，是谁把你带走的？”

"一个……一个男的……我要上厕所……他躲在厕所里……"安琪有点儿紧张，还是说了出来。

"然后呢？"

"他用一个带酒味的布捂住了我的鼻子……我就什么都不知道了。"

"你醒过来是在哪儿？"

"好像……是在车里……我被绑住了，我想喊救命，想求他放了我，但我嘴里堵着布，只能哭……"安琪情不自禁地流出了眼泪。

郭蓉蓉忍不住问："那个男人长什么样，多大年纪？"

"我不知道，我没看见。"

"他蒙着脸吗？"

"不知道，我记不住了。"

"怎么可能记不住？他绑架了你，就在你眼前，跟你在一起待了好几个小时，你应该对这个人有印象啊。"

"我……我就是记不住了啊……"安琪浑身哆嗦，情绪也开始变得不太稳定。

丁潜能感觉到握在自己掌心的那只小手脉搏狂跳，变得冰凉。

"没关系，没关系，记不住就算了……"他阻止女孩儿强迫自己往那个男人身上想，"然后，他就把你拉到寺庙里了是吗？"

"我不知道那是哪儿。他把我扛到一个黑乎乎的屋子里……然后，然后……"女孩儿的呼吸骤然变得急促，拼命地甩头。

那恐怖经历突然重新闯进脑海中，让她难以承受。

"怎么办？我去喊医生吗？"郭蓉蓉吓得不知所措。

丁潜伸手抱住女孩儿的头，两手轻轻按摩，嘴里低语："没事……没事……放松……只是一个梦……都离你远去了……"

女孩儿慢慢又松弛下来。

过了一会儿，丁潜又尝试着问："那个人对你说过什么吗？还是从始至终，一句话都没说过。"

"他说过。"

"说过什么？"

"他说我是姚佳悦。"

"那你没告诉他你不是吗？"

"我说了我叫安琪，根本不认识姚佳悦。他不信，他非说我就是姚佳悦。他还说，他一定要杀了姚佳悦……"

丁潜没再往下问，安慰了安琪一会儿，让她睡了。他转身走出急救室。

郭蓉蓉还有点儿不甘心，跟出来问："这就问完了吗？"

"嗯。"

"可是，我感觉她应该还知道很多东西。"

"怎么样，有什么问题吗？"杜志勋站在急救室门外等着，看到他俩出来急忙问道。

丁潜把安琪回忆到的绑架经过说了一遍，说她只能记住凶手是个男性，还有凶手说过的话，但是对他的长相没有印象。

"我觉得不可能完全记不住吧。"郭蓉蓉说，"安琪十三岁，也不算小孩子了，应该有分辨能力。那个男的绑架她，又用车把她拉到庙里，不可能一点儿近距离接触都没有吧。哪怕那个男的戴着墨镜什么的，她也应该大致能猜测到他的年龄，至少可以描述一下凶手的轮廓吧。怎么可能一点儿印象都没有呢。”

“这也并不奇怪。人在极度恐慌的时候，神经末梢的反应会比正常人迟钝好几倍。安琪充其量也只是一个小女孩儿，对突发情况没有任何应变能力，完全就把她吓傻了，大脑缺血、缺氧，处于半休克状态。这个时候，即使她看见了凶手的长相，她的脑子也根本没有任何活动，完全属于睁眼瞎。就算我给她做催眠，她也想不起来。但不管怎么说，她至少还记住凶手对她说过什么，而且这一点，你们不觉得有点儿意思吗？”

“你是说凶手叫她姚佳悦？”杜志勋不太理解，“是啊，他为什么管安琪叫姚佳悦呢？姚佳悦不是已经死了吗？”

“会不会是凶手不知道姚佳悦死了？”郭蓉蓉插嘴说，“本来他是要抓姚佳悦的，可是错把安琪当成姚佳悦了，这两个小女孩儿长得都挺漂亮的，脸型也有点儿像，有可能认错啊。”

“但是安琪三番五次地告诉凶手自己不是姚佳悦，凶手为什么不听，还固执己见呢？”丁潜反问。

“也许他就是固执。”

“那么徐露遇害又该如何解释，难道也是凶手认错了吗？凶手能潜伏在她家里把她绑架走，肯定早把她的身份调查清楚了。而且你们仔细想想，凶手对待徐露和安琪的手段几乎如出一辙，如果安琪不幸也遇害的话，我们会发现跟徐露一样的尸体。我想，假如我们不尽早抓住凶手，他还会对更多的小女孩儿下手的。”

杜志勋思考着丁潜话，说：“凶手对徐露和安琪用的都是巫术手段。拘魂术、五雷符和镇尸符都是对付鬼魂的。我在想，有没有可能是凶手认为徐露、安琪都是被鬼魂附体，而这个鬼魂就是姚佳悦，所以他才会对两个小女孩儿使用同样怪异的手段。”

他的想法与丁潜不谋而合，丁潜说：“我也是这样想的。而且，我觉得凶手产生这样的想法肯定是有原因的。不考虑巫术，我倒是想到了一个医学上的解释。”

“你是说他心理上有毛病？”

“他的症状很像 Fregoli，妄想综合症，准确地说是一种精神疾病。”

“这是什么病？”

“也叫双重错觉综合征，或者替身综合症。患者在发病的时候会觉得周围很多人或者是某一类人都是同一个人伪装的，他们的目的就是想迫害自己，属于一种被害妄想症。”

“可是不同人的外表、年龄、性别可能完全不一样，也让患者以为是同一个人吗？”郭蓉蓉好奇地问。

“完全不受影响。在患者的感知上，他们只不过是同一个人，可以随时改变自己的外表而已。最关键的是，患者偏执地相信这些伪装者唯一的目的就是迫害自己，甚至毁灭自己，因此他必须做出反抗。在这个案子里，徐露和安琪这两个女孩儿在凶手眼里都是姚佳悦伪装的，他带着偏执狂的心态坚信这一点。但是，他自己又想不出合理的解释，能想到的可能就只有鬼魂附体。”

## 3

“居然会有这么奇怪的病，我从来都没有听说过。”郭蓉蓉十分好奇。

“从病理角度来说，就是人的大脑右半球发生了病变，造成左右半球皮质区之间的联系中断，由此导致患者出现了妄想症。”

“那病因是怎么产生的？”杜志勋问。

“这个就比较复杂了，有的患者是受到了脑外伤影响导致的并发症。还有躁狂抑郁症和分裂情感性精神病，也会产生相似的症状。但你们用不着纠结那些学术概念，不管是哪种病因的替换综合症，都有一个病根——就是患者眼中的那个原始伪装者。在我们这个案子里，这个原始伪装者就是姚佳悦。”

“你是说凶手产生的这种妄想症跟姚佳悦有关？”

“有可能凶手本身就有某些精神方面的障碍，姚佳悦的出现给他的精神带来了强烈的刺激，从而诱发了他的替代妄想症……”

郭蓉蓉打断道：“大叔，你说的这个人倒是很像陈申啊，我听说组长审问他的时候，一提到姚佳悦，他就发疯了。还说什么要找姚佳悦，有这回事儿吧……”

郭蓉蓉倒是很有心，虽然审问陈申她没参加，但事后也对案子作了详细了解。

丁潜说："有可能，但陈申当时的症状还不够明显，是不是替身综合症需要专业鉴定才行。估计他的家人不会答应的。"

杜志勋说："咱们先不谈其他的，就拿案子本身来说，凶手的作案动机很可能就是来自于姚佳悦。我们目前最大的难题是，搞不清楚凶手和姚佳悦之间到底发生过什么事情，是不是跟姚佳悦的失踪以及坠楼受伤有关……"

他顿了顿又说："姚佳悦失踪到她重伤被送进医院之间这段时间是个谜。谁都不知道这期间到底发生过什么。医生说她是坠楼受伤，但是如何坠楼的却说不清楚。是不是这件事影响了凶手呢？我们之前没有把重心放在这里，现在看来是该好好查查这个。"

这时候，钟开新走过来打断了他们的交谈。

钟开新说："组长，陈申那小子的背景资料我已经全搞到手了。你都想不到，这小子不简单，他过去还拿过市跆拳道品势比赛少年组的冠军呢。"

"什么是品势比赛？"丁潜对武术比赛这一套是门外汉。

"就是套路比赛，裁判根据选手动作的标准和连贯程度打分。武术、柔道、空手道，都有这方面的比赛。"杜志勋说。

郭蓉蓉不以为然，"品势比赛都是花架子，还不比我这擒拿格斗呢，分分钟灭他。"

杜志勋懒得搭理她的小孩子脾气，对丁潜说："这个消息很有用，看来我们是低估了陈申。能拿到品势比赛的冠军，至少说明他的身体素质很不错，即使做了心脏移植手术，基本功还在那里。如果能控制好自己的心跳，弄走一个小女孩儿应该也不是问题。我现在马上去弄搜查令，他现在是重要的嫌疑人。”

杜志勋拿着搜查令，天未亮就来到了天阔小区。这片小区地处市中心，是华兹集团董事长陈光巨的家。门外有保安站岗把守。

杜志勋是请示过省厅后才拿到了搜查令。

他来到陈光巨的别墅前，按了许久门铃，才有一个衣着光鲜很富态的老太太隔着门上的可视对讲机冷冰冰地问：“你们找谁？”

“我们是专案组的，怀疑陈申在这里，请您开门，我们要找他了解一些情况。”杜志勋说。

“这才几点啊，你们查案子就去查，别在这儿无理取闹，影响了陈董事长休息，你们担得了责任吗？”

“这是刑事案件，请开门配合我们工作，我有搜查令。”杜志勋拿出了搜查令，放在可视电话前。

“有搜查令又怎样，有搜查令就没有王法了吗？统统拿走。”老太太瞪大眼珠子，看样子恨不得从可视屏里冒出来。

这时候，有个很威严的秃顶老头儿从老太太身后走过来，让老太太把门打开，老太太不情愿地照做了。

门外的警员们一见这个老头儿，不用问就知道是陈申的爷爷，华兹集团董事长陈光巨了。

不等杜志勋说话，陈光巨首先发问："你们找我孙子，他犯了什么罪？"

"我们怀疑他与一起连环杀人案有牵连，需要找他协助调查。"杜志勋说。

"到底有什么牵连？"

"我现在不方便说，如果你想知道，可以带着陈申一起去公安局。"

"陈申不在，而且我需要跟他的律师联系。我的回答你们满意了吗，现在请回吧，到时候我会叫律师跟你们谈的。"

杜志勋看了眼两旁，平江刑警队这帮人都有点儿打怵，不自觉地低下头。

他们不敢，但有人敢。一个庞大身影从杜志勋身后闪出。

那个大胖子一张黑饼脸，鲶鱼嘴，肉杠子眉下面两颗凶巴巴的小眼珠咕噜噜乱转，就跟古代山大王差不多。他晃悠着高大的身躯挤进门，陈光巨还从来没见过这样的警察，心里怀疑他到底是不是警察，下意识地往后退。

年小光胆小怕鬼，但他就是不怕人，不怕有钱的，也不怕当官的。

他前脚刚进去，钟开新和郭蓉蓉随后也跟了进去。

"你们，你们干什么？"陈光巨又惊又怒，油光锃亮的脸蛋子都颤抖了，"你们私闯民宅，知法犯法！"

特案组的人没有回答，而是闯过陈光巨的阻拦，马上四下搜查。这栋别墅一共三层，逐层找起来也挺麻烦。

郭蓉蓉发现二楼有一个卧室房门紧闭。她推开门往里一看，房间里没有人，但是被褥上放着手机和笔记本电脑，明显刚才有人在这里。

她忽然想起徐露床底下藏凶手那件事，多了个心眼儿，撩起垂地的床罩往床下看。

# 第十三章　双重人格

## 1

忽然听到身后的衣柜柜门发出响动，郭蓉蓉反应倒也快，急忙闪身，一个黑影举着棒球棍砸下来。

幸亏她躲得及时，球棍“哐”地一下砸在床上，差点儿就把她的小脑袋开瓢了。

郭蓉蓉一看不是别人，正是陈申，她心头上了火气，下面一个绊子，上面一个搂摔，直接把陈申瘦小的身子按在地上。她根本不给陈申反抗的机会，拧过胳膊，膝盖往他肩胛骨上一压，把陈申死死顶住。

陈申大声叫喊：“你不是我同桌吗，你放开我，凭什么抓我？”

“当你同桌好几天，你跟我说的话按字数加起来都没有刚才这句多，你说你是不是贱！”

随后，特案组就当着陈申爷爷的面把嫌疑人陈申押走了。

孙建洲和自己的警员们看在眼里又解气又惭愧。

"说吧，昨天周六晚上，你们学校举行文艺汇演的时候你去哪儿了？"杜志勋问。

陈申一脸漠然，嘴巴像贴了封条一样，一声不吭。

自从他进了审讯室，坐到椅子上以后就保持着这个状态。

郭蓉蓉火了，本来她只是负责记录的，看陈申那样就气不打一处来，"啪"的一拍桌子，比杜志勋还有气势，喝道："我告诉你，这次你别再妄想你爷爷、你老子来救你。你只有老老实实交代，没有其他出路！"

陈申眼皮微微抖动，伸手摸着心口。

"少装蒜，你是什么体格我们心里有数，而且我们这次专门找来了医生，只要你有犯病的迹象，马上给你进行急救。我看你还有什么招儿！"

陈申低着头，捂着心口，沉默了一段时间，终于开口了："昨天下午我……我也记不清我去哪儿了。"

"你说什么，记不清了？哈哈，这个解释可真有意思。你别告诉我，你换个心脏连脑子也换丢了。老实交代，昨天晚上你到底去哪儿了……"郭蓉蓉忽然想起坐在身边的杜志勋，小声说，"组长，还是你来问吧。"

杜志勋倒是不以为意，使个眼色，让她接着问。

"我真记不住了。"陈申说，"我脑子昏昏沉沉的，不知道自己都干了些什么，我清醒过来的时候，发现自己……"

"怎么样？"郭蓉蓉问。

"我发现自己在……在距离学校很远的大街上。"

"什么大街？是不是距离惠禅寺不远？"

“不是，我感觉我好像在一个菜市场里。”

“你给我编故事呢是不是？你以为我们什么都不知道就会抓你吗？”

“我真不知道你们为什么抓我。”

“年纪不大，嘴还挺硬，好，我告诉你清楚。我不是什么转校生，我是来你学校专门监视你的便衣警察。昨天晚上在学校剧场里，我看你偷偷离开演播厅就跟了出来，眼看着你走进后台，可是等我进了后台之后，你人就不见了。你小子够狡猾，居然偷了一套演出服扮成女人从我眼皮子底下溜了。之后你的同学安琪就不见了，我们后来是在惠禅寺里找到她的，她当时浑身上下伤痕累累，差点儿就被你杀死了。你提早发现警察赶来了，急忙逃出寺庙，跑到你爷爷家避难，还想拿他当靠山。这次你没想到吧，我们照样儿能把你揪出来。”

“哼，你抓错人了，我根本就没杀安琪。”陈申苍白消瘦的脸皮抽动几下，冷冷地看了她一眼，“我是迷迷糊糊发现自己跑到了大街上，有点儿害怕，就去我爷爷家了。”

“你是迷迷糊糊杀完人，感到害怕了吧。”

陈申闭上嘴，不吭声了，满脸抗拒的神情。

“你以为你不吭声，我们就定不了你的罪吗，还是你以为你未成年，法律拿你没办法？我们查过，你现在已满十四周岁，具有承担刑事责任的能力，只要我们有你杀人的证据，就算判不了你死刑，也足够让你在监狱里待上二三十年的！”

“那就证明我杀了人啊，别在这儿瞎叨叨个没完没了。”陈申倒不耐烦了。

要不是因为他是个孩子，郭蓉蓉早就跳起来削他了。

杜志勋在一旁看得很清楚，这个陈申性格非常拗，光靠审问，他能一直在这儿耗下去。毕竟是未成年，心脏又不好，对待他不能像对待普通犯人那样。

杜志勋拿起桌上的手机打给柳菲，问她那边检查得怎么样了。

柳菲说："我仔细检查过骨刀、金刚橛和锤子，在锤柄上发现了一枚掌纹。而且我在检查案发现场的时候，发现这些凶器的位置都在被害人的左边。我怀疑凶手可能是个左撇子，他习惯性地把凶器放在自己觉得方便的一侧，丁潜赶到时，他慌忙逃走，来不及带走凶器，都落在了案发现场。"

柳菲的发现令人振奋。

这是特案组插手这个诡异的案子以来得到的最直接的物证。

这个狡猾的凶手终于露出了破绽。

杜志勋放下电话，马上让人拓取陈申的掌纹和指纹，拿去让柳菲比对。

大家都赶到了法医室，想亲眼见证一下锁定这个狡猾凶手的时刻。

柳菲使用碘熏法提取掌纹。

将骨刀、金刚橛和铁锤分别放在碘熏器中，给碘晶体加温产生碘蒸气。结果，锤柄上的掌纹残留物中的油脂和碘蒸气发生化学反应后，呈现出黄棕色的掌纹，由于碘有挥发性，柳菲之后用化学方法进行了掌纹固定。

陈申的掌纹被取出来之后，她马上着手进行比对。

利用计算机，从预处理后的图像中提取指纹的特征点信息，包括纹线的起点、终点、结合点和分叉点的类型、坐标、方向等参数。然后，通过软件比对凶器上的掌纹和嫌疑人的掌纹所具有的参数是否一致。

检查到最后，柳菲看着电脑屏幕迟迟不说话。

郭蓉蓉急性子，憋不住问："怎么样，是不是同一个人的？"

"很遗憾，不是一个人。"

这句话一出口，所有人顿时像泄气的皮球，全都没了精神。

"陈申明明有那么大的嫌疑，怎么可能不是他呢？"郭蓉蓉百思不得其解，"如果他不是凶手，他为什么要躲我，故意玩儿失踪呢？"

## 2

"化验不可能作假，凶手的掌纹跟陈申的掌纹有很大区别，明显就不是一个人。"柳菲说，"还有一点，凶手很可能是一个左撇子。陈申是吗？有没有注意到？"

她这话是在问郭蓉蓉，郭蓉蓉跟陈申做过几天同桌，应该最了解陈申的日常习惯。

郭蓉蓉回忆了一下，很不情愿地说："他倒是用右手拿笔写字。"但她还有点儿不甘心，"可是不管怎么说，陈申和安琪、徐露都是同学，和姚佳悦也认识，又有那么多人骨骨雕。他跟这个案子肯定是有联系，你们说是不是？”

看没人吭声，她又想起了丁潜，“你说我说得对不对，大叔，咦？大叔怎么没影了？”

众人这才注意到，刚才还一直站在这里的丁潜不知道什么时候离开了。这家伙在的时候一言不发，走得也悄无声息。

钟开新撇撇嘴说：“这个人神叨叨的，也不知道脑子里成天都在想些什么……”

年小光捅捅他，“你不是智商一百七十吗，你猜猜看？”

“我那是正常人的智商，对不正常的没有效。”

杜志勋没听这帮人打岔，想想丁潜为什么会突然离开，似乎意识到了什么，也转身离开了法医室。

其他人大眼瞪小眼，不知道组长这是不是被丁潜传染了。

审讯室。

丁潜坐在陈申对面。

“现在只有咱们两个人，你想说什么可以畅所欲言。”丁潜说。

陈申冷漠地看了他一眼，无甚表情，目光落在地面上不动了。

“我不是警察，我是心理医生。”

“我觉得你有些话一直憋在心里。”

“嘁。”陈申从齿缝里挤出一丝不屑，“你们这帮人狗屁都不懂，就知道假惺惺地装模作样，不就想套我话吗？”

丁潜不急不躁地说：“我虽然不知道你到底经历过什么，但我能感受得到，其实在你心里是想找人倾诉的，只是你不知道该怎么说，因为这个麻烦让你很恐慌，你根本就不知道该如何处理……”

陈申的眼皮忽然抽搐了几下，眼神也不像刚才那样平静了，他一遍遍地做着吞咽的动作。

丁潜知道他猜中了，陈申的内心正在做着激烈的斗争。但他还是没有说话的意思，这小子性格非常倔强。

“刚才那两个警察在审讯你的时候，我在隔壁都看到了。墙上那面镜子是反光的，我就坐在隔壁房间里。”

“你昨天晚上本来应该在学校剧场里看文艺表演，后来你中途离席，偷偷跑出了学校。你说你当时意识模糊什么都记不清了，等你清醒过来，发现自己在一个市场里。你能告诉我那是什么市场吗？”

“如果你也怀疑我在撒谎，就直截了当地说，没必要拐弯抹角的。”陈申不耐烦地说。

“不，我没有拐弯抹角。我是在很直接地问你……那个市场……是不是叫解放路市场？”

“我不知道那个市场叫什么名字。感觉距离第三中学也不算很远，市场里还有一个农贸大厅。”

看来十有八九是解放路市场。

看到丁潜略加思索，陈申十分敏锐地说：“你怀疑我得了梦游症吗，医生？”

“有这个可能，你是怎么猜到的？”

“我上网查过，最近这段时间一直觉得自己哪里不对劲儿。”

“你是说，你最近时常有梦游的经历吗？”

“是。感觉自己迷迷糊糊的，像是在做梦一样。忽然清醒过来，发现自己已经到了一个陌生的地方。那种恐惧你想象不到。”

“我能感受到，因为我也有梦游症。”

陈申露出惊讶的表情，盯着丁潜看了一会儿，确信他没有骗自己，感慨道：“真意外。”

“所以你用不着提防我，我把所有人都弄走，只有你我在这里，就是想尊重你的隐私。我只想作为一个医生和你推心置腹地聊聊。”

陈申没吭声，但丁潜注意到，他的身体明显放松下来了，之前交叉在一起的双腿和双手，都下意识地打开了。这是坦诚布公的信号。

“你梦游的时候都到过什么地方，你能想起来吗？”

陈申低头思索了一会儿，“不瞒你说，其实我最近经常梦游，而且很频繁。那个市场我好像去过几次，还有医院，就是我做心脏手术的医院。我经常从梦游中清醒过来，发现自己就在医院里。还有……”

“还有哪里？”

“我不知道，是一个非常非常陌生的地方。而且我从来都没去过那个地方，我都不知道我是怎么到的那里。”陈申说到这里，脸色变得有点儿古怪，又透着紧张。

“那个地方有什么明显的东西能一眼记住吗？”

“我也说不好，当时也不是特别清醒，也有点儿迷迷糊糊的。”

丁潜没有深究，不动声色地继续往下问：“你有这种症状多久了？”

“一个多月吧，过去从来没有过。”

“医生，你觉得我为什么会出现梦游，这到底是什么原因啊？”

丁潜想了想说：“你还记不记得姚佳悦这个女孩儿。”

提到这个名字，陈申的表情变了变，嘴上却说：“我根本不认识这个人。”但他忍不住又问，“你为什么提这个人，我的梦游症跟她有关系吗？”

“你还记不记得，上次警察审问你的时候问到这个名字，你是怎么回答的？你说你一直在寻找这个女孩儿。”

“你是说，我梦游就是在找她？我不认识她，为什么要找她？”

“你知道姚佳悦是谁吗？“

“她就是把心脏捐献给你的人。”

丁潜的话仿佛子弹一般射中了陈申。他一把捂住心口，张大嘴用力喘息着，似乎心脏病又要发作。

“看着我！”丁潜低喝一声。

陈申抬起头，与丁潜目光相碰。那双深邃的眼睛仿佛磁石一般将他吸附住。

“深呼吸，排除杂念，跟我默数，五……四……三……二……睡！”

丁潜发出催眠指令，陈申顿时瘫软在椅子上，昏睡过去。

## 3

杜志勋走进审讯室，看见陈申坐在椅子上似乎已经陷入昏迷。

丁潜坐在他面前一动不动。

“他不要紧吧？”

“没事，只是给他催眠了，睡一会儿就好。”

杜志勋望着无甚知觉的陈申，说：“柳菲的掌纹化验结果出来了，陈申不是凶手。”

“我听柳菲说了。”

“那你怀疑什么？”

“我觉得，也许我们从一开始对陈申的判断就有问题。”

“陈申与被害人的关系、陈申的离奇失踪、陈申的人骨骨雕。他有太多无法解释的疑点，甚至连你都认为凶手有替身综合症，他都是最适合的人。现在唯一缺少的就是他直接的杀人证据。”

“的确，你说的这些都对。也就因为这些原因，我们一直都把陈申当作疑凶看待。”

“你是不是发现了什么？如果他不是疑凶，还能是什么？”

“我现在还不敢肯定什么，但我想你们应该再搜查一次他的家。”

“我们已经搜查过了，只找到了那串骨珠……”杜志勋顿了顿，“倒是陈光巨家还没有搜过，好像有一个房间也是陈申的……”

“你有胆子再试试吗？”丁潜露出狡猾的笑容。

杜志勋没有将柳菲的调查结果对外公布，再次以搜查嫌疑人家为名义带人来到陈光巨的三层别墅里搜查，遭到陈光巨强烈反对，甚至威胁要让他们全都扒官衣。杜志勋毫不退让，照旧带人进了别墅，把陈申的房间搜了一遍。这次倒是没找到人骨，但却发现了更意想不到的东西……

“这些都是你们在陈申卧室里找到的？”丁潜问杜志勋。

“全部都是。”

放在物证科桌子上最醒目的东西就是一条红色的连衣裙。除了连衣裙，还有粉色的内衣、内裤、鞋子、袜子。不止这些，还有大量的化妆品，诸如眉笔、眼影、睫毛膏、口红、粉饼、遮瑕膏……

丁潜看到的全部都是女孩子的东西。

郭蓉蓉忍不住道：“我看到这些东西都惊呆了，连我都没有这么多化妆品呢。陈申这小子收藏这么多女人东西干什么啊？还有一条红裙子，这不跟徐露、安琪她们穿的裙子一样吗？居然还收藏内裤，还是用过的呢，这小子真变态。”

“他不是变态。”丁潜说。

杜志勋发现丁潜十分平静，没看出一点儿吃惊来，便问他：“你一点儿都不觉得奇怪吗？”

“我正想给你看样东西。”丁潜说着从兜里掏出一叠打印纸，递给杜志勋。

杜志勋接过来厚厚一打，展开一看，上面全是题目，有的是图形题，有的是稀奇古怪的问题，大致数数足有好几百道题，每一道题都填写过。

“这是……”

“这是 MMPI 模型明尼苏达多项人格测验。一共有五百六十六道题，题目内容包括测试受试者的神经系统、心血管系统、消化系统、生殖系统，以及受试者对家庭、婚姻、宗教、法律、社会的态度。前三项为效度量表，陈申的分数在均在六十分以下，说明他是以认真的态度在回答这些问题，后面的测试项分数可以作为临床诊断用，准确率极高……”

“等等，你给陈申做这项测试有什么用？”

“测试结果表明他有解离症。”

“什么是解离症？”

“是一种精神类疾病，主要表现为自我认同混乱，失去现实感和自我感，自己看自己就像在看一个‘他人’一样，即我不再是我。”

“我听不太明白你这种医学术语。”

“简单点儿说，就是双重人格。”

“双重人格？”杜志勋听懂了，也惊了。

“双重人格的每一种人格都是完整的，有各自的记忆、行为、偏好，可以独立地与他人相处。陈申的另外一重人格就是红裙小女孩儿，桌上这些衣服都是他自己穿过的。”

郭蓉蓉低头瞅瞅自己手里拿着的粉色内裤，手像被猫挠了一样，“妈呀”一声扔掉了。

丁潜说：“陈申扮成的红裙女孩儿像幽灵一样四处游荡。我还不止一次地见过他，当时他精心化过妆，我又没有仔细看，还真被他唬住了。”

“他为什么要扮成红裙女孩儿？”杜志勋问。

“你还记得徐露的父亲徐宝昌给我讲的那个碟仙的故事吧。说他请碟仙的时候无意中看见了一个红裙子女鬼，吓得半死。其实那个所谓的女鬼就是陈申。而他扮成这个红裙女孩儿的根本原因是受到了一个人的影响，那个人就是姚佳悦。或者说，他扮的这个红裙女孩儿就是姚佳悦，那个离奇失踪，又死在了医院的女孩儿。”

“你怎么知道他是在扮演姚佳悦？”杜志勋问。

“我仔细了解过，他在用姚佳悦的身体行动时，所走的路线都和姚佳悦有关。他甚至拿了姚佳悦的假学生证当成自己的。”

周围的警员们听得都直咂舌，这样离奇的解释也太匪夷所思了。

丁潜又说：“不过目前，陈申产生双重人格的原因我还没搞清楚。一般双重人格的起因通常是极大的压力或极深的创伤，绝大多数都是童年阴影形成的。像陈申这种心智已经成熟的人患上的概率极小。而且我查过，他过去没有任何精神病史，也没有遭遇到过重大打击。他的经历太正常了，我根本找不出任何破绽。”

“也许有一处破绽。”极少说话的柳菲忽然插话。

“什么破绽？”丁潜问。

“他的手术。”

丁潜怔了怔，“你是说，心脏移植造成了他性格上的改变？”

“不是性格上的改变，是产生了另外一种性格。”

柳菲的假设比丁潜更大胆，所有人都需要脑补了。

“可是人的记忆是储存在大脑皮层中的，不可能通过移植肾脏、心脏、肝脏之类的器官而改变，这是科学定论。”

“那你说除了这个可能性以外，还有其他什么事情能让陈申出现另外一种人格呢，而且恰好是扮演捐献他心脏的那个女孩儿？”

这个问题的答案，丁潜确实想不出来。

## 4

在一边拿着笔默默记录的刑警队长孙建洲禁不住插话道："丁医生，柳医生，你们能不能帮我想一个有理有据的解释啊。我的案情报告里如果提到陈申，总不能说，他是移植了器官之后变成了另外一个人吧？"

"科学依据不难找，只不过还没有最终证实，应付差事是够用了。"丁潜笑笑说，"对于器官移植，有些国外理论认为人体的所有主要器官都拥有某种'细胞记忆'。当它们被移植到其他人身上后，器官携带的记忆就从一个人身上转移到另一个人身上。这些主要器官中，特别是心脏，据说心脏内部具有一种长期记忆和短期记忆的神经细胞，这些细胞组成了一个微小却复杂的神经系统。但这些只是假说，目前还没有实践依据……"

"唉——"郭蓉蓉叹一大口气，"我还以为搜查陈申爷爷家能找出新证据呢，搞了半天他不是凶手，又白忙活了。"

她的话代表了一大票警员的心声。这个案子本身就够诡异了，凶手把被害人当鬼来杀，查到的嫌疑人不是雕骨师就是双重人格，查来查去又都有不在场证据。到底谁才是凶手，下一步该怎么办，从哪里入手，大家都有点儿无所适从。

“这个案子的关键是姚佳悦。”杜志勋说，“凶手把所有被害人都当成了姚佳悦。我们现在就从这个小女孩儿身上开始查，查她失踪之后到死在医院这段时间里到底经历过什么。很可能，刺激凶手的原始犯罪动机就是在这段时间里产生的。”

他又对丁潜说：“陈申这个孩子你还得继续查。可能他真是因为心脏移植改变了性格，但万一还有其他原因呢，尽量不要忽视了。”

“我明白。”丁潜点点头。

说完这句话，两个人都有点儿诧异，不知从什么时候开始，两个冤家对头居然产生了一点儿默契。

刑警队会议室。

陈申和丁潜对面而坐，没戴手铐，没有审问，没有横眉立目的警察。气氛平和，已经不像是审犯人了。

“你到底想干什么？”陈申充满了疑惑，“昨天让我做了一天的题，今天又找我聊天。你不是想拿我当小白鼠做实验吧？”

“当然不是。我只是测试一下你的身体状况，也许，我可以帮你解决梦游症……”

“你可以？”陈申将信将疑，“你想怎么治我的病？”

“需要我们互动……但有一个前提，你得信任我。如果你故意隐瞒或者说谎，我没办法帮你。”

陈申讥讽地“哼”了一声：“说了半天，你们就是换了一种方法诓我认罪呢，别以为我不知道。”

“自以为是的小子，等你再过十年，再去揣摩大人的心思吧。”丁潜也不客气，直截了当，“要不是警察在你的卧室里发现了女孩儿穿的连衣裙和化妆品，说不定现在已经把你放了。对于这个，你就不想跟我说点儿什么吗？”

陈申脸色陡变，急忙否认：“我不知道那些东西是谁的，原来就放在衣柜里了，你应该问我爷爷奶奶去。”

“法医已经做过 DNA 化验，那些衣物和化妆品都是你的，这不是你想抵赖就能过的。还有这个……”丁潜从兜里掏出一个蓝皮学生证扔给陈申，“这个学生证也是你掉的吧。我们之前就见过面，只不过那时候你跟现在的样子差别太大，我没认出来是你。”

陈申拿起学生证，看着上面女孩儿甜美的照片，双手微微发抖。

“你所谓的梦游其实是在假扮照片上的这个女孩儿。她叫姚佳悦，你之前矢口否认你认识她。但看起来，你不但认识她，她对你的影响还很大。你知道，你自己经常扮成她四处游荡吗？”

陈申捂着脸，过了好久才说：“我也不知道我知不知道，迷迷糊糊的就像做梦一样，我好像变成了一个女孩儿。我一开始以为只是在做梦，可是后来，我就发现衣柜里不断多出各种女孩儿的衣服，还有那一大堆化妆品。我查了购物单，居然都是我自己从网上买的，可我一点儿都不记得了。你知道我有多害怕吗，可是我不敢跟别人说……”

“那你有没有想过，这是什么原因呢？”

陈申动了动嘴唇，欲言又止。

“姚佳悦。”

听到丁潜说出这个名字，陈申就像触电一样哆嗦了一下。

“姚佳悦在你们学校上了两个月学，你那个时候认识她吗？”

陈申摇摇头。

“那你在医院里有见过这个女孩儿吗？”

陈申用力咬着嘴唇，瘦弱的双手紧紧抓着裤子，苍白的指节不停地哆嗦着。

丁潜发现他的双眼已经湿润了。

他看到小女孩儿的第一眼，心中便涌上一种莫名的悲伤。

她脸色苍白，红裙耀眼，像一朵凋谢的花儿被遗弃在角落里。她却有一双乌溜溜的大眼睛，安静地打量着过往的行人。

他当时还不知道这个女孩儿就要死了。

他拄着拐杖偷偷从重症监护室里出来，经过一楼的住院处，看见那个红裙小女孩儿孤零零地躺在走廊里的长凳上。

他问她怎么了。

女孩儿痛苦地摇头，不说话。

第二天，他又经过那里，女孩儿朝他露出浅浅的笑容，脸上有两个可爱的酒窝。

第三天，他们成了朋友。他说自己要去天堂了，女孩儿说她也是，他们约定好在天上见。

第四天……第四天他没去，他躺在了手术台上。医生向他爷爷奶奶和父母保证，只要手术成功，他就可以变成正常人。

他被推进了手术室，那里除了他以外，还有一个等待做手术的人。他惊喜地发现，跟他同命相连的人就是那个红裙小女孩儿。

“你要去天堂了吗？”他问红裙女孩儿。

女孩儿已经说不出话来了，她奄奄一息地朝他伸出手。他的手刚碰到女孩儿的手，她的手就无力地落下了。

## *5*

眼泪慢慢从她紧闭的眼睑中涌出。

医生们在两张手术台前垂手站立，目不转睛地看着连接女孩儿的心电监护仪，屏幕上的心搏频率越来越弱，直至发出警报。医生们采取了一些急救措施，没有效果，确定女孩儿已经死亡。

接下来，医生们开始动手打开她的胸腔……

心脏在离开供体的那一刻就开始变质了，在冷藏状态下只能维持四到六个小时新鲜，越早植入受体身体，成活率越高。

另一个手术台上，医生们给陈申注射了麻醉剂，也打开了他的胸腔，移除病变的心脏，把女孩儿的心脏转移到了他的胸腔里，用 3-0 Prolene 线连续吻合左心房，用 3-0 Prolene 线连续吻合右心房，用 4-0 Prolene 线连续端端吻合主动脉，最后用 4-0 Prolene 线连续端端吻合肺动脉。经过起搏，女孩儿的心脏在一个陌生的身体里重新开始跳动。

术后进行了数日的药物辅助治疗，陈申康复情况良好，修养一个月后离开了医院。

但后遗症也开始逐渐出现，他先是在夜里不停地做梦，然后开始梦游……接着他发现，自己的衣柜里多出了女孩儿的红裙子，抽屉里多出了假发和各种女性化妆品。除了这些以外，最可怕的还有人骨骨雕。

“你现在是陈申还是姚佳悦？”丁潜问。

此时，陈申哭得就像一个无助的小女孩儿，声音尖细，脆弱，那双蒙着水雾的眼睛里漾动着无限的哀伤。丁潜看着他，就像在看另外一个人。

“我不知道。”他哭着说。

“好吧，我问点儿别的，说说那些骨雕吧。那些骨雕你是从什么地方买的？”丁潜问陈申。

“是……是别人送的。”

“谁送的？”

“是，是一个男人……给，给我的……”陈申抽抽搭搭地说。

“是一个中年人吗？”

“嗯。”

“他是不是姓巫？”

陈申点点头。

丁潜心头一凛，他虽然已经猜到了，但听陈申亲口承认，心里还是有些兴奋，“他为什么要给你这些东西？”

“我不知道。”

“他有没有用其他手段强迫过你，控制你跟他在一起？”

陈申摇头说："我是自愿跟他在一起的，我喜欢听他吹笛子。笛声能让我不恐慌，能让我找到她。"

"找到谁？"

"姚佳悦，她就在那里。"

丁潜拨通了巫云飞小店的座机电话，响到第三声，巫云飞接了。

"你现在有空吗？"丁潜问。

"现在恐怕不行，我有急事，马上要出门。有时间咱俩再聚。"也不给丁潜说话的机会，巫云飞就挂了电话，紧跟着就熄了古玩店里的灯。

他匆匆出了门，转身准备锁门，忽然身后响起刺耳的汽车喇叭声，把他吓了一跳。他回头看见一辆黑色的轿车停在对面路边，丁潜正坐在拉下车窗的车里瞧着他。

他露出了苦相。

"你这个人可真不地道啊，我可是按照承诺好容易帮你出来了，你却想跑……"丁潜走出轿车，语气里带着冷嘲热讽。

"我哪里要跑，我就是临时去办点儿事。"巫云飞脸皮很厚，装出一副真诚的样子。

"你这个家伙到底还有多少事情瞒着我？"

"什么意思？我听不太明白。"

"关于这个案子你到底知道多少？"

"什么？"

"别装糊涂，你知道我在说什么。你认识姚佳悦，对不对？"

“姚佳悦？”

“第一个失踪的红衣女孩儿。你也知道陈申假扮姚佳悦的事情。我之前来你店里看到的那个红裙女孩儿根本不是什么幻觉，也不是幽灵，就是陈申假扮的姚佳悦。你给他吹笛子，还送他骨雕。你这玩儿的是哪一出，难不成姚佳悦的死跟你有关，你心里有愧才这样做？”

巫云飞的脸色在月光下半明半暗，他目光幽深地看着丁潜，沉默了一会儿，掏出钥匙重新打开店门，进了屋。

丁潜也跟进来。

“把门关上。”巫云飞头也不回地说。

他穿过前堂走进幽暗逼仄的走廊，转过拐弯处停下，伸手在墙角鼓捣了两下，往外一拉，居然是一扇暗门，现出大约一米二三见方的一个墙洞。

丁潜吃惊地看着。这个暗门的位置恰好在视觉的盲点，制作得也极其精细，门边缝隙恰好能隐藏在墙上的暗纹中。难怪那帮警察把这里里外外搜了一遍，都没发现这处暗门。

巫云飞弯腰钻进墙洞，回头问丁潜：“你敢不敢进来？”

丁潜来了就没想走，低头也钻进了墙洞，下面是一截倾斜的楼梯。

丁潜跟着巫云飞下了十几个台阶，眼前是黑沉沉一片，感觉好像是一个很大的屋子。

“啪嗒”一声。

巫云飞打开了墙上的开关，眼前霎时通亮。

丁潜闭上眼睛缓了几秒，再睁开眼，仔细观察房间，被眼前的景象震惊了。

这间屋子比他之前看到的巫云飞的工作室还要大两倍，绕墙四周的陈列架上放满了各式各样的骨雕作品。

“这些……”

“我主要的骨雕收藏和定制作品都在这里了。要不然，你们把我家都抄了，没收了那么多宝贝，我怎么可能还这么消停。”

他走到陈列架前，从上面搬下来一个木头箱子，放在桌子上，打开箱盖。

丁潜往里看了一眼，正是那个人骨酒壶。原来被他藏在地下室里了。

“你给我看这个做什么？”

“你不是想知道我跟姚佳悦的关系吗？”

丁潜如遭电击，“难道这副酒壶上的人骨就是姚佳悦的？”

“是啊。”

“你可真会骗啊。”

“我没有骗你，你问我把姚佳悦怎么样了，我说她很好，被我藏在一个你们都找不到的地方，我没说错。”

丁潜真有点儿无语，“可是她不是死在了医院吗？”

# 第十四章　骨瓷揭秘

## 1

“但她的尸体却落在了我手里。我去医院看病，恰好遇见了这个女孩儿，还记得我跟你说过玉骨体质的女人吧。我当时惊讶地发现，她就是难得一见的玉骨。于是，我就向医院里的医生打听她的情况，恰好那里的副院长和主任我都认识，就请他们帮我找女孩儿的母亲让她把他女儿的骨骼留给了我，以作纪念。她妈妈没什么主意，觉得我的想法挺好，就在协议上签了字。”

“她怎么会跟你做这种交易？”

“这也谈不上是交易，本来姚佳悦的父母也是要把她的遗体捐出来的。我其他部位都不要，只要她的骨架，与其送给医学院做成教学标本，让无数人摸来摸去品头论足，还不如给我，利用我的技艺做成精湛的艺术品，说不定能流芳百世呢。这应该算是一项艺术研究吧，你这样想就合情合理了，我们这个社会只要是合情合理的事情都可以做。”巫云飞说得十分轻松。

“你可真是冷血啊，因为你们这帮冷血的人，就把一个将死的小女孩儿当成商品进行买卖。”即便心理强大的丁潜也难掩愤怒。

他还想说话，却被自己的手机铃声打断了。

电话是郭蓉蓉打来的，问丁潜在哪儿。

丁潜发现她嗓音跟往常不一样，问她出什么事儿了。

郭蓉蓉说，特案组去医院调查姚佳悦之死的疑点，经过多方询问，已经大概查出了经过。她讲述的情况基本如下：

两个月前的一天傍晚，也就是姚佳悦失踪那天，她不知被什么人送到了医院，当时她身受重伤，但还有意识，也能说话。因为没人给她办住院手续，她被临时放在了外伤科住院处的走廊里。有医生帮她联系找到了她的家人，她母亲来过医院一趟，扔下三千块钱。但女孩儿伤势严重需要手术，她母亲说回去筹钱，抹着眼泪走了就再也没回来，可能是拿不起医药费，手术就拖着没做。之后那几天，给她挂了一些生理盐水和消炎药。后来不知是哪位医生看到了女孩儿的化验单子，发现她与一位急需做心脏移植手术的患者能配型成功，可以做移植手术。当时女孩儿已经病危。于是，院方代表患者再次与女孩儿家属联系，希望女孩儿父母同意捐赠女孩儿的心脏，患者愿意私下里提供十一万元作为酬谢。双方达成协议。

之后的情况丁潜都已经了解了。放下电话，丁潜望着那支精美的人骨酒壶，心里有种说不出的悲哀和愤怒。

“你们都是罪人。就算你能雕刻出举世无双的骨雕又如何？与一个无辜的生命相比，这些统统都是垃圾！”丁潜猛然掀翻桌子，木盒里的头骨酒壶掉在地上，打了几个滚儿停住了，隐约能看到一张模糊的脸正对着丁潜。

巫云飞没有恼，俯下身把酒壶捡起来，小心翼翼地放回木箱里。

“是她让我把她做成骨雕的。”巫云飞说。

丁潜愕然，将信将疑地看着巫云飞。

巫云飞用不带一丝情感的声音说：“我发现她的时候，她已经快不行了。我陪她说了两句话，她发现我带着一个骨笛，很喜欢。我告诉她这是人骨做的，她一点儿都没有害怕，反过来问我，为什么要用人骨做笛子。我说这是法器，她问我什么是法器。我说就是人死后的一种修行，可以让来世更好。她便恳求我把她的骨头做成法器，我答应了。等她去世之后，我从她妈妈那里获得许可，保留了她的头骨和一些骨灰，做成了这个酒壶。”

“那你是怎么认识陈申的？”

“我是后来在医院里发现他的，当时他穿着红裙子在医院里游荡。我错把他看成了姚佳悦就去追他，结果发现了这个秘密。我不知道他为什么要假扮成姚佳悦，而且他的精神看着也有点儿不正常，但他打扮起来的神情确实很像那个小女孩儿。而且，他也特别喜欢听我的笛声。我就把他带到了这里，把她当成了姚佳悦。没想到被你无意中撞见了两次。那个学生证是姚佳悦的遗物，我就给了他，结果让你捡到了。这就是整个事情的经过。”

“你的话前后矛盾。你制作这个人骨酒壶，到底是为了姚佳悦还是你自己？你到底哪一句话才是真话？”

巫云飞轻轻叹了口气，“真话假话现在还有区别吗？我只知道，姚佳悦在我这里……”

那双叵测而冷漠的眼神中显出了罕见的真诚，还有些许伤感。

丁潜心头微震，似乎意识到了什么。

他无法形容巫云飞对姚佳悦的感情，也许那个小女孩儿真的触动了这个心如铁石的男人。

丁潜问巫云飞：“我可以把她的骨头带走吗，交给她的父母，让她安息比这样更好。”

巫云飞摇摇头说：“子非鱼安知鱼之乐？放在我这里保存也许才是她的心愿。这是你最后一次看到她。”

丁潜走出古玩店，身后又传来了那一曲幽咽的笛声。

巫云飞靠在门口，拿着一支骨笛，吹得悠然忘我，目送丁潜开车远去。

公安局刑警队。

这天，平江中心医院的医生像走马灯一样被逐个传唤。凡是可能与姚佳悦有过接触的医生都被详细盘问过，调查结果令人很失望。这些医生平时接触的患者太多了，对一个躺在角落里的小女孩儿根本无暇过问。

问来问去，只有当天急诊夜班的一个姓吕的医生回忆出了一些线索。

她恍惚记得，好像是一个男人把姚佳悦背到医院的。当时她恰好路过，就随便问了一句：“什么病？”

男人说，女孩儿是不小心从楼上摔下来的，问外伤科怎么走。

她给男人指了路，完事儿她就走了。

杜志勋问："这个人长什么样，你还有没有印象？"

吕医生说："如果他站在我眼前，我差不多能认出来。

## 2

杜志勋拿出陈申的照片，吕医生看了看说："太年轻了。"

杜志勋拿出巫云飞的照片，吕医生说："年纪差不多，但不是这个人。"

专案组目前最大的困难是，无法确定这个人究竟是出于什么动机，是见义勇为做好事，还是另有原因。

案子调查到这一步，警方的调查重点全部集中在了姚佳悦离奇坠楼的问题上。

专案组开会讨论的时候，杜志勋围绕这个问题，又引申出了一系列问题——

1. 姚佳悦从解放路市场失踪之后到底去了哪里？

2. 她是在什么地方坠楼的？

3. 是什么人把她送到了医院？

4. 这个人跟他坠楼有没有关系？

5. 这个人跟凶手有没有关系？

这些亟待解决的难题摆在眼前，留给警方的线索却很少。

杜志勋让大家畅所欲言。

刑警队长孙建洲这两天也没闲着，他主要负责外围走访排查。

他说：“附近几个街区我们都详细打听过，最近两个月里发生了两起坠楼事件。其中一起是自杀，伤者已经死了。另外一起是屋主人擦玻璃时不小心坠楼受伤。这两起案子都跟姚佳悦没有任何关系。这个小女孩儿很可能是在更远的地方坠楼受伤的。这样的话查起来难度就大了，需要更多的时间。”

杜志勋问钟开新监控查得怎么样，他负责查找医院和周边的监控，主要是寻找姚佳悦被送到医院时，附近出现的可疑的人和可疑的车辆。

钟开新说：“我看到了那个把姚佳悦送到医院的人。这个人是从侧门进的医院，监控在前门，只能看到一个男人的侧影，个头中等很健壮，穿着一件灰毛衣。能看见他背着一个女孩儿匆忙走进，跟一个经过的医生说了两句话，然后就背着女孩儿绕过走廊走了。过了两分钟，他沿原路返回，似乎注意到了监控，头埋得很低。还用手挡着脸，急匆匆地从侧门走了。”

“这不像是见义勇为啊。”郭蓉蓉说，“哪有做好事这么鬼鬼祟祟的？我看这个人倒是像凶手。”

“如果这个人是凶手，他又何必把姚佳悦送到医院呢？这也很反常啊。”钟开新反问道。

郭蓉蓉回答不上来。

杜志勋又问柳菲：“姚佳悦的伤情鉴定和手术过程你都详细核对过

了吧，有没有什么疑点？”

柳菲摇头。

“没有疑点？”

“不是没有疑点，是根本无从下手。这些资料记录都太简陋了。当时是哪个医生给姚佳悦做的诊断现在都找不到，问谁谁都不承认。我怀疑这些诊断书说不定都是事后补上的，纯粹是敷衍了事。”

“那姚佳悦的尸体现在还有吗？”

“我问过，医生说她的器官已经捐献了。其余的部分送到火葬场焚化了。现在死不见尸才是最麻烦的，要不然我至少还可以亲自检查。现在只有那些用来敷衍的诊断书，我甚至都怀疑，姚佳悦到底是不是坠楼身亡的。”

柳菲说到这里，发现坐在角落里的丁潜用异样的眼神盯着自己看，不知道是什么用意。

会议余下的时间很沉闷，杜志勋做了一些简要的安排，也只是加大排查力度，案子一下走进了死胡同。

散会后，柳菲走出会议室，钟开新殷勤地跟过来，问她晚上想吃点儿啥。还没等柳菲回答，丁潜走过来就说：“我找你有点事儿。”

钟开新不乐意了，“我说丁医生，光天化日朗朗乾坤的，不带这么明抢的吧。”

“我跟她说正事。”

“什么正事，我也要听。”

“我只能跟她一个人说。”丁潜回头对柳菲说，“我在法医室等你。”

钟开新撇撇嘴，“哼，这种谎话也想骗过智商一百七十的我吗？你说是不是柳医生？哎，你咋走了呢，他忽悠你呢……”

柳菲走进法医室，看见丁潜靠坐在办公桌上，问他：“什么事情这么神神秘秘的？”

“你刚才在会上说的那番话提醒了我。确实，我们现在认为姚佳悦是坠楼摔伤，其实是听医生说的，医生又是听送姚佳悦来医院的人说的。这其中任何一个环节说谎都能歪曲事实，除非有你专业的判断才行。”

“难道真让钟开新说对了，你是来恭维我的？”柳菲开玩笑都是冷笑话。

“我说我见过姚佳悦的骨头，你信吗？”

“什么？”柳菲很吃惊，丁潜的话确实够震撼，“在哪儿见到的？”

“在巫云飞那儿，已经被他做成了骨雕。不在你们收缴的这些骨雕里，他还另外藏了一批，我看见过，他亲口向我承认的。”

柳菲凝视了丁潜好半天，“你跟巫云飞到底是什么关系？”

这话问得既暧昧又瘆人。

丁潜只好解释：“什么关系都没有，只是接触过几次。我好奇他的骨雕，他觉得我这人有趣。这样说你明白吗？”

柳菲怀疑更甚。

她埋怨道：“这么重要的事情，你刚才在会上怎么不说。要真是这样，巫云飞很可能就是杀害姚佳悦的凶手，应该立刻逮捕他。”

丁潜摇摇头，“就算你们现在去了，他也早把姚佳悦的尸骨转移了，我们又不是没跟他打过交道，他狡猾得很。再说，我觉得他不像凶手，充其量只是收藏了姚佳悦的尸骨。我们如果在他身上纠结太多，可能又会陷入误区。”

“那你跟我说这些有什么用，我现在还是看不到姚佳悦的尸体。”

“你听我说，巫云飞把姚佳悦的头骨做成了酒壶。他曾经跟我说过，那块头骨有破损，还给我指出了头骨上的裂纹，他按照裂纹的形态雕刻出了星斗，把破损给掩盖住了。你说这些骨头上的破损会不会就是姚佳悦的死因？”

“你能记住她头骨上裂纹的位置吗？”

“能，我还能记住裂纹的形状。”

柳菲眼睛发亮，急忙去给丁潜拿来几张白纸和笔。

“你最好都能画下来。”

## *3*

“我试试看。”丁潜拿过笔，冥想巫云飞请他吃人骨宴的情景，一幅幅画面历历在目，每一个细节他都努力地回想出来。

那颗精雕细琢镶珠戴翠的头骨骨雕逐渐地浮现在眼前。他拿起笔慢慢在白纸上勾画，柳菲站在一旁看着，惊奇地发现这小子居然还有很高超的素描功底。

很快，一颗头骨的侧面形象就跃然纸上了，不过丁潜画的这颗头骨有点儿不像头骨。它呈倒置状态，有着繁复的装饰，周身雕刻花纹，上面还有瓶嘴，乍一看就是一件精美的工艺器具。

柳菲都看呆了。如果不是之前见过巫云飞的骨雕，她很难相信世上竟会有这样极美又极恐怖的东西存在。这个巫云飞简直是从外星来的怪物。

“我记得那些裂纹就是在这个位置。”丁潜用笔在头骨酒壶后面的一处地方小心地画出一个个夜空星斗的图案，“我不太确定这些星斗是不是都是裂纹，大致差不多。”

“你能确定这些细线的位置是准确的吗？”柳菲凝视了一会儿问。

“差不太多，就是这个意思。你能看出什么来吗？”

柳菲从丁潜手里拿过他的笔，在纸面上虚画了几下，然后在上面其中几条线上加粗，等她画完再看，丁潜发现这几条曲折的线段都有一个共同的点，很像砸裂玻璃窗留下的痕迹。

“人的头骨十分坚硬，轻易不会破损，除非受到瞬间重创才会被破坏。一般在这种情况下，头骨的裂痕会以受力点为中心，呈现发散性状态。”柳菲说，“我在这些星斗图案中比较了各种可能，只有这一种形态是重击形成的图案。应该就是姚佳悦致死的状态。只是……”

“有什么问题吗？”

“这个受伤的部分有点儿奇怪。它是在后脑的枕骨部位，也就是常说的后脑海，这个地方是人头部的弱点。用不着坠楼，即使用棒子打一下，也可以造成致命伤。而且坠楼伤应该比这个要严重得多，通常都是蛛网状伤，撞击点会出现粉碎性骨折和碎块，相比之下，姚佳悦受的伤要轻多了，如果不是受伤部位恰好在后脑，她可能根本不会死。想想看，她还在医院里躺了四天，就说明这个伤本来没那么严重。”

“那有没有可能是从低处跌落的？”

“有可能。但也有可能是击打伤。”

“有可能是坠楼伤吗？”丁潜问。

柳菲思索了一下，说：“我倒有个办法。”

“什么办法？”

柳菲的办法就是钟开新。

柳菲刚一开口，钟开新没听让他干什么就满口答应了。

丁潜暗自钦佩，这家伙就是一个情种啊，看架势柳菲给他砒霜他都能吃。一百七十的智商在美女面前就变成二百五了。

柳菲其实是想让钟开新把姚佳悦受伤的复杂经过用三维矢量模型表现出来，这样更加直观，可以完善出人脑想象中忽略掉的细节。

钟开新确实是个电脑天才，根据柳菲提供的骨骼受伤情况，设计了一个动态的三维矢量模型，模拟姚佳悦受伤的经过。

## 4

大家围坐在电脑前，屏幕上是一个简易的三维人体模型。这个模型代表的就是姚佳悦。

“这是我和柳医生共同的结晶。”钟开新得意扬扬地说，刚说完全身像触电一样剧烈哆嗦了一下。

大家莫名其妙地看着他，郭蓉蓉问："你犯啥病了？"

"你管得着吗？"钟开新捂着胳膊，没好气地说。

柳菲这边带着一个与我何干的表情看着电脑屏幕，似乎对钟开新的事儿毫不关心。

站在柳菲和钟开新之间的丁潜只好装聋作哑，他刚才明显感觉一只胳膊绕过自己给了钟开新一下，估计是杵他麻筋儿上了。这小子什么样的女人不好追，非要打柳菲的主意，这不是耗子舔猫鼻子作死吗。

"好啦，开始吧。"杜志勋提醒道。

钟开新很配合地敲开空格键，动画模型开始演示。在巨大冲击力的作用下，人体模型自身向左侧旋转飞起，整个身体向后栽落，后脑着地。

在钟开新的矢量运动模型中，人体模型受到冲击后的身体变化以及移动轨迹都被清晰地呈现在眼前。

"看来是医生误导了我们，这根本就不是坠楼伤。"杜志勋说，"看着倒像是撞车。"

杜志勋一语中的。

大家反复看了好几遍，只有车祸伤的假设最贴切。

孙建洲一拍大腿，"我说怎么找不到姚佳悦的坠楼地点呢，合着半天，我们查的方向不对。"

杜志勋深思熟虑一番，说："如果是车祸，有两种可能，第一，有人是故意开车把姚佳悦撞伤；第二，一起意外的交通事故。我们逐个分析，如果是第一种可能，故意开车撞伤姚佳悦的人不会再把她送到医院。

有可能是过路人发现她受伤了把她送到医院的，也就是我们在医院监控里看到的那个男人。第二种可能，这是一起肇事，司机发现把人撞了，慌忙把被害人送到了医院。你们觉得哪种可能性最大？”

“我觉得是第二种。”郭蓉蓉说，“那段监控我看了，背姚佳悦到医院的男人看着鬼鬼祟祟的，还用手挡着脸怕被监控拍到。如果是个做好事的路人，没必要这样，还巴不得被人知道赞扬他呢。”

“那可不一定。”钟开新说，“你说这个人要是不挡脸，万一被拍到了，姚佳悦父母反咬他一口说他是肇事者，他如何说得清？”

“那怎么说不清，如果他有车，可以做鉴定嘛。”

“耽误工夫，耽误钱算谁的？万一再传出点儿谣言，他还得去澄清。有那工夫还不如把脸挡上呢？学着点儿吧，小丫头。游戏玩儿不好可以练，行走江湖不长点儿脑子，你有多少钱都不够。”

郭蓉蓉气得鼓鼓的，还想说点儿什么，杜志勋打断了他们的争执：“别净说跟案子没关的。眼下既然存在两个可能，那就放在一起来调查。我估计车祸地方应该是距离中心医院不远。查查距离中心医院最近的医院在哪儿。把姚佳悦送到中心医院的距离应该不会远过去另外一家医院。我们就在这个范围内，把时间设定在两个月前姚佳悦失踪那天，从各个方面排查，不管是监控还是走访，不留死角。”

重新确立了侦破方向，警员们摩拳擦掌，立刻展开行动。杜志勋和孙建洲把专案组警员连带刑警队能调动的警员都召集起来，分成十个小组。两个小组负责调查路口监控和交通电子眼，其余八个小组走访排查。

调查到第三天，郭蓉蓉那个小组收获了一个线索。

在距离中心医院步行半小时左右的一条小街道上，有个街边发廊的女店主声称两个月前发生了一起交通事故。

这条小街道连贯两条大马路，四五十米长，一边是商场后墙，另外一边有七八家临街门市。

女发廊店主对两个月以前发生的那件事还记忆犹新。她说那天下午她正忙着给客人做头发，突然听到门口传来“哐当”一声巨响。她当时犹豫了一下，没出去看。给客人做完头发，她跑到门口发现自家放在门外的灯箱被撞碎了。

她到现在还很气愤，骂这个司机太缺德了，撞坏她东西后一声不吭地就跑了。她这个灯箱可值一千多块呢。

“你怎么知道是汽车撞的？”郭蓉蓉问。

“我家灯箱被撞碎的时候，我还听到汽车急刹车，还有加速的声音，不用说了，肯定是司机犯了事儿，看看左右没人就急忙加速车子跑了。”店主越想越来气，“这缺德玩意儿，要是让我抓到这个人，看我不撕了他。”

郭蓉蓉没法断定这件事是不是跟姚佳悦受伤有关，于是向杜志勋汇报了情况。杜志勋觉得有点儿可疑，带着柳菲赶过来。

柳菲问女店主，那个被撞坏的灯箱还在不在。

女店主说：“还在，让我扔在后院了。”

柳菲要求看看灯箱，女店主把她带到了后院，指着靠墙的杂货堆说：“就在那儿。”

靠墙角横放着一个立式灯箱，严重变形，里面的铁架子都暴露在外面。

## 5

柳菲拎着随身的勘验箱走过去，蹲下身仔细观察那个撞烂的灯箱，问女店主："你清理过它吗？"

"没有，我发现它坏了，直接拿回来扔这儿就没管。"

柳菲没再说什么，掏出随身的乳胶手套戴上，从勘验箱里拿出眼罩式放大镜戴在头上，仔细检查这个破灯箱。杜志勋和郭蓉蓉站在她身后，保持安静，不去打搅她。

过了一会儿，柳菲从兜里拿出卡片相机，拍了两张照片。然后拿出镊子和物证袋，用镊子从箱体碎玻璃的裂纹中小心地夹出什么东西，放在物证袋里。

"发现什么了？"杜志勋问。

"头发，看长度应该是女人的头发。这个灯箱我要拿回去仔细检查。"

刑警队，法医室。

运回来的灯箱放在试验台上。

柳菲打开紫外线勘验灯，在蓝幽幽的灯光照射下，仔细地在灯箱上搜索，很多肉眼无法分辨的痕迹在紫外线光照下会暴露出痕迹，就在碎玻璃缝里出现了淡淡的荧光。

柳菲脑海中的第一反应：血迹！

一小时后，柳菲向杜志勋汇报了检查情况："灯箱破损最严重的地方发现了三根头发和血迹，头发是女性的，血型为 O 型，通过 DNA 检测能够确定这个受伤的女孩儿正是姚佳悦。"

姚佳悦！

包括杜志勋在内，在场的警员都异常兴奋。

功夫不负有心人，终于找到了这个失踪女孩儿的踪迹。但是这种受伤情况让很多人都始料未及。

柳菲接着说出自己的想法："给我的感觉，灯箱不是汽车撞坏的，而是人撞在了灯箱上，把灯箱撞坏的。能把灯箱撞成这样，这个力度相当大。"

杜志勋眼中闪过一道亮光，"如果女老板所说属实，她在听到灯箱被撞坏的时候，还听到了急刹车和加速的声音。如果把这个因素考虑进去的话，当时店外的情形应该是姚佳悦被车撞倒，因为冲击力大，把她身子抛到了灯箱上，砸坏了灯箱。这跟姚佳悦断裂的骨头可以吻合。"

他又问郭蓉蓉："你打听过其他店吧，他们怎么说？"

"有两个饭店老板当时也听到了响声，情况应该属实。他们后来出去看了一眼，但是没有看到车辆和受伤的人。"郭蓉蓉说。

"他们听到响声到出门去看，中间间隔了多久？"

"很快，也就是半分钟吧。"

"才半分钟。"杜志勋想了想，"如果是肇事司机逃逸，到其他人发现有人受伤，再决定送医院，这段时间应该不止半分钟吧。很有可能是姚佳悦被开车撞她的人拉走了，那个人把姚佳悦送到医院后直接逃了。如果这个人本身就有精神病，又很迷信，那么受到刺激之后就产生了丁潜所说的替身综合症。把穿红衣的小女孩儿都看成是姚佳悦，他以为这是姚佳悦的鬼魂在作祟，所以用降妖捉鬼的手段来杀人埋尸，妄想永远镇住姚佳悦的鬼魂。”

杜志勋利用推理把整个案情串联起来，清晰地呈现在众人眼前。

他接着说：“按照这个思路，车祸很可能是一次意外，完全不在肇事者的意料之中，他才会受到严重的精神刺激。但眼下还有两个疑点，第一，姚佳悦出事那天为什么会突然失踪？第二，出车祸这条路距离解放路市场很远，姚佳悦为什么会出现在这里？”

这两个问题暂时没人能解释，存在的可能性太多。

郭蓉蓉说：“要我说，暂时先不用考虑那么复杂的问题。咱们现在不是怀疑凶手是肇事司机吗，那就专门寻找这个司机好了。没准儿找到了那个精神病司机，所有问题就都迎刃而解了。”

说完这句话，她才意识到自己又多嘴了，这不是以下犯上吗，她心虚地瞅瞅杜志勋。

杜志勋倒没她想得那么小心眼儿，对大家说：“的确，郭蓉蓉说得对。现在我们既然怀疑是一起肇事案，接下来就要找到肇事车辆。”

他对钟开新说：“你现在带着人专心负责查找那条街和周边的电子眼。我们等你的好消息。”

钟开新一个头两个大，找到了还好说，万一没找到，丢人不说，还让柳菲瞧不起。

钟开新肩负重任，一改往日的懒散，亲自跑到现场调查，结果刚到就碰了一个钉子，出车祸这条街上根本没有电子眼。

但他一百七十的智商也不是白叫的，他想到这条街贯通两条大马路，马路上说不定有电子眼。

他在两个路口上转了一圈，还真别说，果然找到了两处交通电子眼，虽然拍不到车祸发生的街道，但能拍到街口。

他通过交通队把姚佳悦出车祸那天的监控记录调出来，估算了一下肇事时间段，开始逐一检查拐入那条街的车辆。

最终发现有七辆车在肇事时间段里进出过那条街。

他把电子眼照片放大，最终把这七辆车的车牌号都锁定了。

钟开新把一辆辆车放大的照片平铺在桌上给大家看，得意扬扬地抱着肩膀。

肇事车辆就在这七辆车之中。所有人都聚精会神地看着这些照片，几乎不约而同地落在了其中一张照片上。

那是一辆两排座的白色轻卡，车身上写着粗大的蓝色字体——城管执法。

“这也太巧了吧。”郭蓉蓉叫了起来，“不会就是在解放路市场执法的那些城管吧？”

“应该是同一伙人。你没注意到车斗里装满了东西吗，应该是收缴的东西。”钟开新在一旁补充，“我仔细查过城管执法车，他们进那条街的时间是下午 5:03，刚好是在解放路市场执法完事之后。他们开车离开的时间是5：45。”

“怎么在这条街上待这么久？”孙建洲疑道。

“可能是去饭店吃饭了。”杜志勋说。

“我还有一张照片给你们看，保准更劲爆。”

钟开新说着又掏出了一张照片放在桌上。

## 6

这张照片照的是大街，有的人一下还没看出什么。钟开新指着肇事街口说：“注意看这里。”

在他手指的地方有一点红色的影子，电子眼距离有点儿远，图像经过放大也只能看见一个模糊的人影，大致能看出是一个女孩儿。

姚佳悦！

所有人的脑海中几乎同时冒出这个名字。

“你们再好好看看时间。”钟开新指着照片右上角显示的时间标记。

5：35。

“城管车进去的时间是下午5：03。姚佳悦比他们晚到了半个小时，城管车是5：45离开的。这就是说，姚佳悦走进这条街不到十分钟就出了意外。”

案件已经分析到了这种程度，接下来要做什么大家心里都清楚。所有人都摩拳擦掌。

半小时后。

荷枪实弹的警察冲进西宁区城市管理执法大队办公楼，凡是见到穿城管制服的人，一律拿下铐住。

城管队长赵英雄正在给小喽啰们开会，制定下一步工作目标。他挥动着长满黑毛的粗胳膊，激情昂扬地说道："上季度我们出色地完成了艰巨的任务，这个季度要趁热打铁，从重，从快，从严，把不法商贩全部清除出西宁区……"

哐——

会议室大门被撞开。

赵英雄还没反应过来怎么回事儿，已经被冲上来的警察按在桌上铐上了。他被吓得不轻，一个劲儿地喊："你们抓错人了，我可是城管队长！我可是城管队长！"

其余的城管看到这架势也都不敢动了，一个个吓得脸色惨白。

杜志勋把这些人全部带回了刑警队，逐个过筛子。

柳菲和物证技术员分头行动，根据电子眼锁定的车牌，在执法大队院里找到了那辆疑似肇事的白色轻卡。由于距离车祸已经过去了两个月，线索几乎都无法找到了。

检查过车头，没有发现碰撞造成的凹陷或是漆皮脱落。

柳菲十分心细，在车身上逐寸逐寸地检查，直到她爬上车斗，注意到车斗前端紧邻车厢的梁架左侧有些凹陷变形。她观察了一下变形位置的高度和凹陷形状，身子往下蹲了一些，左肩前倾，抬起左胳膊比量了一下，刚好能与变形的位置相吻合。

难道这里才是姚佳悦被撞的位置？

这还真让柳菲始料未及，紧跟着心里又冒出了一连串的问题——

姚佳悦为什么会在车上？

她是如何撞到车斗前面的梁架上的？

她又是如何撞到发廊灯箱上的？

杜志勋这边的筛查重点就是，找出发生车祸时坐在车里的人。

筛来筛去，筛出了包括城管队长在内的五个人——赵英雄、陈丹、张亮、李鹏刚、钱皓。

于是专案组分别对这五个人进行了审讯。

赵英雄嘴巴挺硬，压根儿不承认发生过车祸。孙建洲把姚佳悦的照片拍在他眼前，问他见没见过这个女孩儿，他大脑袋摇得跟拨浪鼓一样，说记不住了。

陈丹和张亮年纪跟赵英雄差不多，干了好几年城管都变成老油子了，问什么话也都是百般抵赖。

杜志勋心里明白，这些人是感觉车祸过去两个月了，警方找不出什么证据了，他们一口咬定什么都不知道，警察也拿他们没办法。

李鹏刚和钱皓都二十多岁，靠家里托关系刚当上城管没多久，也没多少阅历，一进刑警队都快吓瘫了，尤其是钱皓。

郭蓉蓉审问他的时候，他原本硬着头皮也想狡辩两句。还没等郭蓉蓉发火呢，年小光就来劲儿了，大嗓门吼道：“坦白从宽，回家过年，懂不懂？抗拒从严，罪加一等，懂不懂？再敢不老实，给你定故意杀人……嘿嘿嘿嘿……”他两个大黑爪子跟熊掌似的，捏得骨节喀吧喀吧响。

这家伙长得五大三粗本来就唬人，再一咋呼，钱皓以为要给他上刑呢，吓得都快坐地上了，战战兢兢地交代了当天事情的经过。

两个月前的那天下午，他们从解放路农贸市场执法完得胜而归，还拉了一车斗没收的东西，往回走的半路上，赵英雄说饿了，要到街边饭店里吃点儿东西再走。正好路过那条街，赵英雄说街口有家狗肉馆味道很正宗。他们就把车停在了狗肉馆门前，进去点了好几盘狗肉，赵英雄还特意要了一盘炖狗鞭，两瓶白酒。正吃着呢，脸冲门的赵英雄忽然骂了一句，就往门外跑。

其他几个人也跟出来，就看见在菜市场跟赵英雄打架的那个穿红裙子的小女孩儿，不知道什么时候撵上来了，还爬到了车斗里。

赵英雄说：“你要干什么，小崽子？”

红裙女孩儿说：“你把抢我家的东西还我。我们一家都靠这个养活呢。”

她家那个卖手抓饼的推车被扔在了车斗里，女孩儿想拽下车斗。

赵英雄冷笑一声道：“那我管不着，你这是无证经商，我就有权没收。从小不学好，长大了也是卖的货。赶紧给我滚下来！”

红裙女孩儿说：“你不还我东西，我就不下来！”

赵英雄撸胳膊挽袖子要爬上车斗把小女孩儿揪下来，女孩儿抓起车上的东西就朝他头上扔。

这小丫头性野，下手黑，其他人也不敢往上爬。

赵英雄眼珠转悠转悠，招呼其他人结账走人，随便小丫头在车上折腾。

五个人上了车，本来是钱皓开车，还问了一嘴，车上那个小女孩儿怎么办？

赵英雄恶狠狠地笑道："甭管她，你就给我开车，我让你怎么开你就怎么开。治这小崽子的招有的是，你现在给我加速飙到七十迈，再急刹车。"

钱皓说："那万一把人摔伤了咋办？"

赵英雄说："你甭管，出事儿有我呢。"

钱皓不敢。

坐在他后排的李鹏刚比较虎，借着酒劲儿下车，拉开驾驶室车门让钱皓下来，笑话钱皓完犊子，让他来。

他上了车直接把油门踩到底，赵英雄说停，他就踩刹车。车斗里的东西一下就撞到了前面，还听到女孩儿惨叫了一声。

赵英雄酒精上头，玩儿得高兴，哈哈大笑。

李鹏刚故意显摆车技，突然又加速，还来了个漂移甩尾，就听"哐"一声，有东西被甩下去了。

坐在后排车窗边的钱皓往外一看，急忙说："不好了，小女孩儿摔下来不动了。"

# 7

大家全吓傻了。

赵英雄反应最快，推开车门从副驾驶座上跳了下去。他抱起女孩儿就上了车，催促李鹏刚快开车。当时那个女孩儿伤得挺重，都昏迷了，他们开车把她拉到了附近的平江中心医院，赵英雄亲自把女孩儿背到医院里，扔在那里就出来了。之后他们开车匆匆逃走，赵英雄跟他们四个人串通好，无论谁问起这件事都不能承认。一开始那几天他们还提心吊胆的，后来发现没人来找麻烦，也就慢慢放心了。直到两个月后的今天。

钱皓的供述与柳菲发现的车撞痕迹相吻合，随后不久，当时开车肇事的李鹏刚也坦白了。

人证、物证聚在，城管队长赵英雄不得不低头承认。但他不甘心，辩解说车是李鹏刚开的，还强调是他把姚佳悦送进医院的，他应该算是救人。

杜志勋说："如果你心里没鬼，你为什么不光明正大地走医院正门，你故意从侧门走，还用手挡着脸，你不是做贼心虚是什么！"

赵英雄哑口无言。

郭蓉蓉气愤地插嘴说："而且，你只是把姚佳悦扔在医院就不管了，你对她的死负有不可推卸的责任！再说，主意是你出的，李鹏刚是从犯，你是主犯，你根本就是蓄意谋杀！"

赵英雄吓得差点儿没瘫在地上，哑声辩解："我……我顶多算交通肇事逃逸，我开始只是想吓唬吓唬那女孩儿，没想杀她啊。再说，我把她送到医院的时候她还没死呢，我看她伤得也不重，我以为医生肯定能救活她才跑的，谁想到她能死啊……"

郭蓉蓉看看杜志勋，又看看丁潜。想到姚佳悦在医院里躺了四天活活等死，所有人心里都堵了个疙瘩。

姚佳悦之死的谜团总算是水落石出，接下来重头戏来了。

杜志勋把徐露和安琪的照片，连同那把骨刀和人骨金刚橛一起放在赵英雄面前。

赵英雄很狡猾，眼珠子转悠转悠意识到事情没那么简单，急忙摇头，"我不知道这些是什么东西，你们给我看我也不知道。"

郭蓉蓉急性子，眼看着凶手就在眼前，还在这儿使奸耍滑，她可受不了！

她对丁潜说："大叔，你给他催眠，让他说实话！"

杜志勋瞪了郭蓉蓉一眼，"你上大学没学审讯程序吗？"

审讯程序最重要的就是客观公正，可以实时受到他人监督，丁潜的催眠术再厉害，也只是个人技能，不能作为刑事案件审讯的依据，要是审犯人全靠催眠，那就乱套了。

不过对于赵英雄的狡辩，杜志勋并不着急。他很平静地看着赵英雄，说道："你们五个人刚才进刑警队的时候，让你们按了掌印，这些掌印之后会被送到法医室做鉴定……"

"什么……什么意思？"赵英雄很不安，但还有点儿听不明白。

"照片上的两个女孩儿都是被害人，我们在其中一起杀人现场找到了凶手使用的锤子，在锤柄上发现了一枚掌印。经过比对，上面的掌印与你的掌印完全吻合，也就是说，你是凶手！"

杜志勋说着从桌子下面拿出一把木柄铁锤放在桌上，问道："这是你的铁锤吧？"

赵英雄顿时像泄了气的皮球，瘫在椅子上。

凶手被捕三天后。

"搞什么啊，大叔，请我吃饭就请我吃饭，为什么还要我穿红裙子？"郭蓉蓉一边打电话一边走出平江市公安局。

这个案子马上就要结案了，特案组计划明天回省城，丁潜也回医院上班去了。

今天下午，丁潜突然给郭蓉蓉打来电话，说要请她吃上井日式料理，让她马上去找他，还给了她地址。

郭蓉蓉嘴巴特馋，干吃不胖，是天生的吃货体质，这种好处实在无法拒绝。再说，上井料理人均消费得三百块，像郭蓉蓉这种刚出校门方便面汤都能喝出滋味的临时工，哪舍得吃顿饭花这么多钱。

但丁潜有一个奇怪的要求，那就是她必须穿红色连衣裙赴约，还要化大眼妆。郭蓉蓉恰好有一条红裙子，还是去第三中学当卧底的时候买的。她犹豫了一下，终究挡不住美食诱惑，还是化了妆，穿裙子赴约去了。

走进日式料理店，她东张西望，碰到了一个彬彬有礼的日本欧吉桑，他说着生硬的汉语偷偷问她："小妹妹，你是一个人来的吗？你多大，十四岁？"

郭蓉蓉气呼呼地走到丁潜面前，发现他还在那儿优哉游哉地喝酒呢，她用力一拍桌子，说："喂，你们这帮大叔都喜欢打扮成我这样的吗，变态！"

因为她嗓门大了点儿，周围几座的客人都转过头用异样的目光看着他们，还窃窃私语。

"咳咳咳……"丁潜一口酒喷出来，差点儿没呛死。

"你去点菜吧，点菜区在左边。"丁潜觉得最好的办法就是把郭蓉蓉的嘴堵上。

郭蓉蓉也不客气，抱着吃死丁潜的目的点了满满一桌子菜，大快朵颐起来，看得丁潜心惊。瞧这小丫头瘦得没几两肉，还真能吃，都不知道装哪儿了。

三百块钱的饭吃完，还超时磨蹭了半个小时，多给丁潜放了点儿血，郭蓉蓉才算消气了。两个人出了餐厅，天已经黑了。

丁潜提议散散步。郭蓉蓉也没多想，反正吃撑了，她也得消消食儿。两个人就沿着马路溜达，丁潜这家伙不知怎的总喜欢挑小路钻。郭蓉蓉心里还合计，像我如此年轻貌美，这位大叔不是在打我主意吧？

她这样琢磨着，想给丁潜点儿善意的警告："喂，大叔……"随手一划拉，划拉个空。

这才发现，丁潜不知什么时候不见了。夜深人静，整条街都没有人。

“大叔？大叔？”郭蓉蓉喊了两嗓子，没人搭茬。

这老家伙搞什么鬼，跑哪儿去了？

郭蓉蓉心里犯嘀咕，觉察出了哪里不对劲儿，四周看看，忽然感觉眼前很眼熟。她仔细辨认了一下，这不是解放路市场吗？怎么走到这儿了？

## 8

这时候，手机来了一条短信。

她掏出手机一看，是丁潜发的，写着：“你在那儿等我一会儿，我内急，很快就回来。”

切，果然老人家就是不中用，吃点儿海鲜就蹿稀……

郭蓉蓉耐着性子在街上来回溜达，想着丁潜肯定是跑去附近的公厕了，等会儿就等会儿。

可是左等不回来，右等也不回来。她实在等得受不了了，掏出手机给丁潜打电话，手机嘟嘟响却没人接。她嘀咕着：“这老家伙难道掉里面了？”

就在这时，身后传来一阵轻快的脚步声。她还以为是丁潜回来了，谁知刚一转身，走过来的那个人忽然一巴掌拍在她脑门上，拍得她生疼，好像有人把一张纸粘在她头上了。

郭蓉蓉还没弄明白这是怎么回事儿呢，来人突然扑上来把她按到地上，左手掐住她的脖子，右手从身后亮出一把尖刀抵在她的脖子上，恶狠狠叫道："别动！再动我弄死你！"

这个男人背对着路灯，阴影里的脸上戴着白色的大口罩，瞳孔中烧着两团鬼火。

"只要不杀我，让我干什么都行。"郭蓉蓉装得十分惊恐，以为又遇到了一个色狼，决定先稳住他再说。

没想到这个人连看都不看郭蓉蓉，隔着口罩发出阴狠的声音："别装了姚佳悦，你害不了我，你活过来多少次，我就灭你多少次！"

姚佳悦！

这个名字像闪电一样射入郭蓉蓉的脑袋里。

她地打了个冷战，他这话是什么意思，难道他才是凶手？

郭蓉蓉看似无力的双手猛然抓住对方拿刀的手，用力向旁边扭开。口罩男刚一愣，郭蓉蓉就抬腿膝撞，结结实实地顶在了口罩男的两腿之间。口罩男闷声惨叫，鼻涕眼泪齐流。

郭蓉蓉根本不给他反击的机会，使出反击擒拿的招数，紧紧抓住他两只手的手腕。接着她小蛮腰一用力，双腿弹起夹住口罩男的脖子，手腿并用，同时拉伸，把口罩男牢牢别在地上。

这时候，猫在角落里的丁潜颠儿颠儿地跑过来，瞅瞅口罩男，对郭蓉蓉说："行了，再勒就勒死了！"

郭蓉蓉爬起来给口罩男拷上手铐，把贴在脑门上的纸拽下来一看，发现是一张黄表纸，上面写着"敕令大将军到此"。

这是茅山道士的"镇尸符"。

徐露头上贴的就是这样的咒符，安琪也是。

郭蓉蓉气得狠踹了口罩男两脚，"你奶奶个腿儿的，拿我当僵尸了，你哪只眼睛看我不是人了？"

丁潜把男人的白口罩拽下来，仔细端详他，说："果然是你，钱皓。"

钱皓好像根本没听到丁潜说话，两只眼睛一直盯着郭蓉蓉看，充满了惊恐，"快抓她，她是姚佳悦，她要害人，快抓她，她是姚佳悦的鬼魂出来索命的，她要害人！"

"你才要害人呢！"郭蓉蓉又踹了他两脚，踹着踹着忽然回过味来，回头又给了丁潜两脚，"合着你今天请我吃饭是拿我来下套的，是不是？"

丁潜揉着屁股和大腿解释："Fregoli 妄想综合症（替身综合症）没有明显的症状，只有想办法刺激患者发病才行。如果我们贸然去抓人，万一像陈申家那样没找到证据，会很被动的，所以就想了这么个办法。"

"那赵英雄算什么？锤子上可是有他的掌纹啊？"

"有他掌纹不假，这个证据看似很牢靠，但柳菲后来跟我们说过，凶手通常都是戴手套作案的，目前找到的所有凶器上只有锤子上有掌纹，所以也不能排除这把锤子是凶手从别人那儿偷来的。昨天经过调查，这把锤子本来放在赵英雄办公室的工具箱里，去过他办公室的人都可能是凶手……我们把范围限制在肇事车上的五个人里，排除赵英雄和李鹏刚，其余三个人赵丹、张亮和钱皓都在我们的怀疑范围内。”

“那你怎么最后猜到是钱皓的？”

“我们昨天把他们偷偷放出来了，找了三个身材娇小的年轻女警，化装成红衣女孩儿分别在他们面前出现，测试他们的反应。通过我的观察，钱皓的精神状态是最不稳定的，而且他一路跟着便衣女警到了解放路市场。当时他准备不足没敢动手，这都在我们的意料之中，所以今天就派你登场了。”

“这么说，刚才钱皓也在上井料理了？”

“是啊。你刚才穿着红裙子打扮成小女生，突然出现在上井料理餐厅，把他刺激得彻底发疯了，他才会铤而走险。”

“在这个案子里，赵英雄确实应该为姚佳悦的死负一定的责任，但真正用巫术杀人的凶手却不是他。为了引出凶手，我们大家商量了一番，觉得你最能胜任这次艰巨的任务。事实证明你的功夫果然过硬，没有辜负大家的期望。”

郭蓉蓉眯缝起大眼睛，了然于心，“我现在算是明白了，敢情你们大家都知道真相，就拿我一个人开涮啊。我长得像小孩儿有罪呗。”

她又给了丁潜两脚。

事后查明，钱皓过去确实有过精神病史，经过治疗病情得到了控制。他在车祸那天目睹了姚佳悦受伤，又看到她被丢弃在医院，精神受到了刺激。据他自己交代，他后来去医院打听过姚佳悦的情况，得知她已死，更是惶惶不可终日。丁潜后来推断，就是在这段时间里，巨大的心理压力让他旧病复发，脑部发生病变，产生了严重的幻觉，把所有与姚佳悦年纪相仿、穿红衣的小女孩儿都当成了姚佳悦。他并不知道自己患上了替身综合症，因为他本来就爱好巫术这类旁门左道的东西，结果就把这些小女孩儿都看成是姚佳悦鬼魂附体，要找他报复。于是，他想到用咒术的办法镇住女孩儿的鬼魂，制造了这一系列荒唐又恐怖的案子。

半年后，平江市中级人民法院对此案作出了判决：将钱皓以故意杀人罪、交通肇事逃逸罪数罪并罚判处死刑；将西宁区城管大队队长赵英雄以交通肇事逃逸、过失杀人罪数罪并罚判处有期徒刑十二年；李鹏刚以同等罪名被判十二年；其余当天在肇事车上的两人陈丹和张亮同样依法论处。

这样的审判结果，算是告慰了姚佳悦和徐露两个无辜女孩儿的在天之灵。

可是这样的审判结果却又让人难以释怀。

丁潜感慨道："这本来是一起根本不应该发生的血案。它拷问着站在这个法庭审判席上和没站在审判席上的每一个人的心灵。一个人的冷漠自私似乎不可怕，一群人的冷漠自私却足以演变成最凶残、最扭曲的凶手……"